U0734465

东坡志林

〔宋〕 苏轼◎著

东篱子◎解译

全鉴

中国纺织出版社有限公司

国家一级出版社
全国百佳图书出版单位

内 容 提 要

　　《东坡志林全鉴》分为五卷，全书编排以内容划分为三十篇。如此精彩纷呈的内容，不仅可以带你走进苏东坡的个人生活，也能让你借古思今，获得不一样的人生感受。本书对原文进行了准确的注释和翻译，便于读者轻松阅读。

图书在版编目（CIP）数据

　　东坡志林全鉴 /（宋）苏轼著；东篱子解译 . —北京：中国纺织出版社有限公司，2020.1
　　ISBN 978-7-5180-7118-0

　　Ⅰ.①东… Ⅱ.①苏… ②东… Ⅲ.①笔记－中国－北宋－选集②中国历史－史料－北宋③《东坡志林》－注释④《东坡志林》－译文 Ⅳ.① I056

　　中国版本图书馆 CIP 数据核字（2020）第 002803 号

责任编辑：段子君　　　责任校对：王花妮　　　责任印制：储志伟

中国纺织出版社有限公司出版发行
地址：北京市朝阳区百子湾东里A407号楼　邮政编码：100124
销售电话：010—67004422　传真：010—87155801
http://www.c-textilep.com
中国纺织出版社天猫旗舰店
官方微博 http://weibo.com/2119887771
北京华联印刷有限公司印刷　各地新华书店经销
2020年1月第1版第1次印刷
开本：710×1000　1/16　印张：20
字数：266千字　定价：48.00元

前言

　　随着近年来中国经济的发展，我国的国际地位也在不断提高，受到的关注也越来越多，而我们中华民族的传统文化无疑吸引了世界各地的眼球，阅读中国传统经典成了时代潮流。希望这本《东坡志林全鉴》能像一座桥梁，引领读者走进古代经典，品味智者人生，思考现代生活，在浮躁的世界中安放自己的心灵。

　　本书中大部分文章，都是苏东坡被贬之时，或诙谐，或禅意，又或严谨的文字，无不渗透出他乐观豁达、百折不挠的精神品质。他用戏谑的语言记录了游历、修身、交友、奇人异事等；他用善于观察和思考的心记录所见所闻所感所思，由此形成了这部经典之作。本书文章较为短小精悍，读来趣味盎然。

　　《东坡志林全鉴》分为五卷，全书编排以内容划分为记游篇、怀古篇、修养篇等共计三十篇。如此精彩纷呈的内容，不仅可以带你走进苏东坡的个人生活，也能让你借古思今获得不一样的人生感受。现在距离苏东坡生活的时代已有九百余年，其间虽然物换星移，但是如何为人处世，如何修身养性，如何面对人生坎坷，从古至今都是不变的人生主题。阅读苏东坡的文字，你或许能找到为人处世的方法，发现修身养性的乐趣，寻到可以慰藉自己心灵的养料。

　　苏东坡怀才不遇、历经苦难的烦恼，也许我们不曾体会过，但就是在这样有冤无处诉，艰难困苦的生活中，苏东坡并没有自怨自艾放弃希望，而是在痛苦中寻得闲适雅趣，用达观的处世心态，硬生生地将困苦的日子催生出美丽的花朵来。古今坎坷虽有不同，但是面对坎坷的正确态度却不妨相同。不能不说苏东坡豁达深邃的处世哲学，以及无论在何种境遇下都不忘以笔写心的快乐，都是激励人们从容乐观的励志宝典。

本书内容丰富，涉猎知识广博，为了便于读者阅读，我们对每篇文章都进行了译文、注释，并对文中的生僻字进行了注音详解，能让您在忙碌之余轻松阅读，更好地了解你未见过的苏东坡先生。

解译者
2019 年 5 月

目录

卷一

卷 二

卷三

卷四

卷五

卷一

记游篇

记过合浦

【原文】

余自海康适①合浦，连日大雨，桥梁大坏，水无津涯。自兴廉村净行院下乘小舟至官寨②，闻自此西皆涨水，无复桥船，或劝乘蜑并海即白石③。

是日六月晦④，无月，碇宿大海中⑤。天水相接，星河满天，起坐四顾太息："吾何数乘此险也！已济徐闻，复厄于此乎？"稚子过⑥在旁鼾睡，呼不应。所撰《书》《易》《论语》皆以自随，而世未有别本。抚之而叹曰："天未欲使从是也，吾辈必济。"已而果然。七月四日合浦记，时元符三年⑦也。

【注释】

①海康：今广东雷州。适：到……去。

②兴廉村：古属合浦郡。今广东遂溪。官寨：今广东廉江。古有官寨港，在县西南百二十里，源出廉州府废石康县之六牛山，南流二十里入永安大海，近官寨盐场，因名。《通志》云：县东南三十里有两家滩，海澳通大海，贼船多泊此，为石城、遂溪两县之襟要，向设军防守。

③蜑（dàn）：蜑民的船；蜑民：海船上的渔民。白石：今山口镇。

④晦：农历每月的最后一天，朔日的前一天。

⑤碇（dìng）：系船的石墩。

⑥稚子过：指苏轼的次子，苏过。

⑦元符三年：即1100年，是宋哲宗赵煦的第三个年号。北宋使用这

个年号共三年。元符三年正月宋徽宗即位沿用。

【译文】

我从海康到合浦去，赶上连续多天都在下大雨，桥梁大多被水流毁坏，不见了渡口，茫茫之水看不到边界。我们打算从兴廉村净行院顺着水流乘坐小船到官寨，但听说自这里以西也都是水势大涨，没有桥也没有渡船，有人劝我乘坐渔民入海捕鱼的船到达白石。

那天是六月的最后一天，没有明月，不便于行船，只好抛锚停留在海上过夜。举目望去，天空和海水接连在一起，星河闪闪光耀满天，我起身坐在那里环顾四周不禁哀声叹息："我是何等的命运啊，竟然数次冒着这么大的风险！已经渡过徐闻之险，难道又要困在这里吗？"小儿子苏过在一旁鼾睡，喊他也不应答。苦心所撰写的《书》《易》《论语》都由我自己带在身边，而世上根本没有别的抄本。我忧愁地抚摸这些书叹息道："上天未必想让我逃不过这次灾难，我们一行人必能顺利度过。"不久，果然安然度过危险。于是，七月初四在合浦写下这篇小文，此时正值元符三年。

逸人游浙东①

【原文】

到杭州一游龙井，谒辨才②遗像，仍持密云团为献龙井③。孤山下有石室，室前有六一泉④，白而甘，当往一酌。湖上寿星院竹极伟，其傍智果院有参寥泉⑤及新泉，皆甘冷异常，当时往一酌，仍寻参寥子妙总师之遗迹，见颖沙弥亦当致意。灵隐寺后高峰塔一上五里，上有僧不下三十余年矣，不知今在否？亦可一往。

【注释】

①逸人：此为东坡自指。东坡屡遭贬谪，已无心做官，故自称逸人。

游浙东：指出游杭州。苏轼于元祐四年的四月出知杭州，但他在此15年前的熙宁年间曾做过杭州刺史，此次游杭州可以说是故地重游。

②谒（yè）：拜谒；拜见。辨才：宋代僧人。据《咸淳临安志》卷七十八载，辨才于元丰二年自天竺来杭州，居龙井寿圣院，后圆寂于此。

③密云团：密云龙茶的团饼，产于福建，为宋代的贡茶。为献龙井：作为祭龙井谒辨才的进献之物。

④六一泉：在孤山下，山下本无泉。苏轼知杭州前数月，始发现此泉，苏轼为纪念欧阳修，名之曰六一泉，欧阳修自号六一居士。

⑤参寥泉：以僧人参寥子命名之泉。参寥子：宋代僧人，杭州於潜人，自号参寥子，与苏轼有过交往。

【译文】

到达杭州后首先要去龙井一游，拜谒高僧辨才遗像，我依然像以前一样带上密云团茶饼祭献给他。这座孤山下有一间石室，石室前有个六一泉，泉水清澈甘甜，应当前去一品。湖堤上方寿星院的竹子长得极其高大挺拔，它旁边智果院里有参寥泉和新泉，泉水都是异常甘甜清凉，到时候也应该前去一品，还应该前去寻找参寥子妙总师的遗迹，见到颖沙弥也应当致以敬意。从灵隐寺后面的高峰塔上去行至五里，寺中有一个僧人已经三十多年没有下山了，不知现在他还在不在？也可前去拜访一下。

记承天寺夜游①

【原文】

元丰六年十月十二日夜，解衣欲睡②，月色入户，欣然起行③。念无与乐者④，遂至承天寺寻张怀民⑤。怀民亦未寝，相与步于中庭⑥。庭下如积水空明，水中藻荇交横⑦，盖竹柏影也⑧。

何夜无月，何处无竹柏？但少闲人如吾两人耳⑨。

【注释】

①此文写于作者被贬官黄州期间。承天寺：在今湖北省黄冈市南。

②解：把系着的东西解开。欲：想要，准备。

③欣然：高兴、愉快的样子。行：出行。

④念无与为乐者：想到没有（可以）交谈取乐的人。念：想到。

⑤遂：于是，就。至：到。寻：寻找。张怀民：作者的朋友。字怀民，清河（今河北清河）人。元丰六年贬谪到黄州，寄居承天寺。

⑥寝：睡，卧。相与步于中庭：一同到庭院中。相与：共同，一同。中庭：庭院里。

⑦藻荇：泛指生长在水中的绿色植物。藻：藻类植物。荇（xìng）：荇菜。这里借指月色下的竹柏影。交横（héng）：交错纵横。

⑧盖：承接上文，解释原因，表示肯定，相当于"大概"，这里为"原来是"。也：句末语气词，表判断。盖……也：原来是。

⑨但少闲人如吾两人者耳：只是很少有像我们两个这样的闲人罢了。但：只是。闲人：没有事情要做的人。这里是指不汲汲于名利而能从容流连光景的人。苏轼当时被贬为黄州团练副使，只是一个有职无权的官衔，所以他十分清闲，自称"闲人"。首先"闲人"指具有情趣雅致，能欣赏美景的人。其次自称"闲人"反映了作者仕途失意的苦闷无奈的心境。

耳：语气词，"罢了"。

【译文】

元丰六年十月十二的夜晚，我解开衣带脱下来刚想躺下睡觉，一抬眼恰好看到皎洁的月光从窗户射进来，格外恬静，不由得生发了夜游赏月的兴致，因此愉快地起身穿戴整齐走出家门。可是一想到此时没有能跟我一起游乐的人，不免孤单，于是就到承天寺去找张怀民。张怀民也没有睡下，我俩就一起在庭院中散步。洒落庭院中的月光宛如一泓积水那样清澈透明，"水中"仿佛纵横交错着藻荇一样的水草在随波浮动，原来那是庭院里的竹子和松柏树枝倒映在地上的影子。

仔细想来，哪一个晚上没有月亮，哪一个地方没有竹林松柏呢？只是很少有像我们两个这样的闲人罢了。

游沙湖

【原文】

黄州①东南三十里为沙湖，亦曰螺师店。予买田其间，因往相田得疾，闻麻桥人庞安常善医而聋，遂往求疗②。安常虽聋，而颖悟绝人，以纸画字，书不数字，辄深了人意③。余戏之曰："余以手为口，君以眼为耳，皆一时异人也。"

疾愈，与之同游清泉寺。寺在蕲水④郭门外二里许，有王逸少洗笔泉，水极甘，下临兰溪，溪水西流。余作歌云："山下兰芽短浸溪⑤，松间沙路净无泥，萧萧暮雨子规啼⑥。谁道人生无再少⑦？君看流水尚能西，休将白发唱黄鸡⑧。"是日剧饮而归。

【注释】

①黄州：隶属今湖北省地界。

②闻：听说，听闻。疗：治疗，医治。

③数字：几个字，指很少的字。辄（zhé）：就。

④蕲（qí）水：县名，今湖北浠水县。清泉寺：寺名，在蕲水县城外。

⑤短浸溪：指初生的兰芽浸润在溪水中。

⑥萧萧：形容雨声。子规：杜鹃鸟，相传为古代蜀帝杜宇之魂所化，亦称"杜宇"，鸣声凄厉，诗词中常借以抒写羁旅之思。

⑦无再少：不能回到少年时代。

⑧唱黄鸡（jī）：古人惯用"白发""黄鸡"比喻世事匆促，光景催年，发出衰飒的悲吟，感叹时光的流逝。苏轼也曾化用乐天诗，吟过"试呼白发感秋人，令唱黄鸡催晓曲"之句。

【译文】

位于黄州东南三十里有个地方名为沙湖，又称螺蛳店。我在那里买了几亩田地，因为前去那里查看田地时不小心得了病。听说麻桥有个叫庞安常的人医术高明但耳朵聋，于是就去他那里请他为我医治。庞安常虽然耳朵聋，但是他聪颖的领悟力堪称一绝，比如你用纸笔写字给他看，你写不了几个字，他就能彻底明白你所要表达的意思。我和他开玩笑说："我用手当嘴巴说，你用眼睛当耳朵听，我们两个都是时下的奇人啊。"

很快病好之后，便和他一同游览清泉寺。清泉寺坐落在蕲水县城外两里多路的地方，那里有个王羲之少年时代习字的洗笔池，泉水极

其清澈甘美，池下方临近兰溪，溪水潺潺向西流去。见此美景我即兴作了一首歌，歌词是："山坡下溪岸边的兰草刚刚抽出短短的嫩芽，浸泡在溪水里，松林间的沙石小路经过雨水的冲刷，洁净无泥。时值日暮，萧萧细雨里杜鹃在声声鸣啼。谁说人老了就不会再回到年少时光？你看那溪流之水尚且还能向西流淌呢，不要因为年老就唱起黄鸡催晓、朱颜易逝之类消极悲观的歌曲。"这一天，我们堪称豪饮，直喝得畅快淋漓才回转家中。

记游松江①

【原文】

吾昔自杭移高密②，与杨元素③同舟，而陈令举、张子野皆从余过李公择于湖④，遂与刘孝叔⑤俱至松江。

夜半月出，置酒垂虹亭⑥上。子野年八十五，以歌词闻于天下，作《定风波令》，其略云："见说贤人聚吴分⑦，试问，也应傍有老人星。"坐客懽⑧甚，有醉倒者，此乐未尝忘也。今七年耳，子野、孝叔、令举皆为异物，而松江桥亭，今岁七月九日海风架潮，平地丈余，荡尽无复孑遗矣。

追思曩时⑨，真一梦耳。元丰四年十二月十二日，黄州临皋亭夜坐书。

【注释】

①松江：在今上海市郊。苏轼游松江是在熙宁七年知密州之前，追记于元丰四年。

②高密：今属山东，宋时称密州（治诸城）。

③杨元素：杨绘，字元素，绵竹（今属四川）人。神宗时，召修起居注，知制诰，知谏院。王安石执政时，因反对新法，罢为侍讲学士，知亳州，历应天府、杭州。

④陈令举：陈舜俞，字令举，湖州乌程（今属浙江）人，博学强记，举进士，又举制科第一。因反对王安石新法被贬，监南康军盐酒税，五年而卒。《宋史》卷三百三十一有传。张子野：张先，字子野，湖州（今属浙江）人。天圣八年进士，尝知吴江县。元丰元年卒。有《安陆集》一卷。过：访问。李公择：李常，字公择，南康建昌（今江西奉新西）人。湖：指湖州。

⑤刘孝叔：刘述，字孝叔，湖州人。神宗朝为御史，上疏劾王安石，出知江州。

⑥垂虹亭：即后文所言之松江桥亭。

⑦吴分：吴之分野。松江当吴之分野。

⑧懽（huān）：同"欢"。

⑨曩（nǎng）时：昔时，过去。这里指七年前。

【译文】

以前我从杭州移居到高密，曾与杨元素同乘一条船。而后陈令举、张子野都随我到湖州拜访李公择先生，于是就与湖州刘孝叔一起结伴到松江。

时至半夜，月亮已经高高升起，我们在垂虹亭上置办了酒宴开始对饮。张子野已经有八十五岁了，在歌赋填词方面闻名天下，当时他作了一阕《定风波令》，其大致意思是说："见说贤人聚吴分，试问，也应傍有老人星。"在座的客人们听了以后都十分欢畅，有人甚至为之醉倒，那种欢乐的场面至今都不曾忘怀啊。如今已经过去七年了，子野、孝叔、令举都已离开了人世，而且那座松江的桥亭，就在今年七月九日那天，突然间海风卷带着汹涌的潮水，掀起高出平地一丈多高的浪涛，将它全部冲荡而去再没有一丝残存了。

现在追忆起过去的时光，真是如同一场梦啊。元丰四年十二月十二夜晚，我坐在黄州的临皋亭借着夜色写下了这篇文章。

游白水书^①付过

【原文】

绍圣^②元年十月十二日，与幼子过游白水佛迹院，浴于汤池^③，热甚，其源殆^④可熟物。循山而东，少北，有悬水百仞^⑤，山八九折，折处辄为潭^⑥，深者磓石五丈，不得其所止^⑦。雪溅雷怒，可喜可畏。水厓有巨人迹数十^⑧，所谓佛迹也。

暮归倒行，观山烧火，甚俯仰，度数谷，至江，山月出，击汰中流，掬弄珠璧^⑨。

到家二鼓，复与过饮酒，食余甘，煮菜，顾影颓然^⑩，不复甚寐，书以付过。东坡翁。

【注释】

①白水：山名，在今广东博罗县东北。书：写，书写。

②绍圣：北宋哲宗的年号。

③汤池：即汤泉。据宋人记载，佛迹院中有相距很近的二泉，东为汤泉，水热，西面为雪如泉，水凉。

④殆：大概，差不多。

⑤循：沿着。少北：稍向北。悬水：瀑布。百仞：这是夸张的说法。仞：古时以八尺或七尺为一仞。

⑥折：这里是弯转的意思。辄：就；每个，总是。

⑦"深者"二句：谓潭水深的地方，用绳子系石坠入五丈，还到不了底。磓（zhuì）石：用绳系着石头向下垂下去测量。

⑧水厓（yá）：水边。厓：同"崖"。

⑨倒（dào）行：顺来路往回去。俯（fǔ）仰：指弯身抬头，形容一上一下时的样子。度：越过，过。击汰（tài）：击水。汰：水波。掬

（jū）：用双手捧取。珠璧：此指倒映在水中的月亮。

⑩二鼓（gǔ）：指二更，古代击鼓报时。鼓：同"鼓"。余甘：即橄榄，也叫油柑，可食用。顾：回头看。颓然：衰老不振的样子。

【译文】

绍圣元年十月十二，我与小儿子苏过游赏白水佛迹院，在温泉池中沐浴，池水很热，如此温度，估计在它的源头能把食物直接煮熟。沿着山脉向东走，在稍稍偏北的地方，有一处百丈高的瀑布。山的走向有八九个弯道，每个弯道处都是潭水。潭水深的地方，用绳子系石坠入潭水五丈之深，还不能抵达潭底。飞流直下的潭水像雪花般飞溅，声音如雷鸣般轰响，令人既感到欢喜又心生畏惧。水边的悬崖上有几十处巨大的脚印，这就是人们所说的佛迹。

傍晚时分，我们顺着来路返回，观看在夕阳映照下的山峦仿佛燃烧的火焰，十分壮观。行走在起伏绵延的山间，就这样时而仰头时而弯腰的俯仰之中越过山谷，不觉中到了江边，此时山间已经能看见明月高悬了，江水相互击打着，形成砥柱中流，滚动在水中的月影仿佛是用双手捧着明珠碧玉般。

我们回到家已是击鼓二更时分，我与苏过再次饮酒，吃着橄榄菜。回头看见自己日渐苍老的影子，不禁有种颓丧不振之感，就再也睡不着了。写下这些文字交给我的过儿。东坡翁记。

记游庐山

【原文】

仆初入庐山①，山谷奇秀，平生所未见，殆②应接不暇，遂发意不欲作诗。

已而见山中僧俗，皆云："苏子瞻来矣！"不觉作一绝云："芒鞋青竹杖，自挂百钱游。可怪深山里，人人识故侯。"既自哂前言之谬③，又复作两绝云："青山若无素，偃蹇④不相亲。要识庐山面，他年是故人。"又云："自昔忆清赏，初游杳霭间。如今不是梦，真个是庐山。"是日有以陈令举《庐山记》见寄者，且行且读，见其中云徐凝、李白之诗，不觉失笑。旋入开先寺，主僧求诗，因作一绝云："帝遣银河一派垂，古来惟有谪仙辞。飞流溅沫知多少，不与徐凝洗恶诗。"

往来山南地十余日，以为胜绝⑤不可胜谈，择其尤者，莫如漱玉亭、三峡桥，故作此二诗。最后与总老同游西林，又作一绝云："横看成岭侧成峰，到处看山了不同。不识庐山真面目，只缘身在此山中。"仆庐山诗尽于此矣。

【注释】

①仆（pú）：旧谦称"我"。

②殆（dài）：大概，几乎。

③哂（shěn）：讥笑。谬：荒谬。

④偃蹇（yǎn jiǎn）：高耸。

⑤胜绝：绝妙。胜：非常美好；美妙。

【译文】

我刚到庐山时，就发现这里的山谷奇异而秀丽，是我平生从未看到过的，那一刻我的两眼几乎是应接不暇了，于是就产生了不想因为作诗而影响游览观光的念头。

不久后看到了山中的僧人与俗士，他们都说："快看，苏子瞻来了！"我便不知不觉作了绝句："芒鞋青竹杖，自挂百钱游。可怪深山里，人人识故侯。"过了一会儿自己不禁暗笑前面说的荒谬，便又重做了两首绝句："青山若无素，偃蹇不相亲。要识庐山面，他年是故人。"另一首是："自昔忆清赏，初游杳霭间。如今不是梦，真个是庐山。"当天，有人把陈令举的《庐山记》拿给我看，于是我边走边读，看到其中说到徐凝、李白的诗，不觉哑然失笑。不一会儿就到了开先寺，寺中主僧向我求诗一首，于是就即兴作了一首绝句："帝遣银河一派垂，古来惟有谪仙辞。飞流溅沫知多少，不与徐凝洗恶诗。"

在山南之地来来回回游览已有十多天，觉得这里的绝妙景色真是美不胜收，即使用最美妙的语言也无法去描述了。若从中挑选最好的景致，那就不得不说漱玉亭、三峡桥了，所以作了这两首诗。最后和总老一起游赏西林时，又作了一首绝句："横看成岭侧成峰，到处看山了不同。不识庐山真面目，只缘身在此山中。"眼下，我抒写庐山的诗都在这里了。

记游松风亭

【原文】

余尝寓居①惠州嘉佑寺，纵步②松风亭下，足力疲乏，思欲就③林止息。望亭宇尚在木末④，意谓⑤是如何得到？良久，忽曰："此间有甚么歇不得处？"由是⑥如挂钩之鱼，忽得解脱。若人悟此，虽兵阵相接，鼓声如雷霆，进则死敌，退则死法⑦，当甚么时也不妨熟歇⑧。

①寓居：暂居，寄居。

②纵步：放开脚步走；自由漫步。

③就：靠近；就近。

④木末：树林远处。

⑤意谓：心里说，文中有"心想"之意。

⑥由是：因此。

⑦死敌：死于敌手。死法：死于军法。

⑧甚么：如此，这样。熟歇：好好地休息一番。

【译文】

我以前曾经借住在惠州嘉佑寺。一天，在松风亭附近自由漫步，感觉脚力疲乏不堪，便想就近到林中的亭子里休息。抬眼望去，看见松风亭的飞檐还远在树林深处，心里想这得什么时候才能走到啊？转念又思忖许久，忽而心里说："这里有什么不能作为休息之地呢？"因此恍然大悟，那时就好比是上钩的鱼儿，忽然得到了解脱。如果人能感悟到这些，即使在短兵相接的战场上，战鼓声声如雷霆，冲上去就要死于敌人之手，退回来就要死于军法处置，正当此时，也不妨好好地歇息一番，再从长计议。

儋耳夜书

【原文】

己卯上元，余在儋耳①，有老书生数人来过，曰："良月佳夜，先生能一出乎？"予欣然从之。步城西，入僧舍，历小巷，民夷②杂揉，屠酤③纷然，归舍已三鼓矣。舍中掩关熟寝，已再鼾④矣。放杖而笑，孰⑤为得失？问先生何笑，盖⑥自笑也。然亦笑韩退之钓鱼⑦无得，更欲远去，不知钓者，未必得大鱼也。

①上元：农历正月十五，即元宵节。儋耳：古代南方国名，又名离耳。汉元鼎六年内属，称儋耳郡，在今海南省儋县，曾是苏轼被贬之地。

②民：指汉族。夷：指当地少数民族。

③屠：屠户。酤：卖酒者。这里泛指市井中各种店铺商贩。三鼓：即三更。

④再鼾：一觉醒来又睡去，形容已经睡过一段时间了。

⑤孰：什么。

⑥盖：大概。

⑦韩退之钓鱼：韩愈曾在诗中借钓鱼钓不着大鱼，埋怨水太浅，要另觅垂钓之处，暗指自己境遇不好，不得志。

【译文】

己卯年上元节，我那时在南方的儋耳居住。有几位老书生过来拜访我，说："这么好的良宵月夜，先生能同我们一起出去游赏吗？"我高兴地答应了他们。一行人漫步行走到城西，穿过一处僧人的住所，经过了一条小巷，发现这里是汉人和少数民族杂居在一起，有屠户，也有卖酒的，整个市井显得熙熙攘攘，等我们穿街走巷回到家中时已经三更了。家里的人早已关门熟睡，鼾声频频响起，看来是一觉醒来又睡去了。我放下拐杖，不禁哑然失笑，什么是得，什么又是失呢？若问我为什么笑，大概是自己在笑自己吧。不过，我也是在笑那韩愈钓鱼，没有钓到鱼，竟然还想要到更远的地方去钓鱼，却不知道凡是钓鱼的人，未必都能钓到大鱼啊。

忆王子立

　　仆在徐州，王子立^①、子敏皆馆于官舍，而蜀人张师厚来过，二王方^②年少，吹洞箫饮酒杏花下。明年，余谪黄州^③，对月独饮，尝有诗云："去年花落在徐州，对月酣歌美清夜。今日黄州见花发，小院闭门风露下。"盖^④忆与二王饮时也。张师厚久已死，今年子立复为古人^⑤，哀哉！

【注释】

　　①王子立：名适，赵州临城人，熙宁十年（1077年）从学于苏轼，时年23岁。元丰二年或三年，娶苏辙次女为妻。

　　②二王：指王子立，王子敏。方：正。

　　③谪（zhé）：封建时代特指官吏降职，调往边外地方。

　　④盖：大概。

　　⑤古人：指亡故之人。

【译文】

　　我在徐州居住的时候，王子立、王子敏都住在官舍之中，这时恰逢蜀人张师厚来拜访我。王子立、王子敏当时正年轻，他二人吹着洞箫陪我们在杏花树下饮酒。第二年，我被贬谪到黄州，孤身一人对月独饮，落寞之中曾写诗说："去年花落在徐州，对月酣歌美清夜；今日黄州见花发，小院闭门风露下。"大概是因为回忆起与两位王姓少年共同饮酒的美好时光吧。如今张师厚已经去世很久了，今年子立也成了亡故之人，真是哀痛啊！

黎檬子

【原文】

吾故人黎錞①，字希声，治《春秋》有家法，欧阳文忠公喜之。然为人质木迟缓，刘贡父戏之为"黎檬子"，以谓指其德，不知果木中真有是也。

一日联骑出，闻市人有唱是果鬻②之者，大笑，几落马。今吾谪海南，所居有此，霜实累累，然二君皆入鬼录。坐念故友之风味，岂复③可见！刘固④不泯于世者，黎亦能文守道不苟⑤随者也。

【注释】

①黎錞（chún）：生卒年不详，今四川广安市人，著名经学家。宋庆历癸未年中进士，熙宁八年任知眉州，后官至朝议大夫。

②鬻（yù）：卖。

③岂复：难道还……。

④固：固然。

⑤苟：随便，轻率；苟且。

【译文】

我的老朋友黎錞，字希声，博学多才，秉承家学，对《春秋》的研究也颇有一家之法，文忠公欧阳修很欣赏他。但他为人处事却显得有些木讷迟钝，刘贡父开玩笑地称呼他为"黎檬子"，以此来形容他的性格品德，却不知道水果中还真有叫这个名字的。

一天，我们三个人一起骑马外出，听见集市上有人高声叫卖"黎檬子"，于是我们相互对视片刻后忍不住仰头大笑，差点儿从马上摔下来。如今我被贬谪到海南来，所居住的地方到处都是"黎檬子"，经霜节气之后，果实累累，但是黎錞、刘贡父两位老友都已经辞世作古了。留下我一人独自孤坐，思念从前与老友相聚的风情况味，难道还可以再相见吗！刘贡父固然是一个不随大流的人，黎錞也是一个会写诗文，遵循自然法则而不随世俗的人啊。

记刘原父语

【原文】

昔为凤翔幕，过长安，见刘原父①，留吾剧饮②数日。酒酣，谓吾曰："昔陈季弼告陈元龙曰：'闻远近之论，谓明府骄而自矜③。'元龙曰：'夫闺门雍穆④，有德有行，吾敬陈元方兄弟；渊清玉洁，有礼有法，吾敬华子鱼；清修疾恶，有识有义，吾敬赵元达；博闻强记，奇逸卓荦⑤，吾敬孔文举；雄姿杰出，有王霸之略，吾敬刘玄德。所敬如此，何骄之有？余子琐琐，亦安足录哉⑥！'因仰天太息。"此亦原父之雅趣⑦也。

吾后在黄州，作诗云："平生我亦轻余子，晚岁谁人念此翁？"盖记原父语也。原父既没⑧久矣，尚有贡父在，每与语，今复死矣，何时复见此俊杰人乎？悲夫！

【注释】

①刘原父：刘敞，字原父，临江新喻人。举庆历进士，曾为廷试第一。

②剧饮：痛饮；豪饮。

③陈季弼：陈矫，字季弼，三国时期的曹魏名臣。明府：汉魏以来对郡守府尹的尊称。自矜：自夸；自尊自大。

④雍穆：和睦，融洽。

⑤博闻强记：形容知识丰富，记忆力强。闻：见闻。卓荦（luò）：卓越，突出。出处：《后汉书·班固传》："卓荦乎方州，羡溢乎要荒。"李贤注："卓荦，殊绝也。"

⑥琐琐：细小，零碎。此处比喻不值得一提。安：哪里；怎能。表疑问词。

⑦雅趣：风雅的意趣。

⑧没（mò）：同"殁"。死亡，故去。

【译文】

我过去曾出任凤翔府节度判官，路过长安的时候，前去拜见刘原父，刘原父挽留我一同畅饮很多天。喝得酒酣耳热之时，对我说："往昔曹魏名臣陈季弼曾经对陈元龙说：'我常听到远近之人的议论，说是明府您骄傲而又自尊自大，果真是这样吗？'陈元龙回答说：'说起那闺门和顺亲睦，德行兼备，我敬重陈元方、陈季方兄弟；至于学识渊博冰清玉洁，讲究礼法，我敬重华子鱼；清廉自修而憎恶贪佞，又有见识讲义气，我敬重赵元达；博学多闻，强于记忆，举止飘逸而又卓越突出之人，我敬重孔文举；雄姿勃发，行为杰出，大有王者称霸于世的过人韬略，我敬重刘玄德。细数我所敬重的这些人，我又有什么可值得骄傲的呢？其余那些都是渺小卑微之人，猥猥琐琐又哪里值得一记呢！'我曾经因此仰天长叹"。其实，这也是刘原父风雅的意趣所在啊！

后来我在黄州作了一首诗说："我平生也轻视这些渺小之辈，到了晚年，还有谁能念念不忘这老翁呢？"这是因为想起了原父曾说过的话。刘原父已经去世很久了，但那时还有贡父在，能常常与他畅谈，可现在贡父也去世了，什么时候才能再见到像他们这样杰出的才俊之士呢？真是可悲可叹啊！

怀古篇

广武叹

【原文】

昔先友史经臣彦辅谓余[①]："阮籍登广武而叹曰：'时无英雄，使竖子成其名[②]！'岂谓沛公竖子乎？"余曰："非也，伤时无刘、项也[③]，竖子指魏、晋间人耳。"

其后余闻润州甘露寺有孔明、孙权、梁武、李德裕之遗迹[④]，余感之赋诗，其略曰："四雄皆龙虎，遗迹俨未刓[⑤]。方其盛壮时，争夺肯少安！废兴属造化，迁逝谁控抟[⑥]？况彼妄庸子，而欲事所难。聊兴广武叹，不得雍门弹[⑦]。"则犹此意也。

今日读李太白《登古战场》诗云："沉湎[⑧]呼竖子，狂言非至公。"遒知[⑨]太白亦误认嗣宗语，与先友之意无异也。嗣宗虽放荡，本有意于世，以魏、晋间多故，故一放于酒，何至以沛公为竖子乎？

【注释】

①史经臣：字彦辅，眉山人，与苏轼之父苏洵同举，博学能文。余：我。

②阮籍：字嗣，三国魏尉氏人。曾为步兵校尉，世称阮步兵。能长啸，善弹琴。曾与嵇康等七人作竹林之游，时人称"竹林七贤"。有《阮步兵集》传世。广武：古城名。故城在今河南荥阳县东北。竖子：小子，对他人的蔑称。泛指无能小子。

③刘、项：刘即刘邦，号称沛公。秦末沛郡丰邑中阳里（今江苏徐州

丰县中阳里街道）人。初为泗上亭长，受义帝命，与项羽分兵破秦。刘邦先入秦都咸阳，为汉王，与父老约法三章，尽除秦苛法。后与项羽征战，相持五年，终胜之，即帝位于汜水之阳，国号汉。项：项羽，名籍，字羽。秦末下相人。力能扛鼎，才气过人，自立为西楚霸王，继与刘邦争天下数年。兵败突围至乌江，自刎而死。

④孔明：诸葛亮，字孔明。三国时蜀相，阳都人，人称"卧龙"。刘备三顾茅庐纳入帐下，遂为刘备策划联吴抗魏之策，佐刘备取荆州、定益州，遂与魏、吴成鼎足之势。后刘备称帝于成都，以亮为丞相。刘备死后，辅佐后主刘禅，志复中原。孙权：字仲谋，三国吴开国皇帝。梁武：即梁武帝萧衍，字叔达。南陵（今江苏常州）人。大梁政权的建立者，庙号高祖。死后葬于信陵，谥武帝。李德裕：字文饶，唐元和宰相李吉甫之子。少立于学，既冠，卓荦有大节，曾为翰林学士，明辨有风采，善为文章。

⑤遗迹俨未刓（wán）：指孔明、孙权等留下的遗迹，依然庄重而未磨损。俨：庄重。刓：磨损，损坏。

⑥迁逝谁控抟（tuán）：人事的变迁、人的逝世，又有谁能控制、操纵呢？抟：本意为聚积，此处为控制之意。

⑦聊兴广武叹：是指阮籍登上广武城楼闲聊而兴起时长叹"时无英雄，使竖子成其名"的叹息。雍门弹：据西汉刘向所撰《说苑·善说》：雍门，在今陕西咸阳县南。战国齐人有名周者，居雍门，因以为号，亦称雍门子或雍门子周，善鼓琴，尝客孟尝君，引琴而鼓之终而成曲，孟尝君涕浪汗增，唏嘘而就之曰："先生之鼓琴，令文立若破国亡邑之人也。"

⑧沉湎：犹沉溺，沉浸。

⑨迺（nǎi）知：才知道。迺：同"乃"。

【译文】

我有位博学能文的前辈乡友名叫史经臣，他曾经对我说："号称'竹林七贤'之一的阮籍，曾登上广武城头，俯视当年楚汉对峙的战场感叹说：'那个时代因为没有英雄豪杰，才使得那些无能小子成就了功名！'这岂不是在骂刘邦是'竖子'么？"我回答说："阮籍并非这个意思，他所感伤的时候，并没有刘邦、项羽在内。他所说的竖子，应当是指最早魏、晋时期的人而已。"

在那之后我听说在润州的甘露寺，至今还留有三国时期诸葛孔明、孙权，以及梁武帝萧衍、唐宰相李德裕的遗迹，我曾对此有感而赋诗一首，大概意思是说："这四位英雄都是如龙似虎，了不起的人物啊！他们的遗迹至今俨然存在，尚未遭到损坏。当这些英雄们正值盛壮之年时，或攻城掠地，或耽于权谋，怎肯稍有闲歇安宁啊！一个朝代的废止或是兴起，原本就当属于天工造化，世事的变迁消逝，又有谁能控制得了呢？何况那些妄诞庸俗之辈，要想成就巨大功业，就更是难上加难了。当年阮籍登上广武城所叹息的'时下无英雄，遂使竖子成其名'，以及往昔雍门子弹琴难得遇到孟尝君那样的知音。"那么以上的所有感叹就都是这个意思了。

现在研读唐朝诗人李白的《登古战场》诗上所说的："沉湎呼竖子，狂言非至公。"才知道李白诗中也误认为阮嗣宗所说的话，错将刘邦指为"竖子"，与史经臣所言之意没有什么区别了。其实，阮籍虽然放荡不羁，佯狂于世，但他本来是想有所作为、拯救当世的，只因当时魏、晋时事黑暗，战事繁杂的缘故，所以才表现得张狂不羁，放浪于酒后妄言。平心而论，他又何至于真的将沛公看成市井小人、无能小子呢？

涂巷小儿听说三国语

【原文】

王彭尝云："涂巷中小儿薄劣①，其家所厌苦，辄②与钱，令聚坐听说古话。至说三国事，闻刘玄德败，颦蹙③有出涕者；闻曹操败，即喜唱快。以是知君子小人之泽④，百世不斩⑤。"彭⑥，恺之子，为武吏，颇知⑦文章，余尝为作哀辞，字大年。

【注释】

①涂巷：街坊；里巷。薄劣（báo liè）：顽皮；顽劣。

②辄：总是，就。

③颦蹙（pín cù）：皱眉皱额，比喻忧愁不乐。

④泽：本义为光泽，润泽。

⑤斩：断绝。

⑥彭：即王彭，是宋朝建国功臣王恺的后代。

⑦颇知：相当通晓。颇：很，相当的意思。

【译文】

王彭曾说："街坊邻里当中有些小孩子非常调皮顽劣，难于管教，他们家里的人都非常烦恼，苦不堪言，于是就只好给他们一些钱，叫他们与大伙儿坐在一起去听说书人讲古时候的故事。至于评说三国的战事，每当孩子们听到刘备打了败仗，就会有皱眉皱额忧愁不乐甚至流出眼泪的；而当听到曹操打了败仗，马上就高兴得拍手称快。凭借这些就能从中知道君子与小人对人心润泽的差异，可以说流传百代也不断绝。"这个王彭就是宋朝建国功臣王恺的子嗣，曾身为武吏，也很有些文采，我曾经为他写过悼文，他，字为大年。

修养篇

养生说

【原文】

已饥方食，未饱先止。散步逍遥，务令腹空。当腹空时，即便入室，不拘①昼夜，坐卧自便，惟在摄身，使如木偶。常自念言："今②我此身，若少动摇，如毛发许，便堕地狱。如商君法，如孙武令，事在必行，有犯无恕。"

又用佛语及老聃③语，视鼻端白，数出入息，緜緜④若存，用之不勤。数至数百，此心寂然，此身兀然⑤，与虚空等，不烦禁制，自然不动。数至数千，或不能数，则有一法，其名曰"随"：与息俱⑥出，复与俱入，或觉此息，从毛窍中，八万四千⑦，云蒸雾散，无始以来，诸病自除，诸障渐灭⑧，自然明悟。譬如⑨盲人，忽然有眼，此时何用求人指路？是故老人言尽于此。

【注释】

①不拘：不论，不管。

②今：本意现在，如今。也有"此刻"之意。

③老聃（dān）：老子，姓李名耳，字聃，或曰谥伯阳。出生于周朝春秋时期陈国苦县，是中国古代伟大的思想家、哲学家、文学家和史学家，道家学派创始人和主要代表人物，被唐朝帝王追认为李姓始祖。

④緜（mián）：同"绵"。

⑤兀然：空无茫然；昏然无知的样子，如兀然躺下。

⑥俱：一同，一起。

⑦八万四千：是形容身上毛窍之多，不是实在的数字。

⑧诸障渐灭：各种障碍都会渐渐消除。

⑨譬如（pì rú）：比如，好比。

【译文】

已经感到腹中饥饿之时当开始吃喝食物，尚未吃饱就应当停止。进食之后就出去散散步，如此逍遥自在，务必使腹内食物消化空尽。当腹中食物消化空尽时，就立刻回到室内休息，不论是白天还是夜晚，也不论采用坐着还是躺卧的姿势，此时可以自己随意，只需注意的是控制身体的舒适度，使之如同木偶一般。那时候我常常自言自语："现在我这个身体，如果稍稍有所摇动，哪怕是有如毛发般大小的丝毫晃动，便会如同堕入地狱。犹如商鞅的治秦之法，亦如孙武的治军之令，令下则势在必行，若有违反者绝不饶恕。"

如果再用以佛家及道家老聃的练功之语，静静地凝视自己的鼻尖，数着自己的呼吸次数，绵延久之，断断续续，若有若无，所用的速度不要太快。当默数到数百次以后，此时的心中就会觉得寂静安然，此时的身体也会感到昏然无知的样子，那一刻与静虚空灵等同，不需要勉强去禁止和制伏它，身心自然而然就都安静而不动了。当数到数千次时，或许不能再往下数了，则另有一法，名叫"随"字诀：就是随着呼吸时与气息同出，再与气息同入，此时或许会觉得这种气息从周身成千上万的毛孔中散发出来，又向四面八方散去，犹如空中云彩蒸腾，雾幔消散，那些没有源头而来的各种病症，便自然消除，各种障碍，也会自然灭绝，这样一来，人也自然而然变得明晰、颖悟。就好比盲人，忽然间有了明亮的眼睛，这时何必还去请求别人指路呢？如此，我这老人的养生之法也都在此说明了。

论雨井水

【原文】

时雨降，多置器广庭①中，所得甘滑不可名，以泼茶煮药，皆美而有益，正尔食之不辍，可以长生。其次井泉甘冷者，皆良药也。《乾》以九二化②，《坤》之六二为《坎》③，故天一为水。吾闻之道士，人能服井花水④，其热与石硫黄钟乳等，非其人而服之，亦能发背脑为疽，盖尝观之。又分、至⑤日取井水，储之有方，后七日辄生物如云母状，道士谓"水中金"，可养炼为丹，此固常见之者。此至浅近，世独不能为，况所谓玄者乎？

【注释】

①广庭：宽阔的厅堂。此亦指庭院。

②《乾》以九二化：指《周易》乾卦之九二，爻（yáo）辞为"见龙在田，利见大人"。化：即化生，走出阴暗，走向生机。

③《坤》之六二为《坎》：《周易》坤卦之六二爻可变动，使之成为坎卦。

④井花水：清晨时第一次打的水，亦作"井华水"。其天一真精之气浮结于水面，所以用来煎取补阴的药物。还可以用来煎煮治疗痰火、调理气血。疽（jū）：即局部皮肤下发生的疮肿。中医指局部皮肤肿胀坚硬而皮色不变的毒疮。

⑤分、至：二十四节令中的春分、夏至、秋分、冬至。

【译文】

等到下雨的时候，多放置一些容器在庭院之中，如此收集起来的雨水甘甜润滑，简直难以形容。用这些水来泼茶煮药，味道好而且对身体大有益处，若是天天食用这样的水而长久不间断，便能使人延年益寿。另外，比雨水稍差一些的井泉之水，若是甘甜清冷的，也都是治病的良药啊。《易经》中的《乾》卦以九二爻预示阳气将施，即将化生而走向生机，《坤》卦之六二可变动成为《坎》卦，所以万物自太极天一都源于水。我曾听道士说，人可以直接饮用清晨最初汲取的井水，但这种水的热毒与石硫黄、钟乳相当，如果不能适应这些毒素的人喝下去，也有可能引发背部和头部生出毒疮，我曾

亲眼看到过。另外，等到春分、秋分、夏至、冬至的时候汲取井水，如果采用合理的方法将它储藏起来，七日之后就会生出云母状的菌类物体，道士称之为"水中金"，可以把它蓄养起来炼成丹药，这固然是常见的东西。然而就是这种极其浅显贴近的事情，世上人却都做不到，更何况是那些所谓深奥玄妙的事情呢？

论修养帖寄子由

【原文】

任性逍遥①，随缘放旷，但尽凡心，别无胜解②。以我观之，凡心尽处，胜解卓然。但此胜解不属有无，不通言语，故祖师教人到此便住。如眼翳尽③，眼自有明，医师只有除翳药，何曾有求明药？明若可求，即还是翳。固不可于翳中求明，即不可言翳外无明。而世之昧者，便将颓然无知认作佛地。若如此是佛，猫儿狗儿得饱熟睡，腹摇鼻息，与土木同，当恁么时，可谓无一毫思念，岂谓猫狗已入佛地？故凡学者，观妄除爱，自粗及细，念念不忘，会作一日，得无所住④。弟所教我者，是如此否？因见二偈⑤警策，孔君不觉耸然，更以闻之。书至此，墙外有悍妇与夫相殴，詈声飞灰火，如猪嘶狗嗥⑥。因念他一点圆明⑦，正在猪嘶狗嗥里面，譬如江河鉴物之性，长在飞砂走石之中。寻常静中推求，常患不见，今日闹里忽捉得些子。元丰六年三月二十五日。

【注释】

①任性：这里指听凭秉性行事，率真不做作，无所顾忌，按自己的愿望或想法行事。逍遥：优游自得；优哉游哉；无拘无束。

②胜解：佛教专有名词，又作信解、信乐、信、愿乐，即净心信顺教法。胜解是深刻的理解，达到坚定不拔的阶段，是最优胜的理解，妙悟。

③眼翳（yì）：就是翼状赘肉，是一种翼状纤维血管的缔结组织过度

增生所致；长在上下眼裂之间的球结膜上，从眼角向角膜生长。发生的原因通常以在室外工作及常受阳光和风的刺激容易产生。

④无所住：出自《金刚经》"应无所住，而生其心"。人应该对世俗物质无所执着，才有可能深刻领悟佛。住：指的是人对世俗、对物质的留恋程度。

⑤偈（jì）：即佛经中的唱词，偈语。

⑥詈（lì）：骂，责骂。嗥（háo）：同"嗥"。吼叫。

⑦圆明：佛教语。谓彻底领悟，圆满明觉。

【译文】

为人处世想要尽其天性悠游自得，随其缘来缘去空旷练达，只需除尽俗世利欲之念，没有其他更优胜的妙解了。以我的观点来看，但凡俗世利欲之念消失之后，优胜的妙解自然就能够得以突出明了。但是这种优胜的妙解不属于世间的事物，其中有即是无，无即是有，这些无法用语言表达通络，所以佛祖对凡人的教诲到这里便停止了。就像眼睛上生长的赘肉消失，眼睛自然就会见到光明，医师只能配制去除眼部赘肉的药，何尝能够配制能够求取光明的药呢？光明之药就算可以求取，但随后眼睛上还是会难免生出赘肉。所以说不能在眼睛上有赘肉的时候求得光明，但也不能说长了赘肉的眼睛之外就没有了光明。而世上那些愚昧无知的人，都把疲惫昏睡看作是进入了佛境。如果说这样就是进入佛境，那么小猫小狗每天吃饱就睡，腹部随着呼吸起伏，与土壤和树木等同，在那个时候，可以说是没有一丝一毫的思维杂念，难道说猫狗也已经进入了佛境？所以说，凡是有学识的人，观察虚妄执念，摒除过度爱欲，从粗略到精细，都念念不忘，这样领悟禅坐一天，就能参悟出佛经中所说的"人应该对世俗物质无所执着"。弟弟你所教给我的，是否就是这样的呢？因为看到两句佛偈和精警策语，不由得浑身毛孔大张惊恐不已，特别想告诉你我此时的感受。写到这儿，忽然听到墙外有凶悍的妇人与丈夫互相殴打谩骂，叫骂之声暴烈得能惊起飞灰烟火，如同猪狗嘶鸣吼叫。因而想到他们的那一点圆满明觉的心性，就在这猪嚎狗叫里面吧。比如那江河能鉴照其他事物的特性，往往是在飞沙走石中更能展现无遗。在寻常静寂之中想要推度寻求心灵的顿悟，往往遗憾找不到，而在今天这样的喧闹声中，我反倒忽然捕捉到了一些感悟。记于元丰六年三月二十五。

导引语

【原文】

导引①家云："心不离田，手不离宅。"此语极有理。又云："真人②之心，如珠在渊，众人之心，如泡在水。"此善譬喻③者。

【注释】

①导引：亦作"道引"。导气令和，引体令柔的意思。是修炼者以自力引动肢体所做的俯仰屈伸运动（常和行气、按摩等相配合），以锻炼形体的一种养生术，与现代的柔软体操相近似，属气功中之动功。

②真人：指古代道家洞悉宇宙和人生本原，真真正正觉醒，觉悟的人；道教称有养本性或修行得道的人，多用作称号，如关尹子、文子、列子、庄子在唐代皆封为真人，鬼谷子、张三丰、王重阳、安期生等皆为得道真人。

③譬喻：比喻。

【译文】

专攻导引养生的学家说："养生之道，在于，心要守护丹田而不远离，双手要护住脸面而不轻易离开。"这话说得非常有道理。又说："得道真人的心就像珍珠埋在深渊底部一样，而平常人的心，则像泡泡一样浮在水面之上。"这正是善于比喻的人所说的话。

录赵贫子语

【原文】

赵贫子^①谓人曰："子神不全。"其人不服，曰："吾僚友万乘^②，蝼蚁三军^③，糠粃^④富贵而昼夜生死，何谓神不全乎？"贫子笑曰："是血气所扶，名义所激，非神之功也。"明日问其人曰："子父母在乎？"曰："亡久矣。""尝梦见乎？"曰："多矣。""梦中知其亡乎？抑以为存也？"曰："皆有之。"

贫子曰："父母之存亡，不待计议而知者也。昼日问子，则不思而对；夜梦见之，则以亡为存。死生之于梦觉有间矣，物之眩子而难知者，甚于父母之存亡。子自以神全而不学，可忧也哉！"予尝与其语，故录之。

【注释】

①赵贫子：据苏辙《栾城集》中记载，赵贫子为一位落魄的文人，苏辙谪居高安时与他相识。苏轼谪居黄州时，赵贫子前去拜访，并留住半年左右。

②万乘：指天子。周制，天子地方千里，出兵车万乘，诸侯地方百里，出兵车千乘，故称天子为"万乘"。

③蝼蚁三军：把三军将士比作蝼蚁。

④糠粃（kāng bǐ）：亦作"糠秕"。谷皮和瘪谷。比喻粗劣而无价值之物。

【译文】

赵贫子对别人说："你的精气神不齐全。"那人不服气，说："我将万乘之君当作同僚友人，把三军将士看作蝼蚁之众，视钱财富贵如糠粃贱物，而把生死看作是昼夜交替那么平常，你怎么能说我精气神不齐全呢？"贫子笑着说："你这些表现都是依靠血气支撑而已，是借助名义所激发，并不是你本人的精气神所表现出来的功劳。"第二天赵贫子又去问那个人："你的父母还健在吗？"那人回答："已经去世很久了。"赵贫子又问："你曾经梦见过他们吗？"那人回答："梦见过很多次。"赵贫子接着又问道："梦中知道他们已经去世了吗？抑或是以为他们都还活着？"那人回答："两种情况都有。"

赵贫子说："对于父母是在世还是已经亡故，这是不用计算思考就能知道的事情。白天问你这个问题，你可以不用思考就能回答；夜晚你做梦见到他们，却把已经亡故的父母当成还活着。关于生和死在睡梦与睡醒之间尚且还有距离呢，至于那些能迷惑令你心迷目眩而难以分辨的事物，要比确认父母存亡与否还要难很多。如今你自认为精气神齐全就不再认真修学，可真是令人担忧啊！"因为我曾经参与倾听了赵贫子跟那个人的对话，所以就把他们所说的话都记录下来了。

养生难在去欲

【原文】

昨日太守杨君采①、通判张公规邀余出游安国寺，坐中论调气养生之事。余云："皆不足道，难在去欲。"张云："苏子卿啮雪啖毡②，蹈背出血，无一语少屈，可谓了生死之际矣，然不免为胡妇生子。穷居海上，而况洞房绮疏③之下乎？乃知此事不易消除。"众客皆大笑。余爱其语有理，故为记之。

【注释】

①杨君采：应作"杨君素"。杭州太守，是苏轼父执辈。

②苏子卿：即苏武，字子卿，汉族，杜陵（今陕西西安东南）人，西汉大臣。武帝时受命出使匈奴，遭扣押十九年之后才得以回国。啮

（niè）：同"啮"，啃、咬。啖（dàn）：吃或给人吃。

③绮疏（qǐshū）：指雕刻成空心花纹的窗户。此处借指豪华居室。

昨天太守杨君素、通判张公规邀请我去安国寺游玩，座席之中一起谈论起关于调气养生的事情。我说："其他的都不值得一说，最难的就是去除自己的欲望。"张公规说："苏武出使匈奴反被扣留，因为不屈服而被放逐到冰天雪地牧公羊，每天靠嚼雪吞吃毡毛充饥，他因为明志不惜自刺，别人为了救活他而蹈压其背使其吐出瘀血才幸免一死，如此受尽折磨他也没说过一句屈服投降的话，可以说是看透生死边际的人了。然而他也避免不了与胡人女子结婚生子。像他这样穷困潦倒而住在北海之地尚且如此，更何况是在豪华雕花居室之中洞房花烛夜的诱惑呢？由此可以知道，禁欲这件事不容易消除。"在座的客人都大笑起来。我喜欢听他说的话，觉得十分有道理，所以就把这些记了下来。

阳丹诀

【原文】

冬至后斋居①，常吸鼻液②，漱炼令甘，乃咽下丹田。以三十瓷器，皆有盖，溺其中，已，随手盖之，书识其上，自一至三十。置净室，选谨朴者守之。满三十日开视，其上当结细砂如浮蚁状，或黄或赤。密绢帕滤取，新汲水净，淘澄无度，以秽气尽为度，净瓷瓶合贮之。夏至后取细研，枣肉丸如梧桐子大，空心酒吞下，不限丸数，三五日后服尽。夏至后仍依前法采取，却候冬至后服。此名阳丹阴炼，须清净绝欲，若不绝欲，其砂不结。

【注释】

①斋居：斋戒别居。

②鼻液：指鼻涕。

【译文】

冬至过后我开始斋戒别居，经常吸进自己的鼻涕，漱口片刻使其凝炼而后变得甘甜，然后就咽下去使其直达丹田之地。找出三十件瓷器，都有盖子的，在其中小便，便出以后随手把盖子盖上，再在上面写上标记，从第一到第三十。将它们放在干净的房间里，挑选了一些谨慎质朴的仆人看守那些瓷器。等到三十天后再打开查看，就会发现上面凝结了很多像漂浮的蚂蚁一样的细砂，有的颜色发黄，有的颜色发红。再用细密的手帕将这些细砂过滤出来，重新取来干净的水多次融化搅拌，溶解后的水干净极了，我认为这是因为秽气都被去除了，然后就取来干净的瓷瓶把这些细砂合在一起储存起来。到了夏至之后，取出来与枣肉和在一起细细研磨，使之成为梧桐子那么大的药丸，空腹喝酒的时候吞下，不限制吞服的丸数，三五天后全部都吃完。夏至之后，依然依照之前的方法采这种细砂，但是要等到冬至之后再服用。这种方法就叫阳丹阴炼，当然那时候必须内心清净，禁绝自己所有的欲望，如果不能禁欲，则那些细砂就不会凝结出来。

阴丹诀

【原文】

取首生男子之乳，父母皆无疾恙①者，并养其子，善饮食之，日取其乳一升，少只半升已来亦可。以朱砂银②作鼎与匙，如无朱砂银，山泽银亦得。慢火熬炼，不住手搅如淡金色，可丸即丸，如桐子大，空心酒吞下，亦不限丸数。此名阴丹阳炼。世人亦知服秋石，然皆非清净所结；又此阳物也，须复经火，经火之余皆其糟粕③，与烧盐无异也。世人亦知服乳，乳，阴物，不经火炼则冷滑而漏精气也。此阳丹阴炼、阴丹阳炼，盖道士灵智妙用，沈机捷法，非其人不可轻泄，慎之！慎之！

【注释】

①疾恙（jí yàng）：泛指疾病。

②朱砂银：此乃方士用诸药合朱砂炼制而成者。

③糟粕（zāo pò）：是指造酒剩下的渣滓。也指废弃无用的事物；食物经消化吸收后所余的废物。

【译文】

取来第一胎生了男婴的母乳，但这必须是没有疾病的健康父母，而且能够好好抚养这个孩子，并能合理饮食的人，然后每天取一升乳汁，如果乳汁少，半升也可以。用朱砂银来制作鼎和汤匙，如果没有朱砂银，用山泽银代替也可以。经过小火熬煮炼制，不停用手搅拌等到乳汁成了淡金色，如果能做成药丸，就趁热做成药丸，形状如梧桐子那样大小，然后空腹时用酒送服，也不限制服下的药丸数量。这种方法叫阴丹阳炼。世上的人也都知道服用秋石

以养生，然而那并不是清净之物凝结而成的；又因为这是阳性的药物，必须反复经火熬煮，经火熬煮之后剩下的都是它的废物糟粕，其实这与烧煮食盐没什么差异了。世上人也知道服用乳汁可以养生，而乳汁，是阴性之物，如果不经过火烧炼制就会变得又冷又滑腻，而且其中的精气也都漏掉了。这两种阳丹阴炼、阴丹阳炼的方法，的确是道士灵验智慧的妙用，是一种奇妙而快捷的方法，如果不是修道中人不能轻易泄露机密，要谨慎存留！千万要谨慎！

乐天烧丹

【原文】

乐天①作庐山草堂，盖亦烧丹也，欲成而炉鼎②败。来日，忠州刺史除书③到。乃知世间、出世间事，不两立也。仆有此志久矣，而终无成者，亦以世间事未败故也，今日真败矣。《书》曰："民之所欲，天必从也。"信而有征④。

【注释】

①乐天：白居易，字乐天，唐代著名诗人。盖：大概，差不多。

②炉鼎：炉灶与鼎。炼丹用具。多借指内丹家所说的丹田。

③除书：意为拜官授职的文书。

④征：验证，证明；预兆，征兆。

【译文】

白居易修建了一座庐山草堂，大概也是为了炼丹，然而快要炼制成功的时候炉灶与鼎却破裂了。后来有一天，皇帝任命他为忠州刺史的诏书就送到了。这才知道留在俗世间出仕做官与出世入道升仙之事，是不能同时并存的。我有出世修仙的想法已经很久了，但是始终没能实现，也是因为俗世间出仕做官还没到彻底失败的缘故，而直到今天才知道真的彻底失败了。《尚书》中说："人所希望达到的，上天定会顺从他的意愿。"看来，实在可信而有所验证。

赠张鹗

【原文】

张君①持此纸求仆书，且欲发药②。不知药，君当以何品？吾闻《战国策》中有一方，吾服之有效，故以奉传。其药四味而已：一曰无事以当贵，二曰早寝以当富，三曰安步以当车，四曰晚食以当肉。夫已饥而食，蔬食有过于八珍③，而既饱之余，虽刍豢满前，惟恐其不持去也④。若此可谓善处穷者矣，然而于道则未也⑤。安步自佚⑥，晚食为美，安以当车与肉为哉？车与肉犹⑦存于胸中，是以有此言也。

【注释】

①张君：即张鹗（è）。仆：我。

②发药：原意指开发药方治病。此指给人以劝戒、教诲、开导，以此当作药石纠正缺点。

③八珍：八种珍贵的食物。古以龙肝、凤髓、豹胎、鲤尾、鸮（xiāo）炙、猩唇、熊掌、酥酪蝉为八珍。此处泛指珍贵食品。

④虽刍豢满前，惟恐其不持去也：喂牲口的草料称"刍"，此处代指牲口。豢（huàn）：豢养，此处指喂养的牲畜。这句是说，如果已经吃饱了饭菜，那么，虽有牛羊犬猪之类的美味肉食摆在面前，你恐怕也会吃不下去而让它们离开的。

⑤善处穷者：即会过穷困日子的人。于道则未也：这对于养生规律来说就未必完全仅此而已了。

⑥佚（yì）：同"逸"，安逸，舒服。

⑦犹：如同，好比。

【译文】

张鹗拿着这样一张纸求我给他书写一段话，姑且想以此当作修身养性的药石。其实我也不懂修身的药理，又怎能知道你需要什么药品呢？不过，我听说《战国策》一书中有一剂良方，我服用它之后果真非常有效，因此就把它恭敬地奉传给你吧。这药方只有四味药而已：一种叫平安无事当作显贵，二是早早安寝当作富裕，三是缓步徐行当作车马，四是推迟用餐可替作美味。那就是说，在你自身感到饥饿的时候再进食，吃蔬菜素食的感觉都能赛过吃下"八珍"美食，而且在吃饱了之后，即使有各种牛羊犬猪之类的美味肉食满满地摆在你面前，恐怕还巴不得让人把那些东西赶快拿走呢。如果能做到这些的话，你就是一个善于在困窘中生存的人了，但是这对于道术修养来说就未必完全如此了。泰然缓步而使自己安逸舒服，推迟饮食而感受享用饭菜的美味，或许你要问，难道这是要把安步与晚食当作车马和美味吗？其实，如同有了这样的车马和美味存在于一颗安贫乐道的心胸之中，所以才会有这样说法啊。

记三养

【原文】

东坡居士①自今日以往，不过一爵②一肉。有尊客，盛馔③则三之，可损不可增。有召我者，预以此先之，主人不从而过是者，乃止。一曰安分以养福，二曰宽胃以养气，三曰省费以养财。元符三年八月。

【注释】

①东坡居士：苏轼自称。

②爵：古代饮酒的器皿，三足，以不同的形状显示使用者的身份。

③馔（zhuàn）：饮食，吃喝。

【译文】

东坡居士我从今天开始，每餐饮食不超过一杯酒以及一个带肉的菜。有尊贵的客人来访，我会为他准备丰盛的饮食，那么就增加三倍，可以少于三倍，绝不能增多。有邀请我去做客的人，我就预先把这些原则告诉他，主人如果不听从我的要求，反而一定要准备过多的酒菜，那么我就不去赴宴。所谓三养，第一是说要安分守己，这样就可以用来养福；第二是说让胃里留有宽余之地，这样就可以养气；第三是说可以省下饮食所需的费用，这样就可以养财。元符三年八月书。

谢鲁元翰寄暖肚饼

【原文】

公昔遗余以暖肚饼①，其直②万钱。我今报公亦以暖肚饼，其价不可言。中空而无眼，故不漏；上直而无耳，故不悬③；以活泼泼为内，非汤非水；以赤历历为外，非铜非铅；以念念不忘为项④，不解不缚；以了了常知为腹，不方不圆。到希领取，如不肯承⑤当，却以见还。

【注释】

①公：此指鲁元翰。暖肚饼：类似今天的暖水袋。

②直：通"值"，价值。

③故：因此，所以。悬：悬挂。

④项：脖颈，颈项。

⑤承：本意捧着。此处为接受之意。

【译文】

鲁公你过去赠送给我的暖肚饼，看它的价值能值万贯钱。而我现在回赠给你的也是暖肚饼，那价值高得简直不可言说。这暖肚饼中间是空的，却看不见洞眼，所以不会渗漏；上方是直的，却没有"耳朵"，所以不能悬挂起来。这暖肚饼的内部能盛装活脱脱的东西，但既不是汤又不是水；外边赤条条清晰可见的是闪闪亮亮，但既不是铜也不是铅。这暖肚饼以念念不忘为颈脖，却不用解开也无需捆缚；这饼以聪明了了和知晓日常事物为肚腹，可它却既不方也不圆。到时候希望鲁公你及时领取；若是你不肯接受，自当推却所见之物而及时退还。

辟谷说

【原文】

洛下有洞穴，深不可测①。有人堕其中不能出，饥甚，见龟蛇无数，每旦辄引首东望，吸初日光咽之。其人亦随其所向，效之不已，遂不复饥，身轻力强。后卒②还家，不食，不知其所终。此晋武帝时事。

辟谷之法以百数，此为上，妙法止于此。能服玉泉③，使铅汞具体，去仙不远矣④。此法甚易知易行，天下莫能知，知者莫能行，何则？虚一而静者，世无有也。

元符二年，儋耳⑤米贵，吾方有绝粮之忧，欲与过子⑥共行此法，故书以授之。四月十九日记。

【注释】

①洛下：指洛阳城。深不可测：深得无法测量。比喻对事物捉摸不透。

②卒（zú）：终究；终于。

③玉泉：又称玉液。是用美玉碎屑制成的浆液，在古代汉族神话传说中饮了它可以成仙。

④去仙不远矣：离成仙不远了。

⑤儋耳（dān ěr）：古代南方国名。又名离耳。汉元鼎六年内属，称儋耳郡。在今海南省儋县。

⑥过子：指苏轼的小儿子苏过。行：修炼，修行。

【译文】

在洛阳城地界有一个洞穴，这个洞深得简直无法测量。曾经有个人不小心坠落洞中而无法爬出来，这人在极度饥饿时，发现洞中有数不尽的龟蛇，它们每天早晨便昂起头来向东方张望，吸纳初升太阳的光芒而吞咽到腹中。这个人看到这一切也跟随龟蛇昂起头来向东方张望，如此不停地效仿吸纳，于是就不再感到饥饿，变得身轻力壮了。后来此人终于得以爬出洞穴回到家中，但从此不吃不喝，最后不知他的去向。这个传说是晋武帝时期的事。

关于辟谷的办法有上百种之多，而这里所讲的方法才是上等的，最妙的方法亦不过如此。如果能够长期饮服玉屑与甘露合成的玉液，使玉液中所含的铅汞全部储备于体内，那就离修行成仙不远了。这种方法很容易看明白，也很容易施行，可惜普天之下有很多人不知道此法，即便是知道了往往也不能付诸行动，然而这是什么原因呢？原来，能够虚静恬淡而寂寞无为的人，世上已经没有了。

元符二年，适逢儋耳之地的米粮很贵，我们家很快就有绝粮的忧虑，于是便想和幼子苏过共同修炼辟谷之法，所以将此法书写下来传授给苏过。四月十九日记。

记服绢

【原文】

医官张君传服①绢方，真神仙上药也。然绢本以御寒，今乃以充服食，至寒时当盖稻草席耳②。世言着衣吃饭，今乃吃衣着饭耶？

【注释】

①服：服食，服用。

②耳：表示肯定或语句的停顿与结束，如同"矣"，相当于"了""啊"。

【译文】

医官张君自说有一副祖传的服食以绢为饵的药方，这真是修道成仙的上等药方啊。然而众所周知，绢本来是用来抵御寒冷的，现在却拿它来充当吞服食用之物，看来，等到天气寒冷的时候就要使用稻草席充当衣物遮盖躯体了。以往世人都说穿衣吃饭，现在就应改成吃衣穿饭了吧？

记养黄中

【原文】

元符三年，岁次庚辰；正月朔，戊辰；是日辰时，则丙辰也。三辰一戊，四土会焉，而加丙与庚：丙，土母，而庚其子也。土之富，未有过于斯时也。吾当以斯时肇养黄中①之气，过此又欲以时取薤姜蜜作粥以啖②。吾终日默坐，以守黄中，非谪居③海外，安得此庆耶？东坡居士记。

【注释】

①肇（zhào）：开始，初始。黄中：心脏；内德。古代以五色配五行五方，土居中，故黄为中央正色。

②薤（xiè）：多年生草本植物，地下有鳞茎，鳞茎和嫩叶可食。啖（dàn）：吃，食用。

③谪居：在被贬谪之地居住。

【译文】

元符三年，按岁次排列当是庚辰年；正月初一是戊辰日；这一天早晨的三时到五时，就可以称作丙辰了。三辰一戊，按照五行来说恰好是四个属土的时辰会集到一起，再加上丙和庚，此时丙是土母，而庚属其子。五行之中土之富盛，从没有能超过这个时辰的了。我应当在这个时候开始修养我的心脏之气，等过了此时又想趁着最佳时刻及时取出薤姜蜜熬粥来吃。我整天默然静坐，以守护我的黄中之气，如果不是被贬谪到这个偏僻的山海外之地居住，又怎能有这样值得庆祝的好运气呢？东坡居士记。

疾病篇

子瞻患赤眼

【原文】

余患赤目①，或言不可食脍②。余欲听之，而口不可，曰："我与子为口，彼与子为眼，彼何厚，我何薄？以彼患而废我食，不可。"子瞻不能决③。口谓眼曰："他日我痼④，汝视物吾不禁也。"

管仲有言："畏威如疾，民之上也⑤；从怀如流，民之下也。"又曰："宴安酖毒⑥，不可怀也。"《礼》曰："君子庄敬日强，安肆日偷。"此语乃当书诸绅⑦，故余以"畏威如疾"为私记云。

【注释】

①赤目：即人们普遍所说的"红眼病"，由病菌感染导致的眼白部分充血变红。非致命性疾病。

②脍（kuài）：指细切的肉、鱼。出自《说文解字》《礼记·内则》等古籍。

③子瞻：即苏轼，字子瞻。决：决断。

④他日：以往；昔日。痼（gù）：久病不治；或积久难治之病。据

《玉篇》："瘤：久病也。"

⑤畏威如疾，民之上也：像怕疾病一样地敬畏天威的人，是人中的最上者。

⑥宴安酖毒：指贪图安逸享乐等于饮毒酒自杀。同"燕安酖毒"。酖（zhèn）毒：毒酒。引据《左传·闵公元年》："诸夏亲昵，不可弃也；宴安酖毒，不可怀也。"酖：同"鸩"。

⑦绅（shēn）：古代士大夫束腰的大带子，引申为束绅的人。

【译文】

最近我患了红眼病，有人说患病期间诸如细切的鱼和肉类食物都不能吃。我本想听信这些禁忌，可我的嘴巴却不答应，埋怨说："我给你当嘴巴，它给你当眼睛，为何你待它那样厚道，而待我却这样薄情？因为它患病反而不让我随意吃食，你不可以这样做。"我听了这番话，一时不能决断。接着口又对眼睛说："以往我久病难以治愈，而眼睛你并没患疾病之时，你视看万物我从来都没有制止过你啊！"

记得管仲曾经说过："像惧怕罹患疾病一样地敬畏天威的人，是人中的上品；那种随心所欲随波逐流的人，是人中的下等。"他还说过："沉溺于安逸享乐无所作为，就如同饮入毒酒一般，不可怀恋啊。"《礼记》中说："君子如能坚持庄严恭敬，则能一天天变得强大起来；若是耽于纵情安乐，行为放肆，就会一天天变得苟且偷安。"这些话真应当马上书写在每一位士人的腰带上，以便他们时刻铭记，所以，我也把"畏威如疾"的告诫之语记下来，以便时刻警示自己对口腹之欲不可肆意放纵。

治眼齿

【原文】

岁日①，与欧阳叔弼、晁无咎、张文潜同在戒坛。余病目昏，数以热水洗之。文潜曰："目忌点洗。目有病，当存②之，齿有病，当劳之，不可同也。治目当如治民，治齿当如治军，治民当如曹参③之治齐，治军当如商鞅之治秦。"颇有理，故追录之。

【注释】

①岁日：大年初一。一作"前日"。

②存：体恤，保养，保护。

③曹参：字敬伯，江苏沛县人，西汉开国功臣，名将，是继萧何之后的汉代第二位相国。

【译文】

大年初一，我与好友欧阳叔弼、晁无咎、张文潜一同来到佛教僧徒传戒之坛。当时我正患眼病，两眼昏花视物不清，于是就想用热水清洗眼睛。张文潜看到后对我说："患眼病应该忌讳清洗。眼睛有病了，应当注重休息保养；倘若是牙齿有病，应当

动而治之，二者不可以使用同样的方法对待。医治眼病当如治民，医治齿疾当如治军，治民应该像当年曹参治理齐国一样，治军应当像前朝商鞅治理秦国一样。"听他这么一说觉得非常有道理，所以我追忆原话并把它全部记录下来。

庞安常耳聩

【原文】

蕲州庞君安常善医而聩①，与人语，须书始能晓②。东坡笑曰："吾与君皆异人也，吾以手为口，君以眼为耳，非异人③乎！"

【注释】

①蕲（qí）州：隶属今湖北省。聩（kuì）：先天性耳聋。后泛指耳聋。

②晓：知晓，知道，明白。

③异人：不寻常的人；有奇异之才的人。

【译文】

蕲州的庞安常医术高明但是耳朵聋，他与别人语言交谈的方式，必须依靠写字才能知道对方所表达的意思。我患眼病前去求医的时候跟他开玩笑说："我和你都是奇人异士啊，我用手当嘴巴，你用眼睛当耳朵，这难道不是奇人异士才具备的才能吗！"

梦寐篇

记梦参寥茶诗

【原文】

昨夜梦参寥①师携一轴诗见过，觉②而记其《饮茶诗》两句云："寒食清明都过了，石泉槐火一时新。"

梦中问："火固③新矣，泉何故新？"答曰："俗以清明淘井④。"当续成诗，以记其事。

【注释】

①参寥（cān liáo）：即参寥子，是宋僧道潜的别号。道潜，善诗，与苏轼、秦观为诗友。

②觉：这里指一觉醒来。

③固：固然。

④淘井：意思是舀出水井里的泥沙或污水。淘井是北方农村人工挖井的代称。文中所指的是当地的一个风俗。

【译文】

昨夜梦见参寥子大师携带一卷轴抒写饮茶的诗来看我，一觉醒来后便记下了《饮茶诗》的这两句："寒食清明都过了，石泉槐火一时新。"

记得我在梦中问参寥子大师："火，固然是新的；泉，又何故是新的呢？"参寥回答说："因为此地风俗是清明淘井。"忽然觉得我应当马上将这两句续成完整的一首诗，并以此文记下这桩趣事。

记梦赋诗

【原文】

轼①初自蜀应举京师，道过华清宫②，梦明皇令赋《太真妃裙带词》，觉而记之。今书赠柯山潘大临邠老③，云："百叠漪漪水皱，六铢縰縰云轻④。植立⑤含风广殿，微闻环佩⑥摇声。"元丰五年十月七日。

【注释】

①轼：苏轼自称。

②道过：途经。华清宫：是唐代封建帝王游幸的别宫。后也称"华清池"，位于陕西省西安市临潼区。

③潘大临：字邠（bīn）老，秀才，北宋江西派诗人，著有《柯山集》。苏轼贬居黄州时，二十多岁的潘大临从苏轼学诗习书。

④六铢（zhū）：指六铢衣。縰縰（xǐ）：众多貌。六铢縰縰云轻：形容妙龄女子脚步翩跹，轻盈优美的样子。

⑤植立：站立。

⑥环佩：古人所系的佩玉。后多指女子所佩的玉饰。

【译文】

苏轼我当初为了应试科考而从蜀地奔赴京师，途经华清宫后夜宿之时，梦见唐明皇令我作赋一首《太真妃裙带词》，一觉醒来后我便把它记了下来。今天写好赠给柯山潘大临，诗中说："百褶裙层层叠叠摆动起来如同水面泛起的粼粼涟漪，仿佛六铢衣裙上点缀的串串美玉轻如云絮。亭亭玉立在空阔的含风广殿，微风拂过便能听到环佩摇曳的声音。"写于元丰五年十月初七。

记子由梦

【原文】

元丰八年正月旦日，子由梦李士宁[①]，草草为具，梦中赠一绝句云："先生惠然肯见客，旋买鸡豚[②]旋烹炙。人间饮酒未须嫌，归去蓬莱却无吃。"

明年闰二月六日为予道之，书以遗[③]过子。

【注释】

①子由：苏轼的弟弟苏辙，字子由。李士宁：北宋时期人，他善说吉凶祸福，虽然目不识丁，却能够口头作诗。他的预言，司马光看作是异端邪说、甚至大逆不道，但却迷惑了许多人。李士宁周游四方，到了京师，与王安石交往密切，

②鸡豚：鸡和猪。古时农家所养禽畜。

③遗：留给。

【译文】

元丰八年正月的第二天，我的弟弟子由梦见了李士宁前来拜访，于是草草置办酒宴款待他，梦中李士宁赠送一首绝句："先生仁心诚恳接待客人，转身飞快买来鸡豚鲜肉烹煮烤炙。承蒙不嫌，在人间饮酒无需太多禁忌，但是归去蓬莱仙境就不能吃了。"

第二年闰二月初六，子由见到我时就给我讲述了这个梦，我把它写下来留给我的小儿子苏过。

记子由梦塔

【原文】

明日兄之生日，昨夜梦与弟①同自眉入京，行利州②峡，路见二僧，其一僧须发皆深青，与同行。问其向去灾福，答云："向去甚好，无灾。"问其京师所需，"要好朱砂五六钱。"又手擎一小卯塔③，云："中有舍利。"兄接得，卯塔自开，其中舍利灿然如花，兄与弟请吞之。僧遂分为三分，僧先吞，兄弟继吞之，各一两，细大不等④，皆明莹而白，亦有飞进空中者。僧言："本欲起塔，却吃了！"弟云："吾三人肩上各置一小塔便了。"兄言："吾等三人，便是三所无缝塔。"僧笑，遂觉。觉后胸中噎噎然⑤，微似含物。梦中甚明，故闲报为笑耳。

【注释】

①弟：指苏轼的弟弟苏辙。

②利州：今四川广元。

③擎（qíng）：向上托；举。卯塔：塔名。因其位在卯方，所以称为卯塔。

④细大不等：大小不等，大小不匀之意。细：细小，小。

⑤噎（yē）噎然：食物塞住了嗓子的样子。

【译文】

　　明天就是兄长的生日了，昨晚梦见兄长与弟弟一同从家乡眉山进入京师赶考，行进到利州峡一带时，在路上遇见两位僧人，其中一位僧人的头发、胡须都是深青色，他二人与我们一起同行。我问及此番前去是灾是福？他回答说："此一路前去非常顺利，甚为平安，无灾无难。"我又问他去京城所需要携带的物品，他回答说："只要上好的朱砂五六钱。"随后又见他抬手托起一座小巧玲珑的卵塔，说道："塔中藏有舍利子。"兄长把它接在手中，卵塔竟然自己开裂，只见其中的舍利子灿然如花，兄长与我都请求将它吞食下去。僧人便将舍利子分成三份，僧人先吞食一份，兄长与我也相继将另外两份吞食了，每份舍利子大约一两重，大小不是十分均等，但都是晶莹洁白而且非常明亮，也有小部分飞迸于空中的。只听僧人说："本来想要起塔的，我们却将舍利子吃了！"弟弟说："吃了舍利子，我们三人肩上就能分别放置一座小塔了！"兄长说："我们三人，便是三座无缝之塔。"僧人听了以后仰面大笑，随后就醒了。梦醒后觉得胸中像是有食物噎住的样子，有点像先前梦中所吞食的舍利子。不过，回想起刚才的梦境依旧很清晰，因此找个空闲将这趣事讲出来，当作一个笑话罢了。

梦中作《祭春牛文》

【原文】

　　元丰六年十二月二十七日，天欲明，梦数①吏人持纸一幅，其上题云：请《祭春牛文》。予取笔疾书②其上，云："三阳既至，庶草将兴③，爰出④土牛，以戒农事。衣被丹青之好，本出泥涂，成毁须臾⑤之间，谁为喜愠⑥？"吏微笑曰："此两句复当有怒者。"旁一吏云："不妨，此是唤醒他。"

【注释】

①数：几，几个。这里意为数名。

②疾书：指快速地挥笔书写。疾：快速地。

③庶：众多。兴：兴起，兴盛。

④爰（yuán）出：纷纷缓慢而出。爰：舒缓的样子。

⑤须臾（xū yú）：衡量时间的词语，表示一段很短的时间，片刻之间。

⑥愠（yùn）：怒，怨恨，气恼。

【译文】

元丰六年十二月二十七日，天将破晓黎明之时，我梦见数名官吏手持一幅纸，上面写道：请作一篇《祭春牛文》。于是我欣然取笔在纸上奋笔疾书，写道："三阳开泰，新春伊始，众草复苏，百物将兴，土牛纷纷缓慢出动，依照需求开始安排农耕之事。春牛身上披穿着画有丹青颜色的漂亮衣服，春牛啊春牛，你本是出自泥土滩涂，被人做成或是被人销毁也只在片刻之间，谁会为你的命运欢喜或者怨恨呢？"一位吏人微笑着提醒我说："这两句话又会使当权者发怒了。"旁边另一位吏人则说："此话无妨，这不过是在唤醒那些昏聩的官吏罢了"

梦中论《左传》

【原文】

元祐六年十一月十九日五更①，梦数人论《左传》，云："《祈招》之诗固善语，然未见所以感切②穆王之心，已③其车辙马迹之意者。"有答者曰："以民力从王事，当如饮酒，适于饥饱之度而已。若过于醉饱，则民不堪命，王不获没矣。"觉而念其言似有理，故录之。

【注释】

①五更：古代中国民间把夜晚分成四个时段，首位及三个节点用鼓

打更报时，所以叫作五更、五鼓或五夜。一夜有五更，即一更、二更、三更、四更、五更。

②感切：犹感化。深切感动。

③已：止，制止。

【译文】

元佑六年十一月十九夜里五更时分，我梦见有很多人在讨论《左传》，说："《祈招》这诗中所写的内容固然是有良言相劝之意，然而并没有见到能够以此感化周穆王的心，以致于制止周穆王想驱车策马周游天下的意念。"有人回答说："若以百姓的能力来满足君王的欲望，应当如同饮酒一样，饮到饥饱适中的程度就应该停止。如果过度沉醉于酒足饭饱，那么百姓就会承受不了如此命运，君主就会一无所获而不得善终了。"我一觉醒来之后，回想起梦中这些话觉得似乎有些道理，所以就把它记录下来了。

梦中作靴铭

【原文】

轼倅武林①日，梦神宗召入禁中，宫女围侍，一红衣女童捧红靴一只，命轼铭之。觉而记其一联云："寒女之丝，铢积寸累②；天步所临，云蒸雷起。"既毕进御，上极叹其敏，使宫女送出。睇③视裙带间有六言诗一首，云："百叠漪漪风皱，六珠縰縰④云轻。植立含风广殿，微闻环佩⑤摇声。"

【注释】

①倅（cuì）：副，辅助的。武林：旧时杭州的别称，以武林山得名。

②铢（zhū）积寸累：犹言一点一滴地积累。常形容事物完成之不易。铢：古代重量单位。

③睨（dì）：斜着眼看，看。

④缦缦（xǐ xǐ）：形容众多的样子。

⑤环佩：环形玉佩；妇女的饰物。

【译文】

我在杭州武林出任辅助州政的时候，有一天夜里，我梦见神宗皇帝召我来到内宫中，进去后便看见有几个宫女在四周服侍皇上，旁边还有一个穿着红色衣裙的小宫女捧着一只红色靴子，这时皇上命我为靴子作一篇铭文。一觉醒来之后，只记得其中有一联是："寒女之丝，铢积寸累；天步所临，云蒸雷起。"当时写完后呈给皇上观看，皇上极其赞叹我的才思敏捷，于是就差使宫女送我出宫。我无意间瞥见宫女裙带间有一首六言诗，诗上说："百褶裙层层叠叠摆动起来如同水面泛起的粼粼涟漪，仿佛六铢衣裙上点缀的串串美玉轻如云絮。亭亭玉立在空阔的含风广殿，微风拂过便能听到环佩摇曳的声音。"

记梦

【原文】

予尝梦客有携诗相过者，觉而记其一诗云："道恶贼其身，忠先爱厥①亲。谁知畏九折，亦自是忠臣。"文有②数句若铭赞者，云："道之所以成，不害其耕；德之所以修，不贼其牛。"

予在黄州，梦至西湖上，梦中亦知其为梦也。湖上有大殿三重，其东一殿题其额云"弥勒下生"。梦中云："是仆昔年所书。"众僧往来行道，太半相识，辨才、海月皆在，相见惊异。仆散衫策杖③，谢诸人曰："梦中来游，不及冠带。"既觉，亡之。明日得芝上人④信，乃复理前梦，因书以寄之。

【注释】

①厥（jué）：其他的；他们的。

②文有：商本作"又有"。

③策杖：拄着拐杖。

④芝上人：昙秀，又称芝上人，苏东坡方外好友。

【译文】

我曾经梦见有客人携带诗文前来拜访我，一觉醒来后记得其中有一首诗说："道恶贼其身，忠先爱厥亲。谁知畏九折，亦自是忠臣。"文中还有很多句子好像是铭文赞词，铭文上说："道之所以成，不害其耕；德之所以修，不贼其牛。"

我在黄州居住的时候，梦见来到西湖之上，我在梦里也知道那时是在做梦呢。只见湖上有一座三重大殿，在它东边的一间殿堂匾额上题的字是"弥勒下生"。梦中的我说："这是我往年所写的字。"在大殿里来来往往行走的僧众，大多是我所认识的。比如辨才、海月都在那里，相互遇见之后都感到很惊讶诧异。我当时开散着衣裳手拄拐杖站在那里，自觉无礼便拱手对众人抱歉说："我是梦中匆匆来此闲游，还没来得及束好发冠，系上衣带。"一觉醒来后，就把这个梦忘记了。直到第二天收到芝上人的书信，才又想起重新整理之前的梦，因此写下来寄给了他。

【原文】

宣德郎、广陵郡王院大小学教授眉山任伯雨德公，丧其母吕夫人，六十四日号踊稍间，欲从事于佛。或劝诵《金光明经》，具言世所传本多误，惟咸平六年刊行者最为善本，又备载张居道再生事。德公欲访此本而不可得，方苦卧苫^①前，而外甥进士师续假寐于侧，忽惊觉曰："吾梦至相国寺东门，有鬻姜者云：'有此经。'梦中问曰：'非咸平六年本乎？'曰：'然'。'有《居道传》乎？'曰：'然。'此大非梦也！"德公大惊，即使续以梦求之，而获覩^②鬻姜者之状，则梦中所见也。德公舟行扶枢归葬于蜀，余方贬岭外，遇吊德公楚、泗间，乃为之记^③。

昨日梦有人告我云："如真飨^④佛寿，识妄吃天厨。"予甚领其意。或曰："真即飨佛寿，不妄^⑤吃天厨？"予曰："真即是佛，不妄即是天，何但飨而吃之乎？"其人甚可予言。

【注释】

①苫（shān）：本义：用茅草编成的覆盖物。古代居丧时，孝子睡的草垫子。枢（jiù）：装有尸体的棺材。

②覩（dǔ）：古同"睹"，目睹，看见。鬻（yù）：卖。

③乃为之记：此下苏集有"绍圣元年同郡苏某记"。

④飨（xiǎng）：祭献，祭祀。

⑤不妄：即无妄。禅意为不能随便行事，安守本分。

【译文】

宣德郎、广陵郡王府院的教授官是眉山的任伯雨德公，他的母亲吕夫人去世了，经过了六十四天的号啕痛哭哀悼之后，稍有间歇之时，还想要用佛法给亡者超度。有人规劝说应该诵读《金光明经》，但大家都说世上所流传的经本大多是错误的，只有咸平六年时刊发的版本最好，而且经书中还详细记载了张居道重生的事情。德公想去寻访这本经书，但是一直没找到，于是就倚卧在灵柩之前的草席上守孝，同时他的外甥师续也在一旁打盹儿，突然师续梦中惊醒了说："我梦见来到相国寺的东门，有卖姜的人说：'有这本经书。'梦中的我问他：'是咸平六年的经本吗？'那人回答说：'是。'我又问他：'经书中有《居道传》吗？'那人回答说：'有。'这大概不是梦啊！"德公听了以后非常惊讶，随即让师续根据梦中的提示前去求取那本经书，然而所收获的只是看见了那个卖姜之人的相貌与在梦中所看见的人一样而已。德公只好坐船扶着母亲的灵柩回到家乡蜀地安葬，那时我正好被贬谪到岭外之地为官，行走在楚、泗两地之间正巧遇到了为母发丧的德公，于是凭吊之后便帮他记下了这件事情。

昨天梦见有人告诉我说："如真缯佛寿，识妄吃天厨。"我非常能理解这其中的含意。有人问："真即缯佛寿，不妄吃天厨？"我说："真就是已经修道成佛，能做到无妄就是最高境界，何必祭献了之后却还要吃回来呢？"那个人听了以后，觉得我的话非常有道理。

梦南轩

【原文】

元祐八年八月十一日将朝，尚早，假寐，梦归榖行宅①，遍历蔬圃②中。已而坐于南轩③，见庄客数人方运土塞小池，土中得两芦菔根④，客喜食之。

予取笔作一篇文，有数句云："坐于南轩，对修竹数百，野鸟数千。"既觉，惘然⑤思之。南轩，先君名之曰"来风"者也。

【注释】

①假寐（mèi）：打盹儿，打瞌睡；不脱衣服小睡一下。榖（hú）行宅：苏轼曾经居住的故居。

②蔬圃：种植菜蔬、花草、瓜果的园子。

③已而：后来，过了一些时间，不多时。

④芦菔（fú）根：就是我们平常吃的萝卜。

⑤惘然：迷糊不清的样子。

【译文】

元祐八年八月十一即将早朝，看看时间尚且还早，于是我就闭上眼，打了个盹儿，晕乎间梦见自己回到了彀行宅故居，一遍又一遍地在蔬圃中行走。不多时又坐在了写着"南轩"的亭中，看见有数名庄客正在庭院中运送泥土，忙着填塞一个小池，不一会儿有人从泥土中得到两根萝卜，庄客们不禁喜上眉梢便开始吃起来。

这时，我取来笔墨即兴作了一篇小文，其中有几句说："坐在南轩几案前，面对数百根修长的翠竹，又看见数以千计的野鸟翻飞翩然。"突然间，梦醒了，迷迷糊糊地回想起梦境。哦，南轩，就是先父取名为"来风轩"的那一座书亭啊！

措大吃饭

【原文】

有二措大①相与言志，一云："我平生不足惟饭与睡耳②，他日得志，当饱吃饭了便睡，睡了又吃饭。"一云："我则异于是，当吃了又吃，何暇③复睡耶！"

吾来庐山，闻④马道士嗜睡，于睡中得妙。然吾观之，终不如彼措大得吃饭三昧⑤也。

【注释】

①措大：旧指贫寒失意的读书人。语出唐《朝野佥载》："江陵号衣冠薮泽，人言琵琶多于饭甑，措大多于鲫鱼。"措大"一般有轻蔑之意。

②耳：文言语气词。表示肯定或语句的停顿与结束，相当于"了""啊""也"。

③暇：指空闲，闲暇。

④闻：听说，传闻。指听到的事情。

⑤三昧：饭菜的美味。在此借指事物的诀要。

【译文】

有两位贫寒失意的读书人互相诉说自己的志向，一个人说："我这一生感到最不满足的就只有吃不饱饭和睡不足觉了。倘若有那么一天我志得意满了，我定当吃饱了便睡觉，睡醒了再去吃饭。"另一个人说："我就与你所想的这些不同了，我定当吃了又吃，吃个不停，哪有什么闲暇时间还要去睡觉啊！"

我来到庐山后，听说有个马道士特别喜欢睡觉，而且在睡觉中彻悟许多妙处。然而据我观察，最终还是不如那措大所深知的吃饭诀要啊！

题李岩老

【原文】

南岳李岩老①好睡，众人食饱下棋，岩老辄就枕，阅数局乃一展转②，云："君几局矣？"东坡曰："岩老常用四脚棋盘，只着一色黑子。昔与边韶敌手③，今被陈抟④饶先。着时自有输赢，着了并无一物。"

欧阳公诗云："夜凉吹笛千山月，路暗迷人百种花。棋罢不知人换世，酒阑⑤无奈客思家。"殆⑥是类也。

【注释】

①李岩老：名樵，黄州名士。

②阅：经历，经过。展转：翻身貌。多形容卧不安席。

③边韶：字孝先，陈留郡浚仪县人。东汉学者，颇有口才，才华敏

捷，以写文章著名，教授学生几百人，曾经白天假卧，遭学生嘲笑。

④陈抟（tuán）：字图南，号扶摇子，北宋著名的道家学者、养生家，尊奉黄老之学。陈抟老祖以睡觉出名，主张以睡养生，人称"睡仙"，常常一眠数日。

⑤酒阑：泛指酒筵将尽。

⑥殆：大概，几乎。

【译文】

身居南岳的李岩老喜欢睡觉，大家吃饱饭后都喜欢去下围棋，只有岩老却在一旁就枕而眠，经过好几盘棋的对局，他才睡醒，然后翻个身问道："你们下了几盘棋了？"东坡戏虐说："岩老你惯常张开四肢的睡相，就好比一副四脚棋盘，两眼一闭，起落都是清一色的黑子。论才华假寐，曾经能与东汉边韶匹敌，如今却被睡仙陈抟老祖抢占了先风。你睡着的时候在梦里自然有输有赢，觉醒了以后什么都没有了。"

记得欧阳修曾有诗说："夜凉人吹笛，月下传千山，路暗常使人迷路，使人迷惑的往往是百种花。棋局结束，不知人间早已换代，酒后阑珊心无奈，作客他乡总思家。"大概说的就是这一类人吧。

学问篇

记六一语

【原文】

顷岁孙莘老识欧阳文忠公①，尝乘间②以文字问之，云："无它术，唯勤读书而多为之③，自工④。世人患⑤作文字少，又懒⑥读书，每一篇出，即求过人，如此少有至⑦者。疵病不必待人指摘⑧，多作自能见之。"此公以其尝试者告人，故尤有味。

【注释】

①顷（qǐng）岁：近年。孙莘老：宋代孙觉，字莘老，高邮人。欧阳文忠公：宋代文学家欧阳修，字永叔，号醉翁，又号六一居士，"文忠"是他的谥（shì）号。

②乘间：乘机，趁着空儿。

③唯：只有。勤：努力，尽力。而：并且。

④自工：自然精妙；工：精妙，好。

⑤患：疾病；毛病，弊病。

⑥懒：意为懒惰；懈怠。

⑦即：就。至：达到。

⑧疵（cī）病：缺点，毛病。此指文章毛病。指摘（tī）：挑剔；指摘，即挑出毛病、错误，加以批评。

【译文】

近年来，孙莘老结识了欧阳修，曾经趁着空闲向他请教怎样才能写好文章的问题。欧阳修回答："此中没有其他办法，只有勤奋读书并且多动笔练习，自然就会写得精妙。世人修学的弊病在于写作太少，又懒于读书，每每写出一篇，就总想超越别人，像这样的人很少有达到文笔精湛的。其实，文章的缺点不用等待别人去指出，只要写得多了，自己就能发现问题。"这些话也是欧阳公以他自身尝试的经验在告诫他人，所以听起来特别耐人寻味。

命分篇

退之平生多得谤誉

【原文】

退之^①诗云："我生之辰，月宿南斗^②。"乃知退之磨蝎为身宫^③，而仆乃以磨蝎为命，平生多得谤誉，殆是同病也。

【注释】

①退之：韩愈，字退之。河南河阳（今河南省孟州市）人。世称"韩昌黎""昌黎先生"。唐代杰出的文学家、思想家、哲学家、政治家。

②我生之辰，月宿南斗："南斗"一作"直斗"。语出韩愈《三星行》诗。

③磨蝎（mó xiē）：星宿名。"磨蝎宫"的省称。旧时迷信星象者，谓生平行事常遭挫折者为遭逢磨蝎。身宫：古代中国相术家认为身宫代表后天运势，通过后天的努力，往往可以改造命运，为辅助命宫之宫垣。

【译文】

韩愈的《三星行》诗中说："我出生的时辰，月亮正位于南斗。"由此才知道韩愈的命宫是磨蝎宫，而我的出生时辰也是以磨蝎星宿为命宫的，按照运势推理，一生将会受到很多诽谤和赞誉，因此估计我这一生会与韩愈有相同的遭遇吧。

马梦得同岁

【原文】

马梦得①与仆同岁月生，少仆②八日。是岁生者，无富贵人，而仆与梦得为穷之冠③。即吾二人而观之，当推梦得为首。

【注释】

①马梦得：苏轼在贬居黄州的次年，曾在友人马梦得的帮助下，请得了一块荒地，开始了他的田间劳作生活。

②少：小。仆：我。

③冠：超出众人，位居首位。

【译文】

马梦得和我是同年同月出生，但他比我小八天。据我所知，在这同一年月出生的，没有大富大贵之人，而我和马梦得算是贫穷之中位居首位的人了。不过，现在以我二人相比来看，应当推举梦得作为第一位了。

人生有定分

【原文】

吾无求于世矣，所须二顷田以足馇粥耳①，而所至访问，终不可得②。岂吾道方艰难，无适而可耶③？抑人生自有定分④，虽⑤一饱亦如功名富贵不可轻得也？

【注释】

①足馇（zhān）粥耳：指稀粥足可糊口了。馇粥：即稠粥。《礼记·檀

弓上》："馆粥之食。"简言之，馆粥即指稀饭。

②得：得到。

③岂吾道方艰难，无适而可耶：难道是因为我正处在艰难之时，硬是找不到一处合适的土地可以生存么？

④抑：抑或，或许。定分：宿命论谓人事均由命运前定，人力难以改变，称为"定分"。

⑤虽：即使……也；纵使。

【译文】

我对于尘世生活没有什么过高的要求了，所求的，只不过是需要几亩田地能够供应稀粥足够果腹罢了，而不至于每到一处便不停地去拜访寻问，却始终都不能得到结果。

难道是因为我的人生之路正处在艰难之时，硬是找不到一处合适的土地赖以生存么？或许是每个人的一生如何，前生早就已经由命运安排好了命数，即使是只求一顿温饱这样的小事，也像求取功名富贵那样不可轻易得到吗？

送别篇

别子开

【原文】

子开①将往河北，相度河宁②。以冬至前一日被旨，过节遂行。仆以节日来贺，且别之，留饮数盏，颓然③竟醉。案上有此佳纸，故为作草露书数纸。迟其北还，则又春矣，当为我置酒、蟹、山药、桃杏，是时当复从公饮也。

【注释】

①子开：曾肇，字子开，号曲阜先生。宋建昌南丰（今属江西省）人。曾易占之子，曾巩异母弟。北宋政治家、诗人。历任吏、户、刑、礼四部侍郎。元祐期间曾肇建议选用忠信端良之士，防止近臣参政，遭贵戚攻击，出知瀛州（今河北河间）。一生也曾几度遭贬谪。

②相度：原本误作"相渡"。宋人例称"相度"，故从商本改。

③颓然：倒下貌；委靡不振的样子。

【译文】

曾子开将要被贬谪到河北赴任，我们相约一起去渡过黄河，然后尽早安定下来。子开因为是冬至前一天接到被贬谪任命的圣旨，所以过完冬至就马上出发。我因为是冬至节日来临而要庆贺，况且彼此就要分别了，于是就将他留下来一起喝了几盏酒。由于心中郁闷，他竟昏昏然醉倒了。我看到书案上有这么好的宣纸，所以就为他写了几张清晰明了的草书以示安慰。等到他过段时间

从河北回来的时候，春天就该来临了，到那时他应当为我准备酒席、螃蟹、山药、桃杏，在这相聚的美好时刻，我定当再跟他一起举杯畅饮了。

昙秀相别

【原文】

昙秀①来惠州见予，将去，予曰："山中见公还，必求一物，何以与之？"秀曰："鹅城清风，鹤岭明月，人人送与，只恐它无着处。"予曰："不如将几纸字去，每人与一纸，但向道：此是言《法华》②书里头有灾福。"

【注释】

①昙秀：昙秀，又称芝上人，苏东坡方外好友。

②言法华：一说是指北宋初年东京景德寺的一位僧人，僧名志言，喜诵《法华经》，故称"言法华"。其人行为怪诞，工书法，惜墨迹不传，以预言未来的本领名播朝野并受到仁宗皇帝的青睐。一说是《法华经》，此为《妙法莲华经》的简称，是佛陀释迦牟尼晚年说教，明示不分贫富贵贱、人人皆可成佛。是中国佛教史上有着深远影响的一部大乘经典。

【译文】

昙秀到惠州来看望我，将要离开的时候，我说："山中寺院的僧众们见你出游回返，一定会向你索求一件礼物，你拿什么送给他们呢？"昙秀微微一笑回答说："鹅城的清风，鹤岭的明月，送给他们每个人，只怕它们没有地方可安放。"我对他说："不如你带几纸书法回去，每人送给一幅，只需对他们说：这些真言都是《法华经》，最主要是这里面藏有预言祸福的玄机呢。"

别王子直

【原文】

绍圣元年十月三日，始至惠州，寓于嘉佑寺松风亭，杖履所及，鸡犬相识。明年，迁于合江之行馆，得江楼豁彻之观，忘幽谷窈窕①之趣，未见其所休戚②，峤南③、江北何以异也！虔州鹤田处士王原子直不远千里访予于此，留七十日而去。东坡居士书。

【注释】

①窈窕（yǎo tiǎo）：形容宫室、山水幽深。

②休戚：指喜乐和忧虑；亦指有利的和不利的遭遇。

③峤南（qiáo nán）：指岭南。

【译文】

绍圣元年十月初三，我刚到惠州，便住在了嘉佑寺旁边的松风亭，并在当地游览了很多次，拄杖步履能走到的地方，我都非常熟悉，甚至连鸡犬都认识我了。第二年，我迁移到合江的行馆里居住，便得以登上江楼观看江边的景色，不禁豁然通彻，让我忘记了幽静山谷之中幽深的趣味，不见了那些所感叹的喜乐和忧虑，峤南和江北的自然风光为什么竟然有这么大的差异呢！虔州鹤田处士王原子直，不远千里到这里来探访我，逗留了七十天便辞别回去了。东坡居士书。

别石塔^①

【原文】

石塔别东坡，予云："经过草草^②，恨不一见石塔。"塔起立云："遮着是塼浮图耶^③？"予云："有缝^④。"塔云："若无缝，何以容世间蝼蚁^⑤？"予首肯之。

【注释】

①石塔：在今江苏省扬州市，传即惠昭寺。东坡于元祐七年知扬州，三月到任，七月离任。文中首句石塔是指石塔僧人。

②草草：匆忙、急遽。

③遮着：即"这个"。遮，古通"者"，这。塼（zhuān）：古同"砖"。浮图：佛塔的梵语音译。

④有缝：'缝'后面原有'塔'字，据苏集删。

⑤蝼蚁：蝼蛄和蚂蚁，比喻力量微弱、地位低贱但却善于钻空子的小人。

【译文】

石塔前来向东坡居士道别，我说："我所经过的地方总是来去匆匆，很遗憾至今没能前去一观石塔寺的风采。"石塔起身站立严肃地说："这个就是用砖石砌筑的浮屠吧？"我回答："这砖塔有缝隙。"石塔回答："倘若砖塔没有缝隙，怎么能包容世上如同蝼蚁一样的小生命进进出出呢？"我点头肯定了他所说的话很有道理。

别姜君

东坡志林全鉴

【原文】

元符己卯闰九月，琼士姜君①来儋耳，日与予相从，庚辰②三月乃归。无以赠行，书柳子厚③《饮酒》《读书》二诗，以见别意。子归，吾无以遣日，独此二事日相与往还耳。二十一日书。

【注释】

①琼士："士"原误作"守"。孔凡礼据苏集改"守"为"士"，从之。姜君：指姜唐佐，字君弼，琼山人，为向苏轼请教，住儋州半年多。后来终于成为海南历史上第一位举人。

②庚辰：此为干支之一，顺序为第 17 个。前一位是己卯，后一位是辛巳。

③柳子厚：柳宗元，字子厚，河东人，唐宋八大家之一，唐代文学家、哲学家、散文家和思想家。

【译文】

元符己卯年闰九月的时候，琼州士子姜君来到儋耳，天天跟我一起出去游玩，直到庚辰三月才回去。我没有什么可以当作礼物赠送为他践行的，就饱蘸笔墨抄写了柳宗元的《饮酒》《读书》二首诗，以表达我的惜别之情。他回去之后，我寂寞无聊而没有什么可以消遣度日的，看来，也只有读书和饮酒这两件事还能跟我天天有来往了。二十一日书。

别文甫、子辩

【原文】

仆以元丰三年二月一日至黄州，时家在南都，独与儿子迈①来，郡中无一人旧识者。时时策杖在江上，望云涛渺然，亦不知有文甫兄弟在江南也。居十余日，有长髯②者惠然见过，乃文甫之弟子辩。留语半日，云："迫寒食，且归东湖。"仆送之江上，微风细雨，叶舟横江而去。仆登夏隩③尾高邱以望之，髣髴④见舟及武昌步乃还。尔后遂相往来，及今四周岁，相过殆百数。遂欲买田而老焉，然竟不遂。近忽量移⑤临汝，念将复去，而后期未可必。感物凄然，有不胜怀。浮屠不三宿桑下⑥者，有以也哉。七年三月九日。

【注释】

①儿子迈：苏轼的长子苏迈，字维康，眉州眉山（今四川眉山）人。生活在北宋时期，生母为苏轼的第一位妻子王弗。

②髯（rán）：两腮的胡子，亦泛指胡须。

③隩（yù）：河岸弯曲的地方。

④髣髴（fǎng fú）：同"仿佛"，意思是隐约，依稀。约略的形迹。

⑤量移：唐、宋公文用语。官员被贬谪远方后，遇恩赦迁距京城较近的地区；泛指迁职。

⑥浮屠：亦作"浮图"。佛教语。佛陀，佛。三宿桑下：意思是说僧人不得在同一棵桑树下连宿三个夜晚，否则会日久生情，成其牵挂。语出《后汉书·襄楷传》："浮屠不三宿桑下，不欲久生恩爱，精之至也。"

【译文】

我于元丰三年二月初一到达黄州赴任，那时家人都在南都，只有我的长子苏迈跟我一起来到此地，整个黄州郡中没有一个相识的人。我时常拄着竹杖站在江堤岸边之上，望着远方的云涛缥缈，那时候并不知道王文甫、王子辩兄弟俩此时也都在江南。居住了十多天后，有一个两鬓留着长胡须的人高兴地过来拜访我，原来他就是文甫的弟弟子辩。我留他一起说了半天话，他说："快到寒食节了，暂且准备回到东湖去。"我送他来到江边，迎着微风细雨，只见那一叶扁舟随着江涛起伏纵横直向江心飘然而去。我随即登上夏隩后面高高的山丘眺望远方，仿佛看到了小舟已经到达了武昌，这才转身步行回家。从这之后我们相互间就开始有了来往，直到现在已经四年了，相互来往大约有数百次，彼此感觉都很亲近。于是就想买块田地在这里养老，然而最终还是没有实现。因为最近忽然接到皇上诏令将我迁职到临汝去，想到将来恐怕又要因为调派而离去，以后不知道什么时候才能再相见。不禁心中感慨万千，身边的景物都随着变得凄凉起来，有些不能释怀。传说佛教徒不在同一棵桑树下连宿三个夜晚，担心会日久生情，不舍离去，看来也是很有道理的。元丰七年三月初九记。

卷二

祭祀篇

八蜡，三代①之戏礼

【原文】

八蜡，三代之戏礼也。岁终聚戏，此人情之所不免也，因附以礼义。亦曰："不徒戏而已矣。祭必有尸，无尸曰'奠'，始死之奠与释奠②是也。今蜡谓之'祭'，盖有尸也。"猫虎之尸，谁当为之？置鹿与女③，谁当为之？非倡优④而谁！葛带榛杖⑤，以丧老物，黄冠草笠，以尊野服⑥，皆戏之道也。子贡观蜡而不悦，孔子譬之曰："一张一弛，文、武之道⑦。"盖为是也。

【注释】

①八蜡：古代官方及民间的一种宗教祭祀活动。旨在祈求农事顺利，秋有丰收。每年农历十二月举行。三代：这里指夏商周三个朝代。

②释奠：古代在学堂设置酒食以奠祭先圣先师的一种典礼。

③猫虎：在八蜡时要祭猫和老虎，因为它们能吃田里的老鼠和野兽，保护庄稼。鹿与女：这指狩猎来的鹿和战争中俘获的女子。

④倡优：古时表演歌舞杂技的艺人。

⑤葛带榛杖：腰上缠着用葛麻做的带子，手里拿着榛木棍，这是发丧的物品。

⑥黄冠草笠，以尊野服：穿着黄色的衣服，戴着草笠，以尊重野人穿的衣服。

⑦一张一弛，文、武之道：本意指古代明君的治国之道，让百姓们劳

逸结合，这里指张弛有度。

【译文】

八蜡，是自夏商周三个朝代以来流传下来的祭祀游戏，旨在祈求农事顺利，秋有丰收。主要是在年终岁末聚集一起嬉戏庆贺，这也是人之常情所不可减免的，因此先人就附加以礼义使其丰富多彩。也有人说："这不单纯只是游戏就可以的。但凡祭祀就必须有尸位陈列，没有尸位陈列的只能叫'奠'，这始于人死后的祭奠和古代学堂奠祭先圣先师的一种典礼。如今把八蜡称作'祭'，大概就应该有尸位陈列吧。"然而，祭祀所用的猫和老虎的尸位，应当由谁去充当呢？放置鹿尸和战争中俘获的女子，又应当谁去充当这些呢？所以，不去找那些表演歌舞杂技的艺人，还能有谁呢？以腰上缠着用葛麻做的腰带，手里拿着的榛木棍做哀杖，用这些作为居丧送别老者的装扮，而身穿黄色的帽子然后披戴草笠，以这些作为尊重野人的服饰，这些都是游戏的道具啊。子贡观看八蜡祭礼以后非常不高兴，孔子开导他说："做事情应该有张有弛，这才是历代明君治国安邦的文韬武略。"大概说的就是这个道理。

记朝斗 ①

【原文】

绍圣二年五月望日②，敬造真一法酒成，请罗浮道士邓守安拜奠北斗真君③。将奠，雨作，已而清风肃然，云气解驳④，月星皆见，魁标皆爽⑤。彻奠，阴雨如初。谨拜首稽首⑥而记其事。

【注释】

①朝斗：这里指拜北斗七元星君。

②望日：指农历的每月十五。

③拜奠：祭拜。北斗真君：北斗真君又称斗斋星神，北斗星君，北斗

七元星君。是中国民间信仰之一，源于古代中国人民对北斗七星的崇拜。

④解驳：消散。驳：斑驳，混杂。

⑤魁：北斗七星中形成斗型的前四颗星。标：北斗七星中第五、六、七颗星的总称。爽：很清晰地看到。

⑥拜首：古代一种表示敬意的礼节，行礼时双膝跪地，拱手与心平，俯首至手。稽首：古代一种表示敬意的礼节，行礼时双膝跪地，拱手至地，头也置地。

【译文】

绍圣二年五月十五，我精心酿造的真一法酒完成，于是请罗浮道士邓守安前来主持祭拜北斗七元星君。就在祭拜仪式即将开始的时候，突然下起雨来，过了一会儿，清风徐徐，云气散尽，星星和月亮也都清晰可见，尤其是北斗七星，显得格外清晰明亮。祭拜仪式结束后，天气又开始阴沉起来，大雨飘落，就像祭拜仪式刚开始的时候一样。我恭敬地向真君稽首跪拜，并把这件事记录下来。

兵略篇

匈奴全兵

【原文】

匈奴围汉平城①，群臣上言："胡者全兵②，请令强弩傅两矢外乡，徐行③出围。"李奇④注"全兵"云："惟弓矛，无杂仗也。"此说非是。使胡有杂仗，则傅矢外乡之策不得行欤⑤？且奇何以知匈奴无杂仗也？匈奴特无弩耳。全兵者，言匈奴自战其地，不致死，不得与我行此危事也。

【注释】

①匈奴围汉平城：这里指汉高祖七年，匈奴将汉高祖刘邦围困在平城的事件。

②胡者：胡人，即匈奴。全兵：仅有兵刃而无铠甲盾牌的兵。

③弩（nǔ）：古代的一种冷兵器，是古代兵车战法中的重要组成部分。徐行：慢慢地。

④李奇：西晋人，著有《汉书注》。

⑤欤（yú）：文言助词，表示疑问、感叹、反诘等语气。

【译文】

匈奴将汉高祖刘邦大军围困在平城，群臣上奏说："这群匈奴，都是只有兵刃而无铠甲盾牌之众，让我们的弓弩手备好弓箭，然后到两矢外的乡野偷袭，之后我们再慢慢地突出重围。"记得李奇注"全兵"说过："全兵，就是只有弓矛装备，没有其他杂沉辎重。"我看这个说法不准确。假使匈奴有杂沉辎重为装备，那么让弓弩手到两矢外的乡野偷袭的策略不就行不通了吗？更何况李奇又怎么知道匈奴没有辎重？匈奴仅仅是没有弩罢了。所以说，所谓的全兵，指的应该是匈奴在他们自己的领地作战，不致于拼死作战，不想与我们做这些危及生命的险事罢了。

八阵图

【原文】

诸葛亮造八阵图①于鱼复平沙之上，垒石为八行，相去二丈②。桓温征谯纵③，见之，曰："此常山蛇势④也。"文武皆莫识。吾尝过之，自山上俯视，百余丈，凡八行，为六十四蕝，蕝正圜⑤，不见凹凸处，如日中盖影。予就⑥视，皆卵石，漫漫不可辨，甚可怪也。

【注释】

①八阵图：八阵图传说是由三国时诸葛亮创设的一种阵法。相传诸葛亮御敌时以乱石堆成石阵，按遁甲分成"生、伤、休、杜、景、死、惊、开"八门，变化万端，可挡十万精兵。鱼复：中国古地名，现在指的是重庆奉节东白帝城。

②相去二丈：每行之间相隔两丈。去：差距。

③桓温：字元子，今安徽怀远龙亢镇人。东晋政治家、军事家、权臣。谯（qiáo）纵：巴西南充（今四川南部县）人，十六国时期西蜀政权建立者。后来东晋刘裕派兵讨伐，谯纵兵败自杀，西蜀政权灭亡。

④常山蛇势：这里指古代的一种阵法。常山蛇，古代传说中能互相救应的蛇，这里指首尾呼应的一种阵法，击其首则尾至，击其尾则首至，击其中则首尾俱至。简称"常山阵"。

⑤蕝（jué）：古代朝会时表示位次的茅束。圜（yuán）：同"圆"。

⑥就：靠近，接近。

【译文】

诸葛亮构造出八阵图就在鱼腹的平沙上摆出阵势，他将石头堆积成八行，每行之间相隔两丈。桓温在征讨谯纵的时候，见到这个阵势，于是就说："这是常山蛇的阵势啊。"随行的文臣武将都没有见识过这种阵法。我曾经路过这里，从山顶上向下俯视，阵势方圆百余丈远，凡是分列出的八行，共有六十四个茅束作为标记，茅束标记呈正圆形，没有凸凹的地方，如同正午时分的太阳，完全遮盖物体本身之影。我走到近处再去观看，都是由卵石组成，漫野遍布而难以辨识阵行，真是好奇怪啊。

时事篇

唐村老人言

【原文】

儋耳进士黎子云①言：城北十五里许有唐村，庄民之老曰允从者，年七十余，问子云言："宰相何苦以青苗钱②困我？于官有益乎？"子云言："官患民贫富不均，富者逐什一③益富，贫者取倍称④，至鬻田⑤质口不能偿，故为是法以均之。"允从笑曰："贫富之不齐，自古已然，虽天公不能齐也，子欲齐之乎？民之有贫富，由器用之有厚薄也。子欲磨其厚，等其薄，厚者未动，而薄者先穴矣！"

元符三年，子云过予言此。负薪能谈王道⑥，正谓允从辈耶？

【注释】

①儋（dān）耳：古代地名，在今海南省境内。黎子云：海南儋州人，苏东坡贬儋时，经常和黎子云来往谈诗论对，对他十分敬重。

②宰相：这里指王安石。青苗钱：青苗法，王安石变法的内容之一。熙宁二年（公元1069年）王安石创制青苗法。青黄不接之际，官府贷款与民众，正月发放夏季回收，五月份发放秋收以后回收，利息为二分。不过在推行新法的过程中，遭到很多官僚的反对，苏轼当时也是反对派之一。

③逐什一：追逐十分之一的利息。

④倍称：借走一分还回二分。古代穷人借高利贷都是如此，需要付出加倍的利息。

东坡志林 全鉴

⑤鬻（yù）田：变卖田地。

⑥负薪：本意是背负柴薪的人，这里引申为普通百姓。王道：以德服人的治国方法。

【译文】

儋耳的进士黎子云说：城北十五里左右的地方有个唐村，村庄里有个名叫允从的老人，今年七十多岁，他问子云说："宰相为何要立青苗法来为难我们？这样做对官府有益处吗？"子云说："官府担心百姓之间的贫富不均，土地富有的人追逐十分之一的利息就能愈发富有，而穷苦的人借贷之后却要以双倍偿还，因此会愈加贫困，以至到了卖田地甚至质卖家中人口也偿还不起债务，所以提出施用青苗法来平衡贫富。"允从笑着说："贫富不均，从古至今都是这样，即使是上天也不能使其平齐，你们立个法就想去平齐它吗？民间之所以有贫富不均，就如同这瓷器的壁有厚薄一样。你想要把厚的打磨成与薄的等同，可厚的还没有什么改变，而薄的

78

地方却已经先出现破洞了!"

这是元符三年,子云路过此地时告诉我的这段话。村野之人能谈论治国之道,就是说的像允从这样的人吧?

记告讦①事

【原文】

元丰初,白马县②民有被杀者,畏贼不敢告,投匿名书于县。弓手③甲得之而不识字,以示门子乙。乙为读之,甲以其言捕获贼,而乙争其功。吏以为法禁匿名书④,而贼以此发,不敢处之死,而投匿名者当流⑤,为情轻法重,皆当奏。

苏子容为开封尹,方废滑州,白马为畿邑⑥,上殿论奏:"贼可减死,而投匿名者可免罪。"上曰:"此情虽极轻,而告讦之风不可长⑦。"乃杖而抚之⑧。子容以谓贼不干己者告捕,而变主匿名,本不足深过,然先帝犹恐长告讦之风,此所谓忠厚之至。然熙宁、元丰之间每立一法,如手实、禁盐⑨、牛皮之类,皆立重赏以劝告讦者,皆当时小人所为,非先帝本意。时范祖禹⑩在坐,曰:"当书之《实录》。"

【注释】

①告讦(jié):责人过失或揭人阴私;告发。此指写匿名信告发别人。

②白马县:古代县名称,大概位于今河南省滑县。

③弓手:是古代兵役名目的一种。

④法禁匿名书:当时的律法禁止写匿名书举报。

⑤当流:应该被流放。

⑥畿(jī)邑:附属县。畿:古代靠近国都的地方。邑:郡邑,同现代县级别。

⑦长:助长,滋生。

⑧乃杖而抚之：投匿名信的人先是受到杖刑的惩罚，之后又得到抚恤。

⑨手实：是唐宋时在基层官吏监督下居民自报户内人口、田亩以及本户赋役承担情况的登记表册。在唐代，它是制定计账与户籍的主要依据，每年填报一次。因其是依照一定格式由户主亲自据实填报，所以称为"手实"。禁盐：禁止私自卖盐。

⑩范祖禹：字梦得，成都华阳人。著名史学家，"三范修史"之一。

【译文】

元丰初年，白马县有一桩百姓被杀死的命案，县民们害怕杀人凶犯报复，所以不敢报官，于是往县衙投了一份匿名信。衙役中弓手甲看到了这封信，但是他不识字，就拿着信去给弓手乙看。弓手乙读给他听，弓手甲根据这封信上所说的线索抓获了凶犯，而此时弓手乙得知后就来与他争功。官吏因为当时的法令规定，禁止投匿名信，可是贼人却由于匿名信的告发而被抓捕，所以不敢处以犯人死罪，但为此投匿名信的人应该依法被流放，属于情节轻而量刑重，因此两件事应当合并上奏。

当时的开封府尹苏子容，是刚刚被贬到滑州的，而白马县属于京都附属县，正是他的管辖范围，于是就上朝禀奏说："凶犯可以减轻死刑，而投匿名信的人可免去罪罚。"皇上说："这案情如此处理虽然情节极其轻微，但这告讦的风气却不可继续助长。"于是下令杖罚投匿名信的人，之后又给予他相应的抚恤。子容认为告密者本与本案无关，而是为了替事主出头才去匿名告发，本不应该深究责罚，但先帝还是害怕助长告讦之风而因此蔓延，所以先帝这么做可谓是忠厚到了极致。可是，后来到了熙宁、元丰年间，每立一法，如手实法、禁盐法、牛皮法等，都设立极大的奖赏来鼓励告密者，其实，这些都是当时小人弄权而为，并不是先帝本意。当时范祖禹在座，他说："这件事应该记入《实录》中去。"

官职篇

记讲筵

【原文】

秘书监侍讲傅尧俞始召赴资善堂，对迩英阁。尧俞致谢，上遣人宣召答曰："卿以博学参预经筵，宜尊所闻，以辅不逮①。"尧俞讲毕曲谢，上复遣人宣谕："卿讲义渊博，多所发挥，良嘉深叹。"是日，上读《三朝宝训》，至天禧中，有二人犯罪，法当死，真宗皇帝恻然②怜之，曰："此等安知法，杀之则不忍，舍之无以励众。"乃使人持去，笞而遣之，以斩讫③奏。又祀汾阴日，见一羊自掷道左，怪问之，曰："今日尚食杀其羔。"真宗惨然不乐，自是不杀羊羔。资政殿学士韩维读毕，因奏言："此特真宗皇帝小善耳，然推其心以及天下，则仁不可胜用也。真宗自澶渊之役④却狄之后，十九年不言兵而天下富，其源盖出于此。昔孟子论齐王不忍杀觳觫⑤之牛，以为是心足以王。今恩足以及禽兽而功不及于百姓，岂不能哉？盖不为耳！外人皆云皇帝陛下仁孝发于天性，每行见昆虫蝼蚁，违而过之，且敕⑥左右勿践履，此亦仁术也。臣愿陛下推此心以及百姓，则天下幸甚！"轼时为右史，奏曰："臣今月十五日侍迩英阁，切见资政殿学士韩维因读《三朝宝训》至真宗皇帝好生恶杀，因论皇帝陛下在宫中不忍践履虫蚁，其言深切，可以推明圣德，益增福寿。臣忝⑦备位右史，谨书其事于册，又录一本上进，意望陛下采览，无忘此心，以广好生之德，臣不胜大愿！"

【注释】

①不逮：不足之处；过错。

②恻然：哀怜貌；悲伤貌。

③笞（chī）：古代用竹板或荆条打人脊背或臀腿的刑罚。讫（qì）：本意是指绝止、完毕，也指毕竟、终究。

④澶（chán）渊之役：是中国历史上的一场重要战役，这场战役结束了唐朝以来百余年来的动乱局面。使宋辽之间维持了120年的和平局面。

⑤觳觫（hú sù）：指恐惧得发抖，恐惧颤抖的样子。

⑥敕（chì）：同"敕"。告诫。敕，在古代，就是与皇权联系在一起的，例如"敕令"即"皇帝下的命令"等。

⑦忝（tiǎn）：本义：羞辱，愧对；荣幸做某事。用作谦词。

【译文】

秘书监侍讲傅尧俞刚开始被召到资善堂赴任的时候，应对于迩英阁。尧俞为此上书致以诚谢，随后皇上派人宣读圣谕回复说："爱卿以博学多闻而参预经筵，宜当重视所闻，来辅佐补益朝中不足之处。"尧俞听完宣读之后委婉谢恩，皇上又派人宣读圣谕："爱卿的讲义内涵渊博，不拘泥，多有独特见解发挥，良言美句，令人深为感叹！"这天，皇上阅读《三朝宝训》，看见记录了天禧年间，有两个人犯了罪，依法当处死，真宗皇帝哀怜地叹息道："这种人哪里知道法度的严厉，杀了实在是不忍心，但如果放弃追究罪责，又不能以此约束民众"。于是就叫人押解下去，重重鞭打后将他释放，以断绝此类的奏请。另外，前去祭祀汾阴那天，见到一只羊独自摔倒在路边，感到很奇怪便询问其中原因，下人禀奏说："今天准备御膳尚且要宰杀它的子羔。"真宗听了以后很难过，从此以后下令再也不允许宰杀小羊羔。资政殿学士韩维听读以后，上奏说："这虽然是真宗皇帝不经意之间的小善举而已，但推及此等善悯之心来治理天下，就是把仁德做到了极致境界啊。真宗皇帝自澶渊之役击退北狄契丹结盟以后，历经十九年从不谈及战事，而能使天下富足，这其中的根源大概就出自于这里啊！从前孟子说齐王不忍心杀死因恐惧而颤抖的牛，认为怀有这样善心的人足以为王。如今恩惠悲悯之心足以遍及禽兽，却不能将功德送达给百姓，难道是不能做到吗？定然是不去做罢了！外人都说皇帝仁孝是发自天性，走路见到昆虫蝼蚁，都会避开绕行唯恐触碰，并告诫左右不要践踏伤害，这是仁者之心啊！臣希望陛下能推行这种善心而遍及到百姓，那么将是天下最大的幸事啊！"当时我为朝中右史，因此上奏说："臣本月十五在迩英阁侍讲，亲耳听见资政殿学士韩维因讲读到《三朝宝训》中真宗皇帝重视百姓生命、反对滥杀无辜，又说讲到皇帝陛下在宫中行走不忍践履虫蚁的事情，他的言辞情真意切，可以将皇上这些善举圣德昭显推行开来，以此来增加福寿。臣很荣幸作为朝中右使，谨慎恭敬地把这件事记录在典册，同时又抄录了一份呈上，心中万望陛下阅览之后，不要忘记这种良善，以便广泛彰显圣上的好生之德，这是臣下最大的心愿！"

禁同省①往来

【原文】

元祐元年，余为中书舍人②，时执政患本省事多漏泄，欲于舍人厅后作露篱③，禁同省往来。余曰："诸公应须简要清通，何必栽篱插棘④！"诸公笑而止。明年竟作之。暇日读《乐天⑤集》，有云："西省北院，新构小亭，种竹开窗，东通骑省⑥，与李常侍窗下饮酒作诗。"乃知唐时得西掖作窗以通东省⑦，而今日本省不得往来，可叹也。

【注释】

①同省：宋朝时分中书省、尚书省、门下省，同省指的是同在一省做官。

②中书舍人：是中书省的属官，主要负责办理各种文书，起草相关的诏令等。

③露篱：露天篱笆。

④诸公应须简要清通，何必栽篱插棘：大家应该简朴率直清明通达，何必栽种篱笆插上荆棘增设阻隔呢。

⑤乐天：指唐代诗人白居易。

⑥骑省：官署名。唐两省皆有散骑常侍，故称之为骑省。

⑦西掖（yè）：中书或中书省的别称。东省：门下省，也称冬掖。

【译文】

　　元佑元年，我出任中书舍人的时候，当时的执政大臣担心本部中书省的事务总是对外泄漏，便想在中书舍人后厅竖起一排露天篱笆作为阻隔，以此禁止在同省做事的同僚互相往来。我说："大家本就简朴率直清明通达，何必栽种篱笆插上荆棘增设阻隔呢？"大家听完之后一阵哄笑，于是，竖篱笆这件事也就暂时搁置下来。可第二年，篱笆最终还是竖起来了。在空闲的时候，我阅读白居易的《乐天集》，其中有这样一段："西省北院，新建小亭，栽种青竹，推开窗户，可东通骑省官署，偶与李常侍窗下饮酒作诗。"我这才知道在唐朝时就有在中书省开窗通往门下省的故事，而如今我们这些在同一省为官的人却不能互相来往，真是可叹啊！

记盛度诰词①

【原文】

　　盛度，钱氏婿，而不喜惟演，盖邪正不相入②也。惟演建言二后并配，御史中丞范讽发其奸，落平章事③，以节度使知随州。时度几七十，为知制诰，责词云："三星之姅④，多戚里之家；百两所迎，皆权要⑤之子。"盖惟演之姑嫁刘氏，而其子娶于丁谓⑥也。人怪度老而笔力不衰，或曰："度作此词久矣。"元佑三年十二月二十一日讲筵，上未出，立延和殿中，时轼方论周穜擅议宗庙⑦，苏子容因道此。

【注释】

①盛度：字公量，今铜陵市董店镇人，著名政治家、军事家、外交家。诰词：皇帝给臣子的命令。

②惟演：钱惟演，字希圣，钱塘（今浙江杭州）人。北宋大臣、文学家。不相入：不和。

③范讽：字补之，齐州（今山东济南）人，范正辞之子。平章事：官名。

④三星之媾（gòu）：此代指婚姻。

⑤权要：权贵政要。

⑥丁谓：字谓之，后更字公言，两浙路苏州府长洲县人，祖籍河北。先后任参知政事（副相）、枢密使、同中书门下平章事（正相）。

⑦周穜（tóng）擅议宗庙：周穜上疏言朝廷当以故相王安石配飨神宗皇帝，当时旧党正欲清算熙宁变法，故而周穜上疏引起轩然大波。

【译文】

盛度，是钱氏的女婿，但他不喜欢钱惟演，大概是因为正邪无法相容共事吧。钱惟演上书建议为庄献明肃太后、庄懿太后同配宗庙。御史中丞范讽告发他的奸计，于是钱惟演被贬为了平章事，以节度使身份去了随州知事。当时盛度已经接近七十岁了，官职为知制诰，他写了一份责问诰词说："子侄婚娶联姻，都是有权有势的贵戚家族；百辆车驾所相迎的，都是权贵政要的子嗣。"其中所说的，大概就是钱惟演的姑姑嫁到刘家，而她的儿子迎娶了丁谓的女儿。人们都对盛度年老而笔力不衰而感到奇怪，有人说："盛度的这篇诰词已经写完很久了。"元佑三年十二月二十一朝廷讲学，皇上还没有到达，众人都站立在延和殿外等候，这时我正要讨论周穜擅议宗庙的事情，苏子容因此讲了这件事。

张平叔制词

【原文】

乐天行张平叔户部侍郎判度支制诰①云："吾坐而决事②，丞相以下不过四五，而主计③之臣在焉。"以此知唐制，主计盖坐而论事也，不知四五者悉何人？平叔议盐法至为割剥④，事见退之⑤集；今乐天制诰亦云"计能析秋毫⑥，吏畏如夏日"，其人必小人也。

【注释】

①乐天：白居易，字乐天，祖籍山西太原，唐代著名诗人。行：起草，撰写。度支：官名。掌管全国财赋的统计与支调。制诰：诏书的一种。

②决事：决断、处理事情。

③主计：主管财赋，计算出纳，类似财政大臣。

④割剥：掠夺，剥削之意。

⑤退之：韩愈，字退之，唐代文学家、思想家、政治家，汉族，河南河阳（今河南焦作孟州市）人。

⑥秋毫：鸟兽在秋天新长出来的细毛，比喻及其纤小的事物。

【译文】

白居易执行撰写张平叔户部侍郎判度支制诰书说："我坐下来就可以决断政事，丞相以下不超过四五个人，而主管财赋出入的官员都在其中。"根据这句话就可以知道唐朝的制度，主计官肯定是坐在那里议论国家政事的，不知他所提到的四五个都是什么人？张平叔议论盐法，为所欲为的剥削最为严重，这些事在韩愈文集中可以看到；如今在白居易的制诰词中说"计算能明析到秋毫无差，其他小吏畏惧他如同夏天的烈日"，看来这个人定是个谨小慎微之人！

致仕篇

请广陵

【原文】

今年吾当请广陵^①，暂与子由相别。至广陵逾月，遂往南郡^②，自南郡诣梓州^③，溯流^④归乡，尽载家书而行，迤逦致仕^⑤，筑室种果于眉^⑥，以须子由之归而老焉。不知此愿遂否？言之怅然也。

【注释】

①广陵：古地名，古城扬州的先名，历史上的扬州，在今江苏省中部。

②南郡：南郡是古代中国的一个郡，始置于秦朝，治所在江陵县（今湖北省荆州）。

③诣（yì）：到，到达。梓（zǐ）州：梓州与成都齐名，北宋时期梓州道管辖范围囊括了重庆。

④溯流：逆流而上。

⑤迤逦（yǐ lǐ）：曲折连绵。亦有渐次、逐渐等意思。致仕：旧时指交还官职，即辞官（退而致仕。）

⑥眉：这里指眉山，在今四川省。

【译文】

今年我应当请求调往广陵去，暂且与弟弟子由相互道别。到广陵过了几个月后，我就迁往了南郡，之后又从南郡迁到梓州，一路逆流而上回归家乡，现在我将家中书籍全部装船而带走，就这样渐次交还官职而归家退养，在眉山老家盖好房子，然后在房舍的周围种上果树，以等待弟弟子由年老辞官之时来这里一起养老，不知这个愿望能否实现呢？说起来真是令人惆怅不已啊！

买田求归

【原文】

浮玉老师①元公欲为吾买田京口②，要与浮玉之田相近者，此意殆③不可忘。吾昔有诗云："江山如此不归山，江神见怪惊我顽。我谢江神岂得已，有田不归如江水！"今有田矣不归，无乃食言④于神也耶？

【注释】

①浮玉老师：浮玉老禅师，本名蔡了元，父蔡奴，曾住庐山归宗寺。

②京口：古代地名，是长江中下游军事重镇和东晋南朝通向北方的门户，在今江苏省镇江市。

③殆：表示肯定，相当于"当然""必定"。

④无乃：表示委婉反问。不是；岂不是。食言：对自己说过的话不进行履行，形容说话不算数，不守信用。

【译文】

浮玉老禅师了元公想为我在京口买块田地，这块田要与浮玉禅师的田地相邻，他的这番厚意我当然不能忘怀了。我以前曾写过一首诗说："江山如此瑰丽而不知回归山林退隐，江神见了我也会责怪惊异我的冥顽。我在此向江神谢罪，我实在是万不得已，如若有田而我不归隐，我定会如滔滔江水逝去！"如今我有田了却不能归去，这岂不是失信于神灵了吗？

贺下不贺上

【原文】

贺下不贺上，此天下通语。士人历官一任^①，得外无官谤^②，中无所愧于心，释肩^③而去，如大热远行，虽未到家，得清凉馆舍，一解衣漱濯^④，已足乐矣。况于致仕而归，脱冠佩，访林泉，顾平生一无可恨者，其乐岂可胜言哉！余出入文忠^⑤门最久，故见其欲释位归田^⑥，可谓切矣。他人或苟以借口，公发于至情，如饥者之念食也，顾势有未可者耳。观与仲仪书，论可退之节三，至欲以得罪、病而去。君子之欲退，其难如此，可以为进者之戒。

【注释】

①历官一任：这里指做官一任。古代的官吏为三年一任，根据留任期间的表现决定升降职位。

②谤：诽谤，毁谤。有恶意攻击别人、说别人的坏话和责备意思。

③释肩：卸掉肩上的重担。

④漱濯（zhuó）：洗涤。濯：洗漱。

⑤文忠：这里指欧阳修。

⑥释位归田：指辞官归故里，退隐。

【译文】

祝贺退隐乡野而不祝贺仕途升迁，这是天下人通用的话语。士人经历一任官职，如果能得以在外没有遭到官场毁谤，于自身做事无愧于心，如同放下担子安然卸任而去，就像是在炎热的天气里远行，虽然没有到家，但在半路上遇到了一个清新凉爽的馆舍，在那里解衣宽带尽情沐浴洗漱，这已经是足以使人快乐的事了。更何况是辞官退隐而回乡，如此脱去官服以及佩戴之物，访游山林泉水，回顾自己一生没有可遗憾悔恨的，这样的快乐又怎么能用众多的言语描述得完呢！我以前出入欧阳修的门庭时间最久，所以知道他总想辞官回归田园，那种心情可称得上是极为迫切了。别人或许是意图苟且而找借口故意拖延交出官位，而欧阳公却是发自内心的想辞官还乡，就像饥饿的人渴念得到饮食一般，只是形势不允许他这样做罢了。观看他写给仲仪的书信，谈论可以退隐的多种理由，甚至都想过以获罪、得病为由而归隐。看来君子想要脱离仕途，他们的难度是如此深切，那些急于想要进身为官的人，真的可以把这些当作戒语了。

隐逸篇

书杨朴事

【原文】

昔年过洛①，见李公简言："真宗既东封，访天下隐者，得杞人杨朴②，能诗。及召对，自言不能。上③问：'临行有人作诗送卿否？'朴曰：'惟臣妾有一首云：更休落魄耽④杯酒，且莫猖狂爱咏诗。今日捉将官里去，这回断送老头皮。'上大笑，放还山。"余在湖州，坐作诗追赴诏狱⑤，妻子送余出门，皆哭。无以语之，顾语妻曰："独不能如杨子云处士⑥妻作诗送我乎？"妻子不觉失笑，余乃出。

【注释】

①洛：这里指河南府，洛阳。

②杞：这里指杞县，在今河南省洛阳。杨朴：北宋布衣诗人。字契元（一作玄或先），自号东里野民，他的诗在当时颇为人传颂。

③上：皇上，此处指宋真宗。

④落魄：指潦倒失意；豪迈，不拘束。耽：沉迷，沉溺。

⑤诏狱：奉皇帝命令拘捕犯人的监狱。

⑥处士：本指有才德而隐居不仕的人，后亦泛指未做过官的士人。

【译文】

前些年我路过洛阳，见到了李公简，他说："真宗皇帝已经完成东封泰山之事，到处寻访天下间有学识的隐逸之士，有一天在杞县寻得一个叫杨朴的人，这个人善于作诗。等到真宗皇帝把他召来对话的时候，他却说自己不会作诗。真宗皇上问道：'你临来的时候有人作诗为你送行吗？'杨朴回答说：'只有臣的妻子为我写了首诗，这首诗的内容是：不要豪迈迷饮酒，且莫猖狂爱咏诗。今日捉你为官去，这回断送老头皮。'真宗皇帝听后大笑，于是将他放了回去。"我在湖州，因为作诗获罪而被捕，奉皇命远赴朝廷受审，妻儿送我出门，各个痛哭流涕。我不知道该对她们说些什么，只好对妻子说："难道你们不能像杨朴的妻子那样作诗为我送行吗？"妻子不禁哑然失笑，我这才出门离开。

白云居士

【原文】

张愈，西蜀隐君子①也，与予先君②游，居岷山③下白云溪，自号白云居士。本有经世志，特以自重难合，故老死草野④，非槁项黄馘⑤盗名者也。偶至西湖静轩，见其遗句，怀仰其人，命寺僧刻之石。

【注释】

①张愈：字少愚，号白云先生，益州郫（今属四川）人。隐君子：指隐居逃避尘世的贤士。

②先君：此处指苏轼的父亲苏洵。

③岷（mín）山：中国西部大山。位于四川省松潘县北，绵延于四川、甘肃两省边境。

④草野：乡野，民间。

⑤槁项黄馘（gǎo xiàng huáng guó）：面色苍黄。形容不健康的容貌。馘（guó）：多音字，（因"xù"极少用，一般字典无"xù"音）。本义指边防军取得的敌人的首级。这里指脸。

【译文】

张愈，是西蜀一位有德才的隐士。他曾经与我的父亲一同出游，住在岷山下的白云溪旁边，自号白云居士。他原本有经世之才以及致用朝廷的志向，却因太洁身自好而不愿与官场的人同流合污，实属难与人融合，所以最后只能在山野里终老，而他绝不是故作枯槁姿态而欺世盗名的人。一次我外出游玩，偶然来到西湖静轩，看见他当年遗留下来的诗句，只因十分怀念仰慕他的为人，于是就让寺僧将这些诗句刻在了石头上，留作永久纪念。

佛教篇

读《坛经》

【原文】

近读六祖①《坛经》，指说法、报、化三身②，使人心开目明。然尚少一喻，试以眼喻：见是法身，能见是报身，所见是化身。何谓见是法身？眼之见性，非有非无，无眼之人，不免见黑，眼枯睛亡，见性不灭，故云见是法身。何谓能见是报身？见性虽存，眼根不具③，则不能见，若能安养其根，不为物障，常使光明洞彻，见性乃全，故云能见是报身。何谓所见是化身？根性既全，一弹指顷，所见千万，纵横变化，俱是妙用，故云所见是化身。此喻既立，三身愈明。如此是否？

【注释】

①六祖：这里指佛家禅宗第六代祖师慧能。

②法、报、化三身：即法身、报身和化身，法身清净无垢，一切智慧成就就是报身，用自己的心口意普度众生便是化身。

③眼根不具：没有眼根，佛教称眼、耳、鼻、舌、身、意六者为罪孽的根源，也就是六根，眼为视根，耳为听根，鼻为嗅根，舌为味根，身为触根，意为念率根。

【译文】

近来阅读六祖慧能的《坛经》，经书中解说了什么才是法身、报身、化身，不禁使人心明眼亮若有所悟。不过其中尚且少了一种解说，试以眼睛为例来作以说明：看到事物本质的是法身，能看见实体的是报身，所看到的花花世界是化身。为什么说能看到事物本质的是法身呢？眼睛看见的事物本性，并不是实有也不是实无，没有正常眼睛的人，见到的不免都是黑的，即使眼睛失明了，其实它存在的可见本性却还没有消失，所以说见是法身。什么叫作能见是报身呢？看见事物的本性虽然还在，但眼睛从根本上已经失明，就不能看见，如果能安心息养自己的视觉根本，不为外物所迷惑，使自己的心性保持清明洞澈，就能够使自己视觉的本性得以保全，所以说能见是报身。什么叫作所见是化身呢？就是视觉特性已经得以保全，一弹指的顷刻之间，所见到的万千事物，即使纵横交错肆意变化，也都是微妙的作用，所以说所见是化身。这些解说能得以确立之后，那么三身之说就会更加清楚了。如此解说，是不是很正确呢？

改《观音》咒

【原文】

《观音经》云："咒咀①诸毒药，所欲害身者，念彼观音力，还着于本人。"东坡居士②曰："观音，慈悲者也。今人遭咒咀，念观音之力而使还着于本人，则岂③观音之心哉？"今改之曰："咒咀诸毒药，所欲害身者，念彼观音力，两家总没事。"

【注释】

①咒咀：诅咒。

②东坡居士：苏轼自指。

③岂：难道，怎么。

【译文】

《观音经》上说："诅咒如同种种毒药，所有想要去戕害别人身体的，盼望观世音菩萨能借给自己神力去害人的人，观音都会把同样的伤害送还给他本人。"我要问："观音菩萨，是以慈悲为怀的神灵。如今有人遭到诅咒，盼望那观世音菩萨能借给自己神力去报复他人，可她却使说出的诅咒又还回给本人，难道这是观音菩萨慈悲为怀的原本用心吗？"所以，现在应该将它改为这样说："诅咒如同种种毒药，所有想要去戕害别人身体的，盼望观世音菩萨能借给自己神力去报复他人的人，就让两家都平安无事。"

诵经帖

【原文】

东坡食肉①诵经，或②云："不可诵。"坡取水漱口，或云："一碗水如何漱得！"坡云："惭愧，阇黎③会得！"

【注释】

①食肉：吃肉。

②或：某人，有的人。

③阇（shé）黎：一译作"阇梨"，梵语"阿阇梨"的省称，意为高僧，僧徒之师。也泛指僧人、和尚。

【译文】

东坡边吃肉边念诵经文，有人对他说："不可以这样诵经。"东坡听过以后便取来净水漱口，那人又说："一碗水怎么能漱得干净呢！"东坡回答说："惭愧啊惭愧，如果是高僧就可以诵得了！"

诵《金刚经》帖

【原文】

蒋仲甫闻之孙景修言：近岁①有人凿山取银矿至深处，闻有人诵经声。发之，得一人，云："吾亦取矿者，以窟坏不能出，居此不知几年。平生诵《金刚经》自随，每有饥渴之念，即若有人自腋下以饼饵遗②之。"

殆③此经变现也。道家言"守一④"，若饥，"一"与之粮；若渴，"一"与之浆。此人于经中，岂所谓得"一"者乎？

【注释】

①近岁：近年。

②遗：给，递给。饼饵：饼类食品的总称。

③殆：可能，大概。

④守一：守住意志。一：指意志，即专心一意。多用于修炼气功。

【译文】

蒋仲甫听到孙景修说：近年有人凿山开采银矿，当挖掘到矿藏深处的时候，忽然听见有人在诵读经文。于是就继续挖掘，便发现一个人，那人告诉他说："我也是凿取矿藏的人，因为矿道崩坏而被困在这里无法出去，不知道在这里居留多少年了。我平生只喜欢诵读金刚经，并随时把它带在身上诵读，因此每当有饥渴的念头时，立即就会感到仿佛有人从腋下递给我面饼类食物。"

我想，这可能就是诵读金刚经而得以变化显现的。道家言说"守一"，就是要守住一种意志，如果遇到饥饿，"意志"就会给他粮食；如果遇到口渴，"意志"就会供给他水浆。这个人对于金刚经而言，难道不就是道家所说的得"一"之人吗？

僧伽何国人

【原文】

泗州大圣《僧伽传》云："和尚何国人也。又世云莫知其所从来，云：'不知何国人也。'"近^①读《隋史·西域传》，乃^②有何国。余在惠州，忽被命责儋耳^③。太守方子容自携告身来，且吊余曰："此固前定，可无恨。吾妻沈素事僧伽谨甚，一夕梦和尚告别，沈问所往，答云：'当与苏子瞻同行。后七十二日，当有命。'今适七十二日矣，岂非前定乎！"余以谓事之前定者，不待梦而知。然余何人也，而和尚辱与同行，得非夙世^④有少缘契乎？

【注释】

①近：最近，近来。

②乃：才。

③儋（dān）耳：古代地名。又名离耳。汉元鼎六年内属，称儋耳郡。在今海南省儋县。

④夙（sù）世：指前世。

【译文】

泗州大圣《僧伽传》中记载说："和尚，是何国人。另外，世上没有人说清楚也不知道他从何处来，都说：'不知道他是何国人。'"近来研读《隋史·西域传》以后，才知道果真有个地方叫"何国"。前段时间，我在惠州时，突然间被责罚贬谪到儋州赴任。太守方子容亲自携带任命的文书过来，并且无奈地安慰我说："这可能是前世注定的事情，大可不必心有怨恨。我的妻子沈素平日里侍奉僧伽甚为恭敬谨慎。有一天晚上她梦见僧伽来告别，我的妻子问他要到哪里去，他回答说：'我应当与苏子瞻同行，此后的第七十二天，他应该有新的任命。'今日正好是第七十二天了，这难道不是前世就已经注定的吗？"我认为对于事物有前定的，不必等到梦里才知道。然而我是什么人呢，竟使大和尚屈尊与我同行，难道是前世就有不少因缘契合吗？

袁宏论佛说

【原文】

袁宏《汉纪》^①曰："浮屠^②，佛也，西域天竺国有佛道焉。佛者，汉言觉也，将以觉悟群生^③也。其教也，以修善慈心为主，不杀生，专务清净，其精者为沙门。沙门^④，汉言息也，盖息意去欲，归于无为。又以为人死精神不灭，随复受形，生时善恶皆有报应，故贵行修善道以炼精神，以至无生，而得为佛也。"

东坡居士曰：此殆中国始知有佛时语也，虽浅近，大略具足矣。野人得鹿，正尔煮食之耳，其后卖与市人，遂入公庖^⑤中，馔^⑥之百方。然鹿之所以美，未有丝毫加于煮食时也。

【注释】

①袁宏《汉纪》：袁宏，字彦伯，小字虎，时称袁虎。东晋玄学家、文学家、史学家。陈郡阳夏（今河南太康）人。因为不满当时已出的几种《后汉书》，继荀悦编著《汉纪》后，他编著了《后汉纪》，今存《后汉纪》三十卷。

②浮屠：亦作"浮图"。佛陀，佛。佛教语。天竺（zhú）国：历史上印度的译名。

③群生：泛指一切生物。

④沙门：汉译名词。又作娑门、桑门，起源于列国时代，意为勤息、息心、净志，其哲学思想为印度哲学的重要内容。

⑤庖（páo）：厨房。

⑥馔（zhuàn）：食用。

【译文】

袁宏谈论《汉纪》时说："浮屠，指的就是佛，西域的天竺国是持有佛法之道的地方。对于佛法，我们汉语言的说法就是'觉'，是寓以让众生觉悟的道理。这一宗教的教义，主要是以修善慈悲为根本，不杀戮生灵，务求专心清净，能够从中精修至上的人就可以称之为沙门。所谓沙门，在我们汉语言中称作'息'，大概意思就是平息欲望，回归于无求而为的境界。佛教中又认为，人死以后其精神不会陨灭，还会随着轮回辗转，重新受孕投胎而获受身躯，而在前世为善或者作恶都会得到报应，因此人生在世贵在以践行修习善道，以树立功德为提炼精神的根本，以此来达到无生无灭的境界，从而得以涅槃成佛了。"

我想说："这大概就是佛教刚刚传到中国时候的言语记载了，虽然浅显但很贴近，大致的意思都表达得足够清楚了。犹如乡野之人捕获一只鹿，正常的做法应该是煮熟了吃掉它，可后来拿到市井之中卖给商贩，随后又转手进入了王公贵胄的厨房之中，食用它的时候使用各种方法烹饪。然而鹿肉之所以被称作美味，却在于无需任何添加而直接煮食最好。

道释篇

赠邵道士

【原文】

耳如芭蕉，心如莲花，百节疏通①，万窍玲珑②。来时一，去时八万四千。此义出《楞严》③，世未有知之者也。元符三年九月二十一日，书赠都峤邵道士④。

【注释】

①百节：指人体各个关节。疏通：贯通。

②万窍：指人的各种感觉器官。玲珑：灵活敏捷。

③《楞严》：《楞严经》是佛教中一部极为重要的经典。

④都峤：都峤山，又称南山，在今广西省容县城南。邵道士：宋朝邵琥，湖南湘阴人。少时与兄玘、弟珪同游大学。后往都峤山为道士，改名彦肃。

【译文】

耳朵的形状像芭蕉，心地如同白莲花一般纯净，各个关节灵活强劲，贯通全身，各种感觉器官灵活敏捷，刚生下来的时候只是一个赤裸裸之躯，离开人世间时却能留下八万四千的精神化身。以上这段话出自《楞严经》，恐怕世上人还没有能知道这其中寓意的。

元符三年九月二十一，书写之后赠给都峤山邵道士。

书李若之事

【原文】

晋《方技传》有幸灵^①者，父母使守稻，牛食之，灵见而不驱。牛去，乃理其残乱者。父母怒之，灵曰："物各欲食，牛方食，奈何驱之？"父母愈怒，曰："即如此，何用理乱者为？"灵曰："此稻又欲得生。"此言有理，灵固有道者耶？

吕猗母足得痿痹^②病十余年，灵疗之，去母数步坐，瞑目^③寂然。有顷^④，曰："扶起夫人坐。"猗曰："夫人得疾十年，岂可仓卒令起耶？"灵曰："且试扶起。"两人夹扶而立，少顷，去夹者，遂能行。

学道养气^⑤者，至足之余，能以气与人，都下道士李若之能之，谓之"布气"。吾中子迨少羸^⑥多疾，若之相对坐为布气^⑦，迨闻腹中如初日所照，温温也。盖若之曾遇得道异人于华岳下云。

【注释】

①幸灵：豫章建昌（今江西省奉新县）人。《晋书》中对其事迹有记载。

②吕猗（yī）：古人名。痿痹（bì）：亦作"痿痺"。肢体不能动作或丧失感觉。

③瞑目：闭上眼睛。

④有顷（qǐng）：过了一会儿。

⑤学道养气：指修炼道家气功。

⑥中子迨（dài）：苏迨，苏轼的次子。羸（léi）：瘦弱。

⑦布气：旧谓有道术者运气与人。

【译文】

晋朝《方技传》中记录了有一个名叫幸灵的人，一天，父母让他去

101

看守稻田，发现有牛群前来啃吃稻苗，他看见了却不过去驱赶，等到牛群走了，他才过去整理那些伤残零乱的禾苗。父母气得怒斥他，他回答说："万物想要生存就得进食，那些牛正在饥饿地嚼食禾苗，又怎能狠心将它们驱走呢？"父母听了以后更加生气，问道："此事就算像你说的那样，那你事后还去整理倒伏的稻苗做什么呢？"幸灵说："这些稻子也想生存下去，牛伤害了它们，我又怎能不去管它们呢？"这些话说得都有道理，看来幸灵原本就是一个有道之人吧？

吕猗的母亲足部患有痿痹症已经有十多年了，幸灵为其母治疗，他先在距离她数步之遥坐下来，然后闭上双眼静寂不语。过了一会儿，说："请把夫人从座位上扶起来。"吕猗说："母亲生病十多年，怎么可能仓促间就让她站起来行走呢？"幸灵说："暂且尝试着扶她起来。"于是，两个人从两旁同时搀扶使她站立起来，过了一会儿，两旁搀扶的人慢慢放手离开，她竟然自己就能行走了。

学道养气的人，功力修炼到富足有余之后，就能把体内的真气运送给别人，都下道士李若之就能做到这一点，他把这运气之功叫作"布气"。我的次子苏迨小时候瘦弱多病，请李若之为迨儿医治，只见他与迨儿面对面坐好以后就开始布气，稍后，苏迨就感觉肚腹之中如同有初升的太阳照耀，暖暖的。后来听说李若之曾经在华山遇见过得道高人，传授给他高深的道法。

记苏佛儿语

【原文】

元符三年八月，余在合浦①，有老人苏佛儿来访，年八十二，不饮酒食肉，两目烂然，盖童子也。自言十二岁斋居②修行，无妻子。有兄弟三人，皆持戒③念道，长者九十二，次者九十。与论生死事，颇有所知。居州城东南六七里。佛儿："尝卖菜之东城，见老人言：'即心是佛，不在断肉。'余言：'勿作此念，众人难感易流④。'"老人大喜，曰："如是，如是。"

【注释】

①合浦：古地名。

②斋居：斋戒别居。

③持戒：秉持佛家戒律。

④易流：容易从于流俗。

【译文】

元符三年八月，我在合浦居住，有一位名叫苏佛儿的老人来访，八十二岁的年纪，他平日里从来不饮酒也不吃肉，一双眼睛炯炯有神，至今未婚娶，算是童子了。据他自己讲述，他从十二岁就开始斋戒别居而潜心修行，无妻无子。兄和弟共有三人，都如此秉持佛家戒律，念经修道，最大的长兄九十二岁，排在第二的九十岁。如今和他谈论生死之事，能得到很多感悟。他在合浦城东南六七里远的地方住。佛儿说："我曾经到东城卖菜，听见一位老人说：'随时心中都有佛，就不在于是否戒断食肉。'我说：'千万不要这样想，世人难以感化却容易从于流俗。'"老人听了以后非常高兴，说："正是，正是"。

记道人戏语

【原文】

绍圣二年五月九日，都下有道人坐相国寺①卖诸禁方，缄题其一曰：卖"赌钱不输方"。少年有博者，以千金得之。归，发视其方，曰："但止乞头②。"

道人亦善鬻③术矣，戏语得千金，然亦未尝欺少年也。

【注释】

①都下：京都，即指开封。相国寺：是中国著名的佛教寺院，深得皇家尊崇，多次扩建，是京城（开封）最大的寺院和全国佛教活动中心。

②乞头：指讨取头钱。宋朝时赌场主向赢钱赌徒按比例抽的钱，即现在俗称的"抽头字"。

③鬻（yù）：卖。

【译文】

绍圣二年五月初九，京都地界有一位道人在相国寺卖秘方，其中一个秘方的封口处题写着：卖"赌钱不输方"。有个喜欢赌博的少年，用千金买下它，回到家以后，打开这个秘方一看，只见上面写道："只要停止付给赌场抽头钱。"

看来这位道人确实也算是善于贩卖之术了，一句戏言就能获得千金，然而转念一想，他也未曾欺骗那个少年啊！

陆道士能诗

【原文】

陆道士惟忠字子厚，眉山人，好①丹药，通术数，能诗，萧然②有出尘之姿，久客③江南，无知之者。予昔在齐安，盖相从游，因是谒子由④高安，子由大赏其诗。会吴远游之过彼，遂与俱来惠州，出此诗。

【注释】

①好：喜好，喜欢。

②萧然：超逸潇洒；悠闲。

③客：客居，指在他乡居住。

④谒（yè）：拜见，拜访。子由：苏轼的弟弟苏辙。

【译文】

陆道士俗家名叫惟忠，字子厚，眉山人，喜好炼制丹药，精通很多法术，也擅长写诗，超逸潇洒而大有出尘之姿，长久以来一直客居江南，无人知晓他。我以前在齐安时，差不多时常和他一起出去游玩，正因为这个缘故，后来他到高安拜访我弟弟子由，子由对他的诗大加赞赏。这次恰巧碰上吴远要到那个地方去游玩，于是就与他一起来到惠州，离开这里时写下一些诗句。

朱氏子出家

【原文】

朱氏子出家，小名照僧，少丧父，与其母尹皆愿出家。照僧师守素，乃参寥子①弟子也。照僧九岁，举止如成人，诵《赤壁赋》，铿然鸾鹤②声也，不出十年，名闻四方③。此参寥子之法孙，东坡之门僧也。

【注释】

①参寥子：是宋僧道潜的别号。道潜，善诗，与苏轼、秦观结为诗友。

②铿然：铿锵有力的样子。鸾鹤：鸾与鹤。相传为仙人所乘。

③名闻四方：名声响彻四方。名闻，名声；犹闻名。

【译文】

朱氏子剃度出家，他的小名照僧，在很小的时候父亲就死了，由于生活所迫，他和他的母亲都愿意出家遁入空门。朱氏子的师傅是守素，也就是参寥子的弟子。那一年照僧才九岁，但行为举止仿佛成年人一样，听他诵读我的《赤壁赋》，声音铿锵高亢，有如鸾鹤长鸣，没出十年的光景，他就已经闻名四方。此人就是参寥子的法孙，我的门僧。

寿禅师放生

【原文】

钱塘寿禅师，本北郭税务专知官，每见鱼虾，辄①买而放，以是破家。后遂盗官钱为放生之用，事发坐死②，领赴市矣。吴越钱王使人视之，若悲惧如常人，即杀之；否，则舍之。禅师淡然无异色，乃舍之。遂出家，得法眼净③。禅师应以市曹得度④，故菩萨乃现市曹以度之。学出生死法，得向死地走之一遭，抵三十年修行。吾窜逐海上⑤，去死地稍近，当于此证阿罗汉果⑥。

【注释】

①辄（zhé）：总是，就。

②坐死：指定罪被处死。坐：定罪，由……而获罪。

③法眼净：清净法眼。佛教分为肉眼、天眼、法眼、慧眼、佛眼五眼，是指从凡夫至佛位，对于事物现象终始本末的考察功能。其中慧眼和法眼都能看到实相，仅次于佛眼。

④度：僧尼道士劝人离俗出家。

⑤窜逐：放逐；流放。海上：指海南岛。去：距离，差别。

⑥证阿罗汉果：指断尽一切烦恼，解脱生死，不受后有，而应受世间大供养之圣者。

【译文】

钱塘寿禅师，原本的官职是北郭税务专知官，他每次见到有人买卖活的鱼虾，总是买回来便去放生，由此导致家境破败。后来就趁机盗用官府的钱财来做放生之事，此事被发现后按当时律法他被定为死罪，不久就被押解到刑场准备处决了。吴越钱王遣使人前去察看他的状态，倘若他表现出悲哀恐惧如同普通人一样，就立即杀了他；否则，就释放他。结果，禅师淡然自若平静如常，于是就放了他。回去之后他便出家为僧，后来修行到了法眼清净的境界，能看透凡俗之人所看不到的实相。或许禅师命中注定应该在刑场上得到度化而出家，所以菩萨才在刑场上显现神灵来度他离俗出家。看来，修学淡出生死的法门，得向死地走一遭但能全身而返，这样可就以抵上三十年的修行。如今我被放逐到海南岛这片荒远之地，离死亡之地很近，以此推演，我应当能在这里证得阿罗汉果的境界吧！

僧正兼州博士

【原文】

杜牧①集有《敦煌郡僧正兼州学博士僧慧苑除临坛大德制词》，盖宣宗复河、湟②时事也。蕃僧最贵中国紫衣③师号，种世衡④知青涧城，无以使此等，辄出牒⑤补授。君子予其权，不责其专也。

【注释】

①杜牧：字牧之，号樊川居士，汉族，京兆万年（今陕西省西安）人。杜牧是唐代杰出的诗人、散文家。

②复：收复，平复。河：黄河。湟（huáng）：湟水河，是黄河上游支流，位于中国青海省东部。

③国紫衣：指国赐紫色袈裟，属于尊贵的赐赠。

④种（chóng）世衡：字仲平。洛阳（今属河南省）人，北宋守疆名将。重气节，有才略。

⑤牒（dié）：文书。古时通常由官方颁发的证明某事的文件。

【译文】

杜牧集中有一篇《敦煌郡僧正兼州学博士僧慧苑除临坛大德制词》，大约是关于宣宗皇帝收复黄河以及上游的湟水河流域时期的事情。那时候蕃僧在河湟地区势力很大，他们认为最贵重的东西之中要以国赐的紫衣袈裟和大师封号为首，但种世衡任青涧城知府的时候，无法满足他们的要求，为了便于管理，他就私自发出牒文授予蕃僧这样的称号。其实，在朝君子既然赋予地方官权利，在某种不得已的特殊环境下，应该不会责罚种世衡这样的专权治理的方式。

卓契顺禅话

【原文】

苏台定慧院净人^①卓契顺，不远数千里，陟^②岭渡海，候无恙于东坡。东坡问："将甚么土物来？"顺展两手。坡云："可惜许数千里空手来。"顺作荷担^③势，信步而去^④。

【注释】

①定慧院：在今湖北省境内。苏轼元丰三年被贬至黄州，二月初到黄州时，曾寓居定惠院。净人：佛教名词，流行于古代印度，意指在佛寺中服劳役的一般人，他们未出家受戒，因此可以执行某些佛教僧侣受戒律限制不能做的日常事物。

②陟（zhì）：登程，攀登，跋涉之意。

③荷担（hè dàn）：用肩负物。这里喻指能够担负起佛祖的事业去宏法度众生。因为在一切法门里面，弘法真正利益众生。

④信步而去：淡然而悠闲地漫步离去。

【译文】

苏台定慧院的净人卓契顺，不惧千里之遥远道而来，登山越岭横渡河海，到海南岛来问候我是否安然无恙。见面之后，我笑着问道："将什么土特产带来了啊？"卓契顺展开两手以示空空如也。我说："可惜你这样跋涉数千里路，却是两手空空而来。"净人卓契顺随后又做了一个肩挑担子的姿势，然后淡然而悠闲地漫步离去，留下无限禅意。

僧文①荤食名

【原文】

僧谓酒为"般若②汤"，谓鱼为"水梭花"，鸡为"钻篱菜③"，竟无所益，但自欺而已，世常笑之。

人有为不义而文之以美名者，与此何异④哉！

【注释】

①文：修饰；文饰。

②谓：称谓，称呼，叫作。般若（bō rě）：佛教用语，意为智慧。通过直觉的洞察所获得的先验的智慧或最高的知识。

③钻篱菜：因为鸡时常钻篱笆偷吃青菜，故称。

④何异：什么差异；有什么区别。

【译文】

僧人们常常称呼酒为"般若汤"，把鱼叫作"水梭花"，把鸡叫作"钻篱菜"，我自始至终也没看出这有什么益处，只不过是自欺欺人罢了，所以俗世人常常以此来嘲笑他们。

仔细想来，世人做了不仁不义的事情，却喜欢用美好的文辞加以修饰，相比之下，和这有什么区别呢！

本秀非浮图之福

【原文】

稷下之盛①，胎骊山之祸；太学②三万人，嘘枯吹生，亦兆党锢之冤③。今吾闻本、秀二僧，皆以口耳区区奔走王公，汹汹都邑，安得而不败？殆④非浮屠⑤氏之福也。

【注释】

①稷（jì）下之盛：设在齐国都城临淄（今山东淄博）稷门附近，故称稷下。建立于田齐桓公之时，经过威王，至宣王时最盛。

②太学：中国古代最高学府，即国立大学。东汉时有太学，诸生就有三万余人。

③党锢（gù）之冤：党锢：指古代禁止某些政治上的朋党参政的现象。东汉桓、灵二帝统治时期官僚士大夫因反对宦官专权而遭禁锢的政治事件。所谓"锢"就是终身不得做官。

④殆：表示肯定，相当于当然、必定，应该。

⑤浮屠：亦作"浮图"。佛教语。佛陀，佛。

【译文】

齐国时期稷下学人的盛况，孕育了秦始皇骊山焚书坑儒的祸根；东汉时期太学有三万多人，都以吹嘘见长，能使枯死生还，而生者枯死，也因此与宦官结怨而最终埋下了党锢之冤的征兆。如今我听说本、秀二位僧人，都以口耳相传之势，不舍其微地游走于王公大臣之间，造成整个都城人声鼎沸，如此下去又怎能不导致祸患突起而衰败呢？这样一来，恐怕就不是佛家之福了。

付僧惠诚游吴中代书十二

【原文】

妙总师参寥子^①，予友二十余年矣，世所知独其诗文，所不知者，盖过于诗文也。独好面折人过失，然人知其无心，如虚舟之触物，盖未尝有怒者。

径山长老维琳，行峻而通，文丽而清。始，径山祖师有约，后世止以甲乙住持。予谓以适事之宜而废祖师之约，当于山门选用有德，乃以琳嗣事^②。众初有不悦其人，然终不能胜悦者之多且公也，今则大定矣。

杭州圆照律师，志行苦卓，教法通洽^③，昼夜行道二十余年矣，无一念顷有作相。自辨才归寂^④，道俗皆宗之。

秀州本觉寺一长老，少盖有名进士，自文字言语悟入。至今以笔研作佛事，所与游皆一时文人。

【注释】

①参寥子（cān liáo zǐ）：一种释义是宋僧道潜的别号。道潜，善诗，与苏轼、秦观结为诗友。另一种释义是唐朝的隐士。

②嗣事：谓继续从事。嗣（sì）：续也。亦指继承官职。

③通洽：通达；贯通。

④归寂：佛教语。谓死；圆寂归天。

【译文】

我与妙总师参寥子已经有二十多年的交情了，世人所知道的只是他的诗文精妙而已，所不知道的，大概要超过他的诗文了。参寥子喜欢当面指出别人的过失，当然，别人也知道他是无心之举，就像浮荡在水面上的小船不由自主地轻轻触碰到物体一样，还不曾有过因为受到指责而跟他发怒的人。

径山长老维琳，行止高雅而不落落寡合，文辞华丽而又不失清新。开始的时候，径山祖师有约法在先，他圆寂升天以后，只能按照僧徒的等级顺序接任住持理事。我认为应该以才能高低来任命合宜的接替者而应废除祖师遗命约法，应当在山门之中选用有才德之人，就应该推举维琳继承住持理事。开始众人之中有不悦服他的，然而最终也没有选出比他更合适而且公认有才华的人，如今已经全部同意定下他了。

杭州圆照律法师，志在修行且能在艰苦的环境中卓越突出，礼教佛法通达融洽，不分昼夜修行禅道已经有二十多年了，没有一点私心杂念更无片刻做作之态。自从辩才高僧圆寂归天以后，无论是出家还是俗世之人，都以他为宗师。

秀州本觉寺一长老，少年时大概是一名进士，从经文之中的只言片语开始参悟而得入佛门，至今仍然不辍以笔墨研修经文安于作佛事，与他交游的都是当时远近闻名的文豪贤士。

【原文】

净慈楚明长老自越州来。始，有旨召小本禅师住法云寺。杭人忧之，曰："本去，则净慈众散矣。"余乃以明嗣事，众不散，加多，益千余人。

苏州仲殊①师利和尚，能文，善诗及歌词，皆操笔立成，不点窜一字。予曰："此僧胸中无一毫发事"，故与之游。

苏州定慧长老守钦，予初不识。比②至惠州，钦使侍者卓契顺来问予安否，且寄十诗。予题其后曰："此僧清逸绝俗③，语有璨、忍之通，而诗无岛、可④之寒。"予往来吴中久矣，而不识此僧，何也？

【注释】

①仲殊：北宋僧人、词人，字师利，安州（今湖北安陆）人。本姓张，名挥，仲殊为其法号。曾应进士科考试。生卒年不详。

②比：及，等到。

③绝俗：超出世俗；弃绝尘俗；超过寻常。

④璨：是禅宗三祖僧璨。忍：是禅宗五祖弘忍。岛：是贾岛。可：是

无可。

【译文】

　　净慈楚明长老来自越州。起初，有法旨召小本禅师到法云寺当主持。杭州人对此甚为担忧，说："小本禅师离去后，那么将会离开受众者。"于是我就给他们说明传承法事的道理，最终受众没有离散，反而增多了，增加了千余人。

　　苏州仲殊师利和尚，会写诗文，他很善于作诗以及填写歌赋词令，这些都能提起笔来立刻完成，不会出现半点韵律混淆的情况，也从不需要修改一个字。我说："此僧胸怀坦荡，心中不容丝毫杂尘之事"，因此很值得与他交游。

　　苏州定慧长老守钦，起初我不认识他。等到了惠州以后，定慧长老守钦便派遣侍者卓契顺前来向我问候是否平安，并且随行寄赠我十首诗。我提笔在他的诗句后边题字说："此僧清逸绝俗，语句大有僧璨、弘忍之通达禅理，而诗文无贾岛、无可之刻意为诗的寒态。"细细想来，我往来于吴中之地已经很久了，却至今没有结识这位高僧，这是为什么呢？

【原文】

　　下天竺净慧禅师思义学行甚高，综练①世事。高丽非时遣僧来，予方请其事于朝，使义馆之。义日与讲佛法，词辨蜂起，夷僧莫能测，又具得其情以告，盖其才有过人者。

　　孤山思聪闻复师作诗，清远如画，工而雅逸可爱，放而不流，其为人称其诗。祥符寺可久、垂云、清顺三阇黎②，皆予监郡日所与往还诗友也。清介贫甚，食仅足而衣几于不足也，然未尝有忧色。老矣，不知尚健否？

　　法颖沙弥，参寥子之法孙也，七八岁事师如成人。上元夜予作乐灭慧，颖坐一夫肩上顾之。予谓曰："出家儿亦看灯耶？"颖愀然变色③，若无所容，啼呼求去。自尔不复出嬉游，今六七年矣，后当嗣参寥者。

　　予在惠州，有永嘉罗汉院僧惠诚来谓曰："明日当还浙东。"问所欲干者，予无以答之。独念吴、越多名僧，与予善者常十九，偶录此数人以授惠诚，使归见之，致予意，且谓道予居此起居饮食状，以解其念也。信笔书纸，语无伦次④，又当尚有漏落者，方醉不能详也。绍圣二年东坡居士书。

【注释】

①综练：博习，广泛究习。一作为"谙练"，明晓事理，历练老成；熟知。

②阇黎（dū lí）：一译作"阇梨"，梵语"阿阇黎（梨）"之省也，意为高僧，也泛指僧人、和尚。

③愀（qiǎo）然变色：指面容神情一时变得严肃或不愉快。

④语无伦次：指说话没有顺序逻辑，话讲得很乱，没有条理。伦次：条理。

【译文】

下天竺净慧禅师思义在学术修行方面都有很高的造诣，他广泛究习佛法，熟知世事。那一次，高丽派遣僧人前来拜谒很不是时候，因为当时我正在朝上请奏朝中事务，只好先让思义接待他们到馆舍住下来。思义每天跟他讲论佛法，言词争辩激烈如群蜂飞舞，纷然并起，高丽僧人不知就里，没能揣测出禅师的言外之意，就把自己所知道的事情全都如实告知，看来思义禅师的才智确实有过人之处啊。

孤山思聪闻复师作诗，素来都是别样的清新雅丽，工整而不失雅逸可爱，洒脱而又不流于俗，他的为人品质与他的诗风很相称。祥符寺可久、垂云、清顺三位高僧，也都是我在当地为官时所交往的知交与诗友。虽然很贫穷，但是清贫而乐道，饮食仅仅满足吃饱，而且衣物几乎不能充足，即使这样也不曾有过忧虑之色。现在都年老了，不知是否还健在呢？

法颖沙弥，是参寥子大师的法孙，七八岁的时候侍奉师父的举止就仿佛成年人一般。那一次的上元夜我作乐灭慧，法颖坐在一夫肩上观看。我问他说："出家人也能观看花灯吗？"法颖的神色瞬间变得严肃而且不愉快，仿佛无地自容一般，啼哭呼喊着要求离去。自从那以后便不再出来游玩，距今已经有六七年了，后来他应当是继承了参寥子的衣钵。

我在惠州的时候，有永嘉罗汉院僧惠诚来对我说："明日应当离开此地回到浙东了。"问我有没有什么想寄去书信的人，我不知道该怎样回答他。思念吴、越的高僧有很多，与我非常友好的僧人也能有十八九个之多，我现在记录了这十多位高僧的事迹交给惠诚，委托他回去之后代我前去拜访他们，致以我的思念之情，并且对他们说一说我在此地安稳的饮食起居状况，以排解他们对我的挂念。信笔涂鸦胡乱写下一纸书信，可能有些语无伦次，另外，应当还有一些遗落之处，只因当时刚刚醉了而没能写得详尽一些啊。绍圣二年东坡居士书。

异事上

王烈石髓

【原文】

王烈入山得石髓①，怀之以饷嵇叔夜②。叔夜视之，则坚为石矣。当时若杵碎③或错磨食之，岂不贤于云母、钟乳辈哉？然神仙要有定分，不可力求。退之有言："我宁诘曲自世间，安能从汝巢神仙。"如退之性气，虽出世间人亦不能容，叔夜婞直④，又甚于退之也。

【注释】

①王烈：《太平广记》卷九引《神仙传》记载，王烈餐石髓而成仙，此典入诗多吟咏仙道之作。石髓：即石钟乳。古人用于服食，也可入药。

②饷（xiǎng）：赠送。嵇叔夜：嵇（jī）康，字叔夜。汉族，谯国铚县（今安徽省濉溪县）人。三国时期曹魏思想家、音乐家、文学家。

③杵（chǔ）碎：捣碎。杵：舂米或捶衣的木棒。

④婞直（xìng zhí）：倔强；刚直。

【译文】

王烈入太行山得以见到青泥流出如髓，便取泥成丸吞食后感觉很是美味，然后包藏一些带回去赠给了嵇叔夜。嵇叔夜打开观看这块石髓，发现它异常坚硬而与石头无异了。但是当时如果把它捣碎或者磨成粉末吞食下去，岂不是比云母、钟乳之类的药效更好吗？也许还能与王烈一样得道成仙。然而修道成仙之事，确实是要有定分的，不可强求。韩退之曾有言道："我宁愿在世间忍受人生无常之苦，也不会跟从你巢居仙山侍神奉仙。"以韩退之的脾气秉性，即便是出尘世而成仙人，也会因不能相容而屡遭诘难，何况是嵇叔夜刚直倔强，甚至比韩退之还要有过之而无不及呢。

记道人问真

【原文】

道人徐问真，自言潍州①人，嗜酒狂肆，能啖②生葱鲜鱼，以指为针，以土为药，治病良有验。欧阳文忠公为青州，问真来从公游，久之乃求去。闻公致仕③，复来汝南，公常馆之，使伯和父兄弟为之主。公常有足疾，状少异，医莫能喻。问真教公汲引气血自踵④至顶，公用其言，病辄已。忽一日求去甚力，公留之，不可，曰："我有罪，我与公卿游，我不复留。"公使人送之，果有冠⑤铁冠丈夫长八尺许，立道周俟⑥之。问真出城，顾村童使持药笥⑦。行数里，童告之求去。问真于髻中出小瓢如枣大，再三覆之掌中，得酒满掬者二，以饮童子，良酒也。自尔不复知其存亡，而童子径发狂，亦莫知其所终。轼过汝阴，公具言如此。其后贬黄州，而黄冈县令周孝孙暴得重腿疾⑧，轼试以问真口诀授之，七日而愈。

元佑六年十一月二日，与叔弼父、季默父夜坐话其事，事复有甚异者，不欲尽书，然问真要为异人也。

【注释】

①潍（wéi）州：今山东省潍坊市。

②啖（dàn）：吃或给人吃。

③致仕：交还官职，即退休。

④踵（zhǒng）：脚后跟。

⑤冠：戴着，动词。

⑥俟（sì）：等待。

⑦顾：古通"雇"。出钱请人做事。药笥：药箱，药匣子。笥（sì）：盛饭或衣物的方形竹器。

⑧重腿（zhuì）疾：严重的脚肿疾病。亦喻文辞臃滞。

【译文】

道人徐问真，自称是潍州人士，喜欢饮酒且性情狂放，能吃生葱鲜鱼，能以手指为针给病人针灸，能取土为药石，把病治好，而且每次都很灵验。欧阳修前去赴任青州太守的时候，问真道士过来与欧阳公一起游玩，过了一段时间后就要求回去。后来听说欧阳公交还官职回家退养，他就又跟着来到汝南拜访，欧阳公常留他住在客馆里，让叔伯辈以及父兄弟弟们奉他为主宾陪伴。因为欧阳公常常有足疾发作，症状罕见而与一般的足疾不同，医生都不知道该怎样才能治愈。问真教授欧阳公汲引气血从脚后跟一直上升到头顶，欧阳修按照他所说的方法，病真的就痊愈了。忽然有一天问真道人要求回去，看起来特别着急，欧阳公极力挽留他也不行，他说："我是有罪之人，我与公卿交游多日，我不能再留下来了。"于是，欧阳公派人去送他，果然看见有一个头戴铁帽子，身高八尺有余的男子，站在道边恭候他。问真出城以后，雇佣一个村童让他拿着药箱。行走了数里路时，村童告诉他说要回去。问真从发髻中取下像枣一样大的小瓢，放在掌中反复抚摩翻转多次，便得到满满的两瓢酒捧在手里，递给那个童子让他喝下去，村童说，真是上等的好酒啊。然而，从此以后谁也不知道问真道人的下落，而那童子饮酒后顿时发狂，也不知他最终去了哪里。

　　我路过汝阴的时候，欧阳公就这样对我说了全部的治病过程。在这之后我被贬谪到黄州，黄冈县县令周孝孙突然得了严重的脚肿疾病，我便试着把徐问真的口诀告诉他，果真七天之后就痊愈了。元佑六年十一月初二日，我与欧阳公的两个儿子叔弼父、季默父夜坐时说起这件事，而这事还有更奇异的地方，我不想在此全部书写出来了，不过，这位问真道人果然是奇人啊。

记刘梦得有诗记罗浮山

【原文】

　　山不甚高，而夜见日，此可异也。山有二楼，今延祥寺在南楼下，朱明洞在冲虚观后，云是蓬莱第七洞天。唐永乐道士侯道华以食邓天师枣仙去，永乐有无核枣，人不可得，道华得之。余在岐下^①，亦得食一枚云。唐僧契虚遇人导游稚川仙府，真人问曰："汝绝三彭之仇^②乎？"虚不能答。冲虚观后有米真人朝斗坛，近于坛上获铜龙六，铜鱼一。唐有《梦铭》，云"紫阳真人山元卿撰^③"。又有蔡少霞者，梦遣书牌，题云："五云阁吏蔡少霞书。"

【注释】

　　①岐（qí）下：古地名。

　　②三彭之仇：据《太平广记》记载："彭者，三尸之姓，常居人身中，伺察功罪，每至庚申日，籍于上帝。故学仙者当先绝其三尸……"

　　③撰（zhuàn）：撰写。

【译文】

　　这罗浮山不是很高，但夜晚能看见太阳，这就很奇怪了。山上有两座楼阁，今天所说的延祥寺就在南楼下边，朱明洞在冲虚观的后边，据说是蓬莱第七洞天。唐永乐年间的道士侯道华，因为食用了邓天师的枣子而羽化成仙，据说永乐年间有无核的枣子，一般人都不易得到，可是道华却得到了。我在岐下居住的时候，也曾经吃过一枚，今天在此说出来。据《太平广记》记载，唐代的僧人契虚曾经偶遇一个人，然后被他引导到稚川仙府，那仙府中真人问他："你断绝三尸的恩怨情仇了吗？"契虚不能回答。冲虚观后边有米真人朝斗坛，最近从坛上挖得铜龙六个，铜鱼一个。唐朝时有《梦铭》一书，上面写道："紫阳真人山玄卿撰"。还有个名叫蔡少霞的人，曾经梦见遣书牌匾，上面有题字写道："五云阁吏蔡少霞书"。

记罗浮异境

【原文】

有官吏自罗浮都虚观游长寿，中路睹见①道室数十间，有道士据槛坐，见吏不起。吏大怒，使人诘②之，至则人室皆亡③矣。乃知罗浮凡圣杂处，似此等异境，平生修行人有不得见者，吏何人，乃独见之。正使一凡道士见已不起，何足怒？吏无状如此，得见此者必前缘也。

【注释】

①睹见：看见。

②诘（jié）：责问，追问；质问。

③亡（wú）：古同"无"，没有，消失。

【译文】

有一位官吏自罗浮都虚观出游长寿院，走到半路时，看见道路旁边有房屋数十间，而且有一个道士坐在门槛上，可他看见官吏以后并不起身问安。官吏很生气，就让随从过去质问他，等随从走到近前却发现房屋和道士都消失了。由此可知，罗浮这个地方是凡人和仙人杂居之地，像这样奇异的事情，就算是修行终生的人都未必能见到，这个官吏是什么人啊，竟然唯独能遇见这等事情。其实，即使是一个平凡的道士见到自己不站起来问安，又有什么好愤怒的呢？官吏如此骄纵无礼，能够看见这样的异象必定是前缘早定的。

东坡升仙

【原文】

吾昔谪①黄州，曾子固居忧②临川，死焉。人有妄传吾与子固同日化去，且云："如李长吉时事，以上帝召他。"时先帝亦闻其语，以问蜀人蒲宗孟，且有叹息语。今谪海南，又有传吾得道，乘小舟入海不复返者。京师皆云，儿子书来言之。今日有从黄州来者，云太守柯述言吾在儋耳③一日忽失所在，独道服在耳，盖上宾也。吾平生遭口语无数，盖生时与韩退之④相似，吾命在斗间而身宫在焉。故其诗曰："我生之辰，月宿南斗。"且曰："无善声以闻，无恶声以扬。"今谤⑤我者，或云死，或云仙，退之之言良非虚尔。

【注释】

①谪（zhé）：封建时代特指官吏降职，调往边外地方。

②曾子固：曾巩，字子固，汉族，建昌军南丰（今江西省南丰县）人，后居临川，北宋文学家、史学家、政治家。居忧：意思是指居父母之丧。

③儋（dān）耳：古代南方国名，又名离耳。汉元鼎六年内属，称儋耳郡，在今海南省儋县，曾是苏轼被贬之地。

④韩退之：韩愈，字退之。河南河阳（今河南省孟州市）人，世称"韩昌黎""昌黎先生"。唐代杰出的文学家、思想家、哲学家、政治家。

⑤谤：诽谤，毁谤。

【译文】

我以前遭到贬谪前往黄州赴任，曾巩因为居父母之丧而留住在临川，后来也不幸去世了。有人虚妄传言说我和曾子固同一天去世了，并且说："仿佛李长吉时那样，是上帝召唤他回去了。"那时候，先帝也听到了这样的传闻，所以询问蜀人蒲宗孟，并对我的死深表遗憾并说了很多话。如今我被贬谪到海南。又有传言说我已经得道成仙，一人乘着小船入海而不复返了。京师里的人都这样说，我儿子急忙来书信询问这件事时我才知道。今天有从黄州来的人，说太守柯述说我在儋耳，一日之间就忽然不见了，只有道服还在那里，大概是已经升仙上天去了。我平生遭口舌谣言无数，出生时大概与韩愈相似，我命在斗牛星宿之间而生身八字却在磨蝎宫。所以像那诗中写道："我生之辰，月宿南斗。"又说："没有好名声用以传闻，没有坏名声足以播扬。"如今诽谤我的言论中，有的说我死了，有的说我成仙了，看来韩愈说过的话句句良言，确实不是虚构的啊。

黄仆射

【原文】

虔州布衣①赖仙芝言：连州有黄损仆射②者，五代时人。仆射盖仕南汉官也，未老退归，一日忽遁去，莫知其存亡。子孙画像事之，凡三十二年，复归，坐阼阶③上，呼家人。其子适不在，孙出见之。索笔书壁云："一别人间岁月多，归来人事已消磨。惟有门前鉴池水，春风不改旧时波。"投笔竟去，不可留。子归，问其状貌，孙云："甚似影堂老人也。"连人相传如此。其后颇有禄仕者④。

【注释】

①布衣：指平民百姓。

②仆射：仆是"主管"的意思，古代重武，主射者掌事，故诸官之长

称仆射。

③阼阶（zuò jiē）：指东阶。

④禄仕：泛指居官食禄，即为朝廷官员。

【译文】

虔州的平民赖仙芝说："连州有个仆射叫黄损，是五代时期人。仆射大约是南汉时期出仕为官的，未到退任的时候就归隐了，忽然一日之间就失踪了，谁也不知他是生是死身在哪里。后来，他的子孙把他的画像悬挂在家中供奉，大概三十二年后的一天，仆射又返回家中，坐在房屋东阶之上，呼唤家人。他的儿子正好不在家，他的孙子出来拜见他。这时，仆射要来笔墨在墙壁上写道："一别人间岁月多，归来人事已消磨。惟有门前鉴池水，春风不改旧时波。"写完就扔下笔转身离去，不肯留下来。等到他儿子回来的时候，询问他的身形样貌，他的孙子说："和祠堂画像上的老人特别像。"连州人都这样口口相传。他的后人中有很多出仕为官的。

冲退处士

【原文】

章詧①，字隐之，本闽②人，迁于成都数世矣。善属文，不仕，晚用太守王素荐，赐号冲退处士。一日，梦有人寄书召之者，云东岳道士书也。明日，与李士宁游青城，濯足③水中，詧谓士宁曰："脚踏西溪流去水。"士宁答曰："手持东岳寄来书。"詧大惊，不知其所自来也。未几，詧果死。其子禩④亦以逸民举，仕一命乃死。士宁，蓬州人也，语默不常，或以为得道者，百岁乃死。常见余成都，曰："子甚贵，当策举首。"已而⑤果然。

【注释】

①章詧（chá）：字隐之，成都双流人。少孤，鞠于兄嫂，以所事父

母事之。博通经学，尤长《易经》《太玄经》，著《发隐》三篇。

②闽（mǐn）：本义：古种族名。生活在浙江南部和福建一带，后故称福建为闽。

③濯（zhuó）足：本谓洗去脚污。后以"濯足"比喻清除世尘，保持高洁。

④禩（sì）：同"祀"。祭天、祖。

⑤已而：不久；后来。

【译文】

　　章詧，字隐之，祖上原本是福建人，迁到成都已有几代的光景了。章詧擅长写文章，不愿意出仕做官，晚年因为太守王素举荐，赐号冲退处士。有一天，梦中有人寄来书信召他前去，说是东岳道士的书信。第二天，他约好与李士宁同游青城，站在泉水之中冲洗双脚，章詧对李士宁说："脚踏西溪流去水。"士宁对答说："手持东岳寄来书。"章詧大惊，不知他是从哪里知道这件事的。没过多久，章詧果真死了。他的子祀也得以逸民推举，然而一任职就死了。士宁，祖籍蓬州人，平日里说话或者沉默不语的时候都与常人不同，或许因为他原本就是一个得道之人，百岁以后才死去。以前我曾在成都见到他，对他说："你面相极为富贵，理当科举占首。"后来果然如此。

臞仙^①帖

【原文】

　　司马相如谄^②事武帝，开西南夷之隙。及病且死，犹草《封禅书》，此所谓死而不已者耶？

　　列仙之隐居山泽间，形容甚臞，此殆"四果^③"人也。而相如鄙之，作《大人赋》，不过欲以侈言^④广武帝意耳。夫所谓大人者，相如孺子，何足以知之！若贾生《鵩鸟赋》^⑤，真大人者也。庚辰八月二十二日，东坡书。

【注释】

①臞（qú）仙：典故名，典出《史记》卷一百一十七《司马相如列传》。司马相如认为传说中的众仙形体容貌特别清瘦，后遂以"臞仙"等借称身体清瘦而精神矍铄的老人。

②谄：谄媚，阿谀奉承。

③四果：指南传佛教的四种果位，即须陀洹果、斯陀含果、阿那含果、阿罗汉果。

④侈（chǐ）言：基本意思是夸大不实的言辞等。

⑤鵩（fú）鸟赋：是汉代文学家贾谊的赋作，为贾谊谪居长沙时所作。此赋借与鵩鸟问答以抒发了自己忧愤不平的情绪，并以老庄的齐生死、等祸福的思想以自我解脱。鵩鸟：古书上说的一种不吉祥的鸟，形似猫头鹰。

【译文】

司马相如善于以阿谀奉承侍奉汉武帝，因而才开通西南之地，造成华夷两地之间的嫌隙。等到他患病将要死去的时候，还坚持草书一部《封禅书》，这就是所谓死而不休的典范吧？

列位神仙喜欢隐居山泽之间，形体容貌都显得非常清瘦，这大概就是正得"四果"之人了。然而司马相如却很鄙视他们，曾作《大人赋》，但不过是想以夸大不实的言辞广进谀言去混淆汉武帝的心志而已。那所能称为大人的，像司马相如这等小子，有什么足够的资格去了解！如若那贾生撰写的《鵩鸟赋》，才是真正能称为大人的著作。庚辰八月二十二，东坡书。

记鬼

【原文】

秦太虚言：宝应民有以嫁娶会客者，酒半，客一人竟起出门。主人追之，客若醉甚将赴水者，主人急持①之。客曰："妇人以诗招我，其辞云：'长桥直下有兰舟，破月冲烟任意游。金玉满堂何所用，争如年少去来休。'仓皇^②就之，不知其为水也。"然客竟亦无他。夜会说鬼，参寥举^③此，聊^④为之记。

【注释】

①持：搀扶，拉住。

②仓皇：仓促而慌张的意思。亦作"仓惶""仓遑""仓徨"。

③参寥：即参寥子。举：提出，列举。

④聊：姑且。

【译文】

秦观秦太虚说：宝应民间有一人家因为嫁娶而准备会集宾客宴饮，酒席举行大约一半的时间，有一位客人竟然站起来径直出门。主人在后边追上他，客人的样子仿佛喝醉了一般，甚至将要跳进水中，主人急忙拉住他。那个客人说："有个妇人以诗句招呼我，那诗句上说：'长桥底下有兰木之舟，可以划破月色冲开烟幕任意遨游。即使家中金玉满堂又有何用处，还不如争取年少时光来去自由游赏不休。'于是我就仓皇跟她而来，不知道这脚下竟是河水啊。"然而这位客人清醒后却也没有发生什么意外之事。我们在夜间聚会的时候谈起鬼魅之词，参寥子提出了这件事，我姑且将它记录下来。

李氏子再生说冥间事

【原文】

戊寅十一月，余在儋耳，闻城西民李氏处子病卒两日复生。余与进士何旻^①同往见其父，问死生状。云："初昏，若有人引去，至官府幕下。有言：'此误追。'庭下一吏云：'可且寄禁。'又一吏云：'此无罪，当放还。'见狱在地窟中，隧而出入。系者皆儋人，僧居十六七。有一妪^②身皆黄毛如驴马，械而坐，处子识之，盖儋僧之室也。曰：'吾坐用檀越钱物，已三易毛矣。'又一僧亦处子邻里，死已二年矣，其家方大祥，有人持盘飧③及钱数千，云：'付某僧。'僧得钱，分数百遗门者，乃持饭入门去，系者皆争取其饭。僧饭，所食无几。又一僧至，见者擎跪作礼。僧曰：'此女可差人速送还。'送者以手擘④墙壁使过，复见一河，有舟，使登之。送者以手推舟，舟跃，处子惊而寤⑤。"是僧岂所谓地藏菩萨耶？书此为世戒。

【注释】

①处子：指未成年的人，旧时把未出嫁的女性称作处子，没发生过性交行为的女子，与童子相对。何旻（mín）：古人名。

②妪（yù）：年老的女人。

③飧（cān）：同"餐"。

④擘（bò）：掰开；分开；剖裂。

⑤寤（wù）：古同"悟"，明白，醒悟。这里指苏醒。

【译文】

元符戊寅年十一月，我谪居在儋耳，听说城西平民李氏家的少女患病死去，但两天以后又活过来了。我与进士何旻一同前往会见这孩子的父亲，问到少女死而复生的状况。他说："刚开始的时候昏昏沉沉，好像有人引领她离去，然后来到官府的帷幕之下。忽听有人说：'此次是错误的追捕。'庭下一个官吏说：'可以暂且关押在这里。'另一个官吏说：'她无罪，应当释放回家。'只见这牢房竟然是在地窟之中，需要通过隧道才能出入。被关押的都是儋耳人，其中僧人占十六七个。有一个老妇人身上都是黄毛如同驴马，戴着刑具坐在那里，小女认识她，竟然是儋耳一个僧人的妻室。她说：'我因不劳而获接连使用施主的钱物而被定罪，这已经是三次换毛了。'还有一个僧人也是小女的邻居，死去已经二年了，他家正在为他举行死后两周年的大祥祭礼，这时候有一个人托着一盘食物以及数千钱，说：'交付给某个僧人。'那个僧人得到钱以后，分出数百钱给看门的人，随后就手提饭蓝走进门去，被关押的人都争相跑过来抢取他的饭菜。僧人送来的饭菜，被抢得几乎精光。又有一个僧人走进来，看见他的人都举手作揖并跪地叩头行参拜之礼。只听这个僧人说：'此女可派人快速送她回家。'领命送她的人以手分开墙壁让她走过去，她又看见一条河，河面上有船，送她的人让她登上小船。那个人用手一推小船，这船便鱼跃一般急驶而去，女儿因为惊吓而忽然醒来。"难道那个僧人就是所谓的地藏菩萨吗？我不得其解，于是写下此事以此来警戒世人。

道士张易简

【原文】

吾八岁入小学，以道士张易简为师。童子几百人，师独称吾与陈太初者。太初，眉山市井人子也。余稍长，学日益，遂第进士制策，而太初乃为郡小吏。其后余谪居黄州，有眉山道士陆惟忠自蜀来，云："太初已尸解①矣。蜀人吴师道为汉州太守，太初往客焉。正岁②日，见师道求衣食钱物，且告别。持所得尽与市人贫者，反坐于戟门③下，遂卒。师道使卒舁④往野外焚之，卒骂曰：'何物道士，使吾正旦舁死人！'太初微笑开目曰：'不复烦汝。'步自戟门至金雁桥⑤下，趺坐⑥而逝。焚之，举城人见烟焰上眇眇⑦焉有一陈道人也。"

【注释】

①尸解：指修道者遗弃尸骸而成仙，为道家用语。

②正（zhēng）岁：指古历夏历正月。亦泛指农历正月。

③戟门：立戟为门。古代帝王外出，在止宿处插戟为门。

④舁（yú）：抬，共同抬东西。

⑤金雁桥：在今四川省广汉市。

⑥趺坐（fū zuò）：盘腿端坐。

⑦眇眇（miǎo miǎo）：茫茫然，恍惚间看不清楚。

【译文】

我八岁进入小学，拜道士张易简为师。一起学习的少年有几百人，其中唯独以我和陈太初最被老师赞赏。太初，是眉山平民人家的儿子。我年纪稍比他大一些，经过学习每天都有所增益，于是我就通过了朝廷进士科考位列第三等的制策考试，而太初仍然在郡中任小吏。在那之后我不幸被贬谪到黄州，不久有位眉山道士陆惟忠从蜀地过来，说："太初已经遗弃尸骸升仙而去了。蜀人吴师道上任汉州太守，太初前往他家做客。也就是大年初一那一天，太初拜见吴师道索求衣食钱物，然后起身告别。他拿着所得到的衣食钱物都分赠给了市井之中的贫苦百姓，返回之后坐在戟门下，然后就死了。吴师道派遣士卒抬往野外烧掉它，士卒们骂道：'这道士是什么东西，竟让我们大正月早晨就抬你这死人！'太初睁开眼睛微笑着说：'不会再烦劳你们了。'说完就自己步行从戟门走到金雁桥下，盘腿端坐而逝。焚烧他的尸体时，全城人都看见烟雾火焰之上，恍惚间仿佛有一位陈道人。"

辨附语

【原文】

世有附语①者，多婢妾贱人②，否则衰病不久当死者也。其声音举止皆类死者，又能知人密事，然皆非也。意有奇鬼能为是耶？

昔人有远行者，欲观其妻于己厚薄，取金钗藏之壁中，忘以语之。既行而病且死，以告其仆③。既而不死。忽闻空中有声，真其夫也，曰："吾已死，以为不信，金钗在某处。"妻取得之，遂发丧。其后夫归，妻乃反以为鬼也。

【注释】

①附语：迷信谓鬼魂附在活人身上讲话。

②贱人：一般指卑贱、品行地位低下的人。

③仆：仆人。

【译文】

　　传说世上曾有死人鬼魂附在活人身上讲话的事，大多会附在婢妾或卑贱之人身上，要不然就是附在重病衰弱应当到了快要死去的人身上。其说话声音举止都非常类似于已经死去的那个人，而且又能够知道活人的秘密之事，然而这都不是真实的。你以为真会有奇异的鬼魂能做到这些吗？

　　从前有一个将要远行的人，想观察他的妻子对待自己的态度是亲厚还是刻薄，于是就取来金钗偷偷藏在他家的墙壁之中，后来忘记告诉妻子了。这个人出门远行后不久就病倒了，而且病得很严重快要死去了，所以他就把藏金钗这件事告诉了他的仆人。仆人回去后，然而他却没有死。有一天，他的妻子忽然听到空中有说话声，听起来真真切切就是她丈夫的声音啊，只听那声音说："我已经死了，你若不信，金钗就放在某处。"妻子按照他所说的果真取来了金钗，于是就为他举办了丧礼。然而在这之后不久，她的丈夫又回来了，妻子惊愕之余反而以为回来的是鬼呢。

三老语

【原文】

　　尝有三老人相遇，或问之年。一人曰："吾年不可记，但忆少年时与盘古有旧。"一人曰："海水变桑田时，吾辄下一筹①，尔来吾筹已满十间屋。"一人曰："吾所食蟠桃②，弃其核于昆仑山下，今已与昆山齐矣。"以余观之，三子者与蜉蝣、朝菌③何以异哉？

【注释】

　　①辄（zhé）：总是，就。筹：古代计数的用具，多用竹子或小木片等制成。

　　②蟠桃：中国古代神话传说中桃类食品。相传每年三月初三为西王母

诞辰，当天西王母大开盛会，以蟠桃为主食，宴请众仙，众仙赶来为她祝寿。故称为蟠桃会。

③蜉蝣（fú yóu）：亦作"蜉蝤"。虫名。幼虫生活在水中，成虫褐绿色，有四翅，生存期极短。朝菌：朝生暮死的菌类植物。典出《庄子·逍遥游》："朝菌不知晦朔，蟪蛄不知春秋。"指生命极为短暂。

【译文】

曾经有三个老人碰到一起，有人问他们多大年纪了。其中一个老人说："我的年纪已无法记得了，不过只记得年少的时候与开天辟地的盘古有旧交情。"另外一个老人说："每当沧海变成桑田的时候，我就拿一个竹筹记录一次，现在我的竹筹已经堆满了十间屋子。"最后一个老人说："我所吃过的蟠桃，曾将桃核丢弃在昆仑山下，现在这桃树已经长得与昆仑山一样高了"。以我的观点来看这个问题，这三个老者的寿命与朝生暮死的浮游以及生命短暂的朝菌有什么区别呢？

桃花悟道

【原文】

世人有见古德见桃花悟道者，争颂桃花，便将桃花作饭，五十年转没交涉①。正如张长史②见担夫与公主争路而得草书之气，欲学长史书，便日就③担夫求之，岂可④得哉？

【注释】

①交涉：关连；关涉。

②张长史：张旭，字伯高，一字季明，汉族，唐朝吴县（今江苏省苏州）人，开元、天宝时在世，曾任常熟县尉，金吾长史。以草书著名，与李白诗歌、裴旻剑舞，称为"三绝"。

③就：接近，靠近。

④岂可：表示反诘。相当于怎么可以；难道就可以。

【译文】

世人看见古书中记载，古时候有德行的人因见到桃花盛开而悟道的，所以后人就争相赞颂桃花，便将桃花取来作饭食，然而经历五十年的轮转也没见他们与悟道有所关连。正如唐代张长史遇见担夫与公主争路不相避让而受到启发，从而悟得草书之神采飞扬之气成就书法名家之后，所有想学长史书法的人，便天天接近担夫以求得书法精神，难道这样就可以领悟到吗？

尔朱道士炼朱砂丹

【原文】

尔朱道士晚客于眉山，故蜀人多记其事。自言受记于师云："汝后遇白石浮，当飞仙去。"尔朱虽以此语人，亦莫识所谓。后去眉山，乃客于涪州①，爱其所产丹砂，虽琐细而皆矢镞②状，莹彻不杂土石，遂止炼丹。数年，竟于涪州白石仙去，乃知师所言不谬③。吾闻长老道其事甚多，然不记其名字，可恨也。《本草》言："丹砂④出符陵谷。"陶隐居⑤云："符陵是涪州。"今无复采者。吾闻熟于涪者云："采药者时复得之，但时方贵辰锦砂，故此不甚采尔。"读《本草》偶记之也。

【注释】

①涪（fú）州：唐武德元年，以渝州涪陵镇和巴县地置涪州。

②琐细：繁多而细小。矢镞（zú）：箭头。

③谬（miù）：错误的，不合情理的。

④丹砂：此为中药名，即《本草经集注》记载的朱砂的别名。

⑤陶隐居：陶弘景，号华阳隐居。

【译文】

那朱道士晚年客居在眉山，所以蜀地之人大多都记得关于他的事迹。他自言当年的授业恩师曾对他说："你日后将会遇到白石浮起，那时正是你飞仙而去之际。"那朱道士虽然也把这些话告诉给了别人，但也没识透这句话所说的意思。后来到眉山，就客居在涪州，非常喜爱那里所产的丹砂，虽然琐细但都呈箭头似的形状，而且晶莹剔透不含有土石杂质，于是就留在那里开始炼丹。经过多年以后，竟然真的在涪州白石飞仙而去，这才知道恩师所说的没有错。我听长老说起那里很多升仙的事，然而却没能记住他们的名字，真是可恨啊。记得《本草》中说："丹砂出自符陵谷。"而陶弘景说："符陵就是涪州。"现在已经没有再来此地采集的人了。我听熟悉涪州的人说："前去采药的人时常还能再得到它，但此时正是辰锦砂最贵重的时候，因此都不太愿意采集它。"这是我阅读《本草》而偶然记下的。

卷三

异事下

朱炎学禅

【原文】

芝上人言：近有节度判官朱炎[1]学禅，久之，忽于《楞严经》若有所得者。问讲僧义江曰："此身死后，此心何住？"江云："此身未死，此心何住？"炎良久以偈[2]答曰："四大[3]不须先后觉，六根[4]还向用时空。难将语默[5]呈师也，只在寻常语默中。"师可之。炎后竟坐化[6]，真庙时人也。

【注释】

①朱炎：曾担任节度判官。

②偈（jì）：本义是斗士、勇者。亦称偈陀，简作"偈"。梵语"颂"，即佛经中的唱词，佛教术语，即一种略似于诗的有韵文辞，通常以四句为一偈。

③四大：《道德经》第二十五章中有："故道大，天大，地大，人亦大。域内有四大，而人居其一焉。人法地，地法天，天法道，道法自然。"佛教中所说的四大，系佛教术语。

④六根：指六种感觉器官，或认识能力。包括眼、耳、鼻、舌、身、意，眼是视根，耳是听根，鼻是嗅根，舌是味根，身是触根，意是念虑之根。

⑤语默：亦作"语嘿"。谓说话或沉默。喻指出仕或隐居。

⑥坐化：佛教用语，谓修行有素的人，端坐安然而命终。但非普通信众，通常指正式修行在寺院（庙）的宗职者。

【译文】

芝上人说:"近代以来有一位名叫朱炎的节度判官修学禅法,修行了很久,忽然有一天在《楞严经》中,似乎参悟到了一些所要求学的禅理。于是就去问讲僧义江说:"人的真身死后,心到哪里去了呢?"讲僧义江说:"你身体还在的时候,你的心在什么地方呢?"朱炎思索了很久,然后以佛家偈语回答道:"何须醒悟天地人道四物的先后,六根清净还需向性灵求取虚空。难将不语心事呈告师父,一切只在闲常默默不言中。"禅师义江对他的回答点头赞许。后来朱炎继续修行,竟然坐化而终,这是真庙时期的事情。

故南华长老重辨师逸事

【原文】

契嵩禅师常瞋①,人未尝见其笑;海月慧辨师常喜,人未尝见其怒。予在钱塘,亲见二人皆趺坐②而化。嵩既荼毗,火不能坏,益薪炽火③,有终不坏者五。海月比葬,面如生,且微笑。乃知二人以瞋喜作佛事也。世人视身如金玉,不旋踵为粪土,至人④反是。

予以是知一切法以爱故坏,以舍故常在,岂不然哉!予迁岭南,始识南华重辨长老,语终日,知其有道也。予自岭南还,则辨已寂久矣。过南华吊其众,问塔墓所在,曰:"我师昔有寿塔南华之东数里,有不悦师者葬之别墓,既七百余日矣,今长老明公独奋不顾,发而归之寿塔。改棺易衣,举体如生,衣皆鲜芳,众乃大愧服⑤。"东坡居士⑥曰:"辨视身为何物,弃之尸陁林⑦,以饲乌鸢⑧何有,安以寿塔为?明公知辨者,特欲以化服同异而已。"乃以茗果⑨奠其塔而书其事,以遗其上足南华塔主可兴师,时元符三年十二月十九日。

①契嵩禅师：俗姓李，字仲灵，自号潜子，藤津（今广西藤县）人。是北宋佛教界一位不可多得的文学大家，被称为"一代孝僧"和"明教"禅师。瞋（chēn）：怒；睁大眼睛瞪人。

②趺坐：盘腿端坐。结跏趺坐是坐法之一，即互交二足，将右脚盘放于左腿上，左脚盘放于右腿上的坐姿。此为圆满安坐之相，诸佛皆依此而坐，故又称如来坐、佛坐。

③荼毗（pí）：亦称茶毗，汉语词语，佛教语，意为焚烧，指僧人死后将尸体火化。炽（chì）火：烈火。

④旋踵（xuán zhǒng）：本意指掉转脚跟，比喻时间极短，片刻之间。至人：是指古时具有很高的道德修养，超脱世俗，顺应自然而长寿的人，也归于真人一类。

⑤愧服：惭愧而心服；谓对人佩服，自愧不如。

⑥东坡居士：苏轼自称。

⑦尸陁（tuó）林：亦作"尸陀林"。梵语的译音。弃尸之处；僧人墓地。《要行舍身经》中载，即劝人于死后分割血肉，布施尸陀林（葬尸场）中。在汉地隋以前已有此风俗。这种风俗对于共同信奉佛教的藏族或许是殊途同归。

⑧乌鸢（yuān）：乌鸦和老鹰。均为贪食之鸟。

⑨茗（míng）果：此处指果类供品。茗：本意为茶树的嫩芽，后一般引申为由嫩芽制成的茶或由老叶制成的茶，如品茗、香茗等。

【译文】

契嵩禅师常常睁大眼睛瞪人，一副怒气冲冲的样子，别人从未见过他笑；海月慧辩禅师则常常面露喜色，一副慈祥的面相，别人从未见过他发怒。我在钱塘居住的时候，曾亲眼看见他们两个人双脚交叉趺坐在地上而坐化。契嵩禅师坐化后，徒众们将他的尸体火化，然而柴火烧不坏他，于是加进更多的木柴燃起熊熊烈火，最终仍有五处尸骨尚未烧化。海月慧辩禅师与契嵩禅师同时火葬，只见他面色如活着的时候一样，而且依旧面带微笑。一看就知道这两个人生前分别是喜好嗔怒和善于微笑理作佛事的，但无论是嗔是喜，能够坐化之身都是对佛恭敬的表象。人生在世都把自己的身体看作如同金玉一般宝贵，然而片刻之间便化作粪土，这与庄子所说的"至人"正好相反。他们不为活着而高兴，不为死亡而苦恼，忽然而生，倏忽而死。

　　我由此得知，一切佛法，都因为贪恋而无法修成，由于懂得舍弃才能得到，难道不是这样吗！我被贬谪而迁居到岭南，在这里认识了南华重辨长老，和他整天谈论参禅之事，就知道他的确是有道之人了。我从岭南迁往外地的时候，他已经圆寂很久了。再次路过南华的时候去凭吊他，看到他的徒众，询问他的塔墓所在，他的弟子答道："我师父从前曾有寿塔在南华以东数里，只因有不喜欢我师父的人，所以只好将师父葬在了其他地方，已经有七百多天了，如今我们的长老明公力排众议，将他重新迁回到原址的寿塔，本想打开棺木为他更换新衣，当抬出师父的尸体时看到他还如同生前一样，衣服和帽子依旧跟下葬的时候一样新鲜，众人都心生敬仰而自愧不如。"我听到这里不无感慨地说道："重辨长老看待自己的身躯为何物，弃之在荒野为墓穴，如此以自己的身体供鸟兽充饥又有什么妨害呢，何苦还要用寿塔安置？明公是懂得重辨长老心思的人，只不过是特意想以此感化同道以及异见之人而已。"于是我摆上香茗果类供品在他的寿塔前祭奠，并把这件事记录下来，把它送给重辨长老的大弟子南华塔主可兴师父，当时正是元符三年十二月十九。

冢中弃儿吸蟾气

【原文】

　　富彦国在青社①，河北大饥，民争归②之。有夫妇襁负③一子，未几④，迫于饥困，不能皆全，弃之道左空冢中而去。岁定归乡，过此冢⑤，欲收其骨，则儿尚活，肥健愈于未弃时，见父母，匍匐⑥来就。视冢中空无有，惟有一窍滑易，如蛇鼠出入，有大蟾蜍如车轮，气咻咻⑦然，出穴中。意儿在冢中常呼吸此气，故能不食而健。

自尔遂不食，年六七岁，肌肤如玉。其父抱儿来京师，以示小儿医张荆筐。张曰："物之有气者能蛰⑧，燕蛇虾蟆之类是也。能蛰则能不食，不食则寿，此千岁虾蟆⑨也。决不当与药，若听其不食不娶，长必得道。"父喜，携去，今不知所在。张与余言，盖嘉佑六年也。

【注释】

①富彦国：名弼。河南人。庆历中与文宽夫并相天下，称为富文。封郑国公。青社：祀东方土神处。借指青州。

②大饥：大范围的饥荒，亦指特大饥荒。归：归附，投奔。

③襁（qiǎng）负：以布幅包裹幼儿背在背上。

④未几：泛指没有多久；很快的意思。

⑤冢（zhǒng）：坟墓。

⑥匍匐（pú fú）：躯体贴地（像虫、蛇、龟）缓慢爬行。

⑦咻咻（xiū xiū）：形容喘气声。

⑧蛰：动物冬眠，藏起来不吃不动。

⑨虾蟆（má）：亦作"蛤蟆"。青蛙和蟾蜍的统称。

【译文】

河阳富彦国在青州为官的时候，恰逢黄河北部闹饥荒，大多流民都争相前去投奔他。其中有一对夫妇背着一个尚在襁褓中的幼子逃难，一路奔走。没过多久，迫于饥苦难耐，不能顾及全家温饱，因而不得不将孩子遗弃在道路左边的一个空坟墓中含泪而去。一年后饥荒稍有好转，便决定返回故乡，这对夫妇特意经过这里，想要把孩子的尸骨收回家乡去安葬。然而出人意料的是，孩子居然还活着，看着反而比遗弃的时候还要健康肥硕又活泼，当他看见父母时依然能认出来，而且缓缓爬过来相认。他父母很奇怪，再看那坟墓之中，空无一物，只有一个洞穴，看上去其边缘异常光滑，好像有蛇鼠经常出入，另外还有一只大蟾蜍，身体大如车轮，在咻咻地喘气，正慢慢从洞穴中出来。见此情景，他们猜测孩子在洞穴中一定是因为常呼吸这只蟾蜍呼出的气，所以才能不吃食物而依旧健壮。

夫妇俩把孩子带回家，但从那以后，这孩子就没有吃过任何食物，直到六七年以后，他不但身体健壮而且肌肤光滑如玉。他的父亲抱着他来到京城，让小儿医师张荆筐查看。张荆筐说："动物之中会呼吸而且需要蛰伏而居的，如燕蛇蟾蜍这一类动物就是。蛰伏时不吃喝食物，不吃喝食物却能长寿，这就是修炼千年的蛤蟆啊。因此坚决不能给这孩子喂药，如果能顺其自然而让他不吃东西，也不婚娶，天长日久后必将得道成仙。"孩子的父亲听了以后非常高兴，于是就带着他离开了京师，如今不知他们所去之地，也不知是否健在。张荆筐告诉我这件事的时候，大概是嘉佑六年的光景了。

石普见奴为祟

【原文】

石普好^①杀人，以杀为娱^②，未尝知暂悔也。醉中缚一奴，使其指使投之汴河^③，指使哀而纵之。既^④醒而悔，指使^⑤畏其暴，不敢以实告。居久之，普病，见奴为祟^⑥，自以必死。指使呼奴示之，祟不复出，普亦愈。

【注释】

①好（hào）：喜欢，嗜好。

②娱：娱乐，消遣。

③汴（biàn）河：河流名，发源地自今河南开封市西北的蒗荡渠，属于沂沭泗水系，是泗水的一条重要支流。

④既：不久；随即。

⑤指使：宋代将领或州县官属下供差遣的低级军官。

⑥祟：本意是指鬼怪或指鬼怪害人，引申为不正当的行动。

石普特别嗜好杀人，并以此为乐，而且从不曾有片刻后悔。有一次，他喝醉酒后又绑起一个家奴，并让他的指使官将家奴投到汴河里淹死，指使官可怜这个无辜的家奴，就私自把他放走了。等到石普酒醒之后感到非常后悔，觉得不该处死那个家奴，可这个指使官畏惧他的残暴，不敢告诉他私自放走了家奴的实情。过了很长一段时间后，石普忧郁而生病了，恍惚中常常看见那个家奴出来作怪，就像见到了鬼魂，所以自认为自己一定会死了。指使官见此情景，只好引那个家奴出来拜见石普，自那以后那个鬼怪就再也没有出现，石普的病自然也就好了。

陈昱被冥吏误追

【原文】

今年三月，有书吏陈昱者暴死三日而苏①，云：初见壁有孔，有人自孔掷一物，至地化为人，乃其亡姊也。携其手自孔中出，曰："冥吏追汝②，使我先。"

见吏在旁，昏黑如夜，极望有明处，空有桥，榜曰"会明"。人皆用泥钱，桥极高，有行桥上者。姊曰："此生天也。"昱③行桥下，然犹有在下者，或为乌鹊所啄。姊曰："此网捕者也。"又见一桥，曰"阳明"，人皆用纸钱。有吏坐曹十余人，以状及纸钱至者，吏辄刻除之，如抽贯④然。

已而见冥官，则陈襄述古⑤也。问昱何故杀乳母，昱曰："无之。"呼乳母至，血被面，抱婴儿，熟视⑥昱曰："非此人也，乃门下吏陈周。"官遂放昱还，曰："路远，当给竹马。"又使诸曹⑦检己籍，曹示之，年六十九，官左班殿直。曰："以平生不烧香，故不甚寿。"又曰："吾辈更此一报，即不同矣。"意谓当超也。昱还，道见追陈周往。既苏，周果死。

【注释】

①暴死：原意是暴病死亡。苏：苏醒。

②冥吏：阴间的官吏。汝（rǔ）：你。

③昱（yù）：即陈昱。

④抽贯：唐代流传下来的一种税收。在常赋外，规定每贯钱中抽取若干文。

⑤陈襄述古：陈襄，字述古，北宋理学家、"海滨四先生"之首，仁宗、神宗时期名臣。

⑥熟视：指注目细看。

⑦曹：古代分科办事的官署或管某事的官职。

【译文】

今年三月的时候，有一个叫陈昱的书吏突然暴病而亡，三天以后又忽然苏醒了。据他回忆说：开始的时候看见墙壁上出现一个洞孔，有人从孔洞中投进一个物体来，这物体落地后立刻变成了一个人，就是他死去的姐姐。他姐姐拉着他的手从孔中走出去，说："冥间的官吏要来逮捕你，让我带你先逃离此地吧。"

话音刚落，就发现冥间的官吏已经来到身旁，此时四周昏暗不明，有如漆黑长夜，极力向远处眺望，恍惚有明亮的地方，空场处有一座桥，张贴的榜文上写着"会明"。那里的人都使用泥土做的钱币，桥很高，有人在桥上行走。姐姐告诉他说："这就是转生天界了。"陈昱二人行走在桥下，然而还有比桥下更低的地方，他们时而被飞鸟和乌鸦所啄。这时姐姐告诉他说："这些都是生前用网捕鸟的人。"转而又看见一座桥，上写着"阳明"，那里的人都使用纸钱。在官署里有十来个官吏，等看到那些拿着状纸和纸钱的人来到近前，官吏就立刻将纸钱取过去，像抽取贯税一样。

不一会儿官吏就把他们带过去参见冥官，谁知却是宋神宗时期名臣陈襄陈述古。当陈襄问及陈昱为何杀害乳母之时，陈昱回答说："并无此事。"冥官就叫乳母过来对质，乳母走过来时，满面都被鲜血覆盖，怀里抱着一个婴儿，专注地看了看陈昱，然后告诉冥官说："不是这个人啊，是他的门下吏陈周所为。"于是，这个冥官就让人把陈昱放回去，并说："路途遥远，应该给他一匹竹马代步。"随后又让各位吏官查看他的生辰籍册，吏官展示出来让冥官观看，只见上边写着他应该活到六十九岁，官位到左班殿直。又报告说："因为他平生不拜佛烧香，所以不能长寿。"随后又说："但经我们如此更迭变换成就了一个善报，意义就不同了。"意思是说，应当长寿而超升官职了。陈昱被送回阳间，路上看见追捕陈周的官吏过去了。等他醒来的时候，陈周果真死了。

记异

【原文】

有道士讲经茅山，听者数百人。中讲，有自外入者，长大肥黑，大骂曰："道士奴！天正热，聚众造妖何为？"道士起谢曰："居山养徒，资用乏，不得不尔①。"骂者怒少解，曰："须钱不难，何至作此！"乃取釜灶杵臼②之类，得百余斤，以少药锻之，皆为银，乃去③。后数年，道士复见此人从一老道士，须发如雪，骑白驴，此人腰插一驴鞭从其后。道士遥望叩头，欲从之。此人指老道士，且摇手作惊畏状，去如飞，少顷④即不见。

【注释】

①尔：如此；这样。

②釜灶（fǔ zào）：锅灶。杵臼（chǔ jiù）：古时舂捣粮食和药物的器具。

③乃去：然后就离开。去：离开的意思。

④少顷：一会儿；片刻。

【译文】

有个道士在茅山讲经，前来听讲的竟有数百人。讲到一半的时候，有个人从外边走进来，这个人长得高大黑粗，只听他大声叫骂道："你这个死道士，天气正热，你把大家聚集在一起妖言惑众，到底想干什么？"道士站起身来谢罪，说："因为所居山中道观抚养的弟子众多，物资费用贫乏，不得不如此聚众讲道。"那个破口大骂的人怒气稍稍缓解，说："要钱不难，何至于做这些事呢！"说完便从身上取出锅灶杵臼这类东西，能有百十来斤重，随后又取来很少的药材来煅烧它，不一会儿就都变成了银子，然后就离开了。过了几年以后，这个道士又见到了这个人，看见他跟随在一个老道士身边，那个老道胡须鬓发白如雪，骑着一头白驴，那个人腰里插着一根驴鞭，跟在老道后面，时而拿出来挥鞭驱赶。茅山道士远远望着他们随后跪地叩头，想要跟从他们一起前往。那个人用手指着前边骑驴的老道士，摇摇手，表现得很畏惧的样子，像飞一般快速离去，片刻之间便消失不见了。

猪母佛

【原文】

眉州青神县道侧有一小佛屋，俗谓之"猪母佛"，云百年前有牝猪[①]伏于此，化为泉，有二鲤鱼在泉中，云："盖猪龙也。"蜀人[②]谓牝猪为母，而立佛堂其上，故以名之。

泉出石上，深不及二尺，大旱不竭[③]，而二鲤莫有见者。余一日偶见之，以告妻兄王愿，愿深疑，意余之诞[④]也。余亦不平其见疑，因与愿祷于泉上曰："余若不诞者，鱼当复见。"已而二鲤复出，愿大惊，再拜谢罪而去。此地应为灵异。

青神文及者，以父病求医，夜过其侧，有髡[⑤]而负琴者邀至室，及辞以父病，不可留，而其人苦留之，欲晓乃遣去。行未数里，见道旁有劫贼所杀人，赫然[⑥]未冷也，否则及亦未免耳。

泉在石佛镇南五里许，青神二十五里。

【注释】

①牝（pìn）猪：母猪。牝：雌性的。伏：趴，脸向下，体前屈；伏卧。

②蜀人：先秦时代部落名。原居陕南汉中盆地及岷江上游。

③竭：枯竭，干涸。

④诞：虚妄；荒唐。

⑤鬌（zhuā）：梳在头顶两旁的发髻。

⑥赫然（hè rán）：形容令人惊讶或引人注目的事物突然出现。

【译文】

在眉州青神县路旁有一个小佛屋，当地人俗称之为"猪母佛"。据说百年前，曾有只母猪身体前屈着伏卧在这个地方，后来化为清泉，并有两条鲤鱼在这泉水中游弋，有人猜测说："这大概就是猪龙吧。"蜀地之人习惯把牝猪称为母，而在这个清泉空地上方建立一座佛堂，所以就以"猪母佛"为佛堂命名。

这里的泉水从石头上方流出来，水深不到两尺，但天气干旱时水量也不减少，而传说中的两条鲤鱼却没有人见过。有一天我偶然见到了鲤鱼，就把这件事告诉了我妻子的兄长王愿，他深表怀疑，认为我很荒唐，纯属是在凭空杜撰。我所说的话被他怀疑，心里也感觉愤愤不平的，因此便和他一起到泉边去祈祷，说："倘若我不是一个虚妄荒唐之人，鲤鱼应当再次出现。"过了一会儿，两条鲤鱼果然再次出现了，王愿大惊，拜了又拜连连谢罪，后匆匆离去。如此可见，这里确实是比较灵异的地方。

青神县有一个叫文及的人，因为父亲生病要去外地求医，临近夜晚的时候在泉边经过，有一个头顶梳着两个发髻并且背着琴的人邀请他进室内休息，文及以急于为父求医不能久留而诚恳辞谢，可是那人却再三挽留他，直到天快亮才让他离开。文及匆匆行进不到数里路，就看见路边有在昨夜里遭遇抢劫而被杀害的行人，身体尚未冷却，他惊讶得不禁直冒冷汗，心想，若不是昨晚那人好心执意挽留，自己也难免遭此一劫啊。

这神奇的清泉就在石佛镇南边五里左右，离青神县二十五里。

王翊梦鹿剖桃核而得雄黄

【原文】

黄州岐亭有王翊①者，家富而好善。梦于水边见一人为人所殴伤，几死，见翊而号，翊救之得免。明日偶至水边，见一鹿为猎人所得，已中几枪。翊发悟，以数千赎②之。鹿随翊起居，未尝一步舍翊。

又翊所居后有茂林果木，一日，有村妇林中见一桃，过熟而绝大，独在木杪③，乃取而食之。翊适见，大惊。妇人食已弃其核，翊取而剖之，得雄黄④一块如桃仁，及嚼而吞之，甚甘美。自是断荤⑤肉，斋居⑥一食，不复杀生，亦可谓异事也。

【注释】

①王翊（yì）：人名。

②赎（shú）：指用财物换回抵押品。

③杪（miǎo）：树枝的细梢。

④雄黄：中药名。通常为橘黄色粒状固体或橙黄色粉末，为硫化物类矿物雄黄族，具有解毒杀虫，燥湿祛痰，截疟之功效。

⑤荤（hūn）：本意是指葱、蒜等辛臭的蔬菜，后来指动物性食物，如鸡、鸭、鱼等。

⑥斋居（zhāi jū）：指斋戒别居。

【译文】

黄州岐亭有个叫王翊的人，家中富裕又乐善好施。曾在梦中看见一个人在水岸边被他人殴打，伤势很重，几乎快要死去了，当他看见王翊从这里路过的时候，就大声哀号向他求救，王翊上前救了他，使那人幸免一死。第二天偶然来到水岸边，看见一只鹿被猎人所捕获，看上去奄奄一息，很明显是已经有了好几处枪伤。王翊突然若有所悟，用数千钱将鹿赎回家中调养。从此，这只鹿随着王翊起居，不舍得离开他一步。

王翊所居住的房屋后边有一片繁茂的林木，其中也有不少果树。一天，有个村妇发现林中有一个大桃，已经熟透了而且个头极大，独自长在树梢的细枝上，于是就轻而易举摘取下来并把它吃掉了。王翊正好看见了，大惊。那妇人吃完桃子后把桃核丢弃一边离去，王翊立即取回桃核并将它剖开，结果得到一块如桃仁大小的雄黄，于是把它放到嘴里咀嚼片刻并吞咽下去，顿时感觉味道特别甜美。从此以后，他便开始断绝吃食所有荤腥肉类食物，斋戒别居，每天只吃一餐，不再杀生。这也可以称作是很奇异的事了。

徐则不传晋王广道

【原文】

东海徐则隐居天台，绝粒①养性。太极真人徐君降之曰："汝②年出八十，当为王者师，然后得道。"晋王广闻其名，往召之。则谓门人曰："吾年八十来召我，徐君之言信矣。"遂诣③扬州。王请受道法，辞以时日不利。后数日而死，支体④如生，道路皆见其徒步归，云："得放还山。"至旧居，取经书分遗弟子，乃去。既而丧至。

予以谓徐生高世之人，义不为炀帝所污，故辞不肯传其道而死。徐君之言，盖聊以⑤避祸，岂所谓危行言逊者耶？不然，炀帝之行，鬼所唾也，而太极真人肯置之齿牙哉！

【注释】

①绝粒：绝食，即"辟谷"之术，指不吃五谷粮食，靠食气来吸收自然能量的一种方法。

②汝（rǔ）：你。

③诣（yì）：动词。到……去；前往。

④支体：指整个身体。亦仅指四肢。《吕氏春秋·孝行》："能全支体以守宗庙，可谓孝矣。"

⑤盖：表示推测，相当于"大约""大概"。聊以：姑且，勉强；借以。

【译文】

东海徐则隐居在天台山，以"辟谷之术"来修养真性。太极真人徐君降临此地对他说："你年过八十后，当能成为王者之师，然后便能得道成仙。"晋王杨广听说他的盛名，于是便派遣使臣前去征召他。徐则高兴地对他的门生弟子说："我今年刚满八十就有王者前来征召我，太极真人所说的话真是可信的啊。"于是就随同使者前往扬州。晋王请求他传授自己修道之法，他婉言推辞说现在的时辰不利于传道。一段时间以后，他却突然死了，但整个肢体还和活着的时候一样，然而他死后，很多人却都看见他徒步返回了天台山，并对众人说："我现在得以释放，返回山中。"到达旧时居室以后，他取出所有经书分别赠给弟子，之后才转身离去。不久，朝廷里给他报丧的文书就送到了。

我因此而说徐生真是一个高于尘世之人啊，坚守义理而不愿意被炀帝的德行所污损，所以才推辞不肯将道法传授给昏君而宁愿去死。太极真人徐君对他说的话，不过是为了避祸罢了，难道这就是所谓的当国家无道，还要保持正直，但说话要随和谨慎的道理吗？不然的话，以隋炀帝的暴行，恐怕连恶鬼都会唾弃，而太极真人这样的神仙又怎么可能愿意对他浪费口舌之言呢！

先夫人不许发藏

【原文】

昔吾先君夫人不傲宅于眉，为纱縠行①。一日，二婢子熨帛，足陷于地。视之，深数尺，有大瓮②覆以乌木板，先夫人急命以土塞之。瓮有物如人咳声，凡一年乃已，人以为此有宿藏物欲出也。夫人之侄之问者，闻之欲发焉。会吾迁居，之问遂僦此宅，掘丈余，不见瓮所在。其后某官于岐下③，所居大柳下，雪方尺不积；雪晴，地坟起数寸。轼疑是古人藏丹药处，欲发④之。亡妻崇德君曰："使吾先姑⑤在，必不发也。"轼愧而止。

【注释】

①先君夫人：即苏轼的母亲程氏。先君，指父亲苏洵。僦（jiù）：租，租赁。纱縠（hú）行：古地名，属于眉州属地。行：本为象形字，即街道，里巷。

②瓮（wèng）：是指一种盛水或酒等的陶器，如：水瓮，酒瓮。

③岐（qí）下：古地名，苏轼曾任陕西凤翔府通判居住在此地。

④发：发掘；挖掘。

⑤先姑：已经辞世的家姑。古时候妻子称丈夫的父母为家翁家姑，俗称公公婆婆。

【译文】

以前，我的母亲曾经在眉州一带租房子住，地名叫作纱縠行。一天，有两个婢女熨帛的时候，感觉双脚忽然陷入地下。再看双脚，已经深陷地下数尺，同时发现坑中有一个大瓮，用一块黑色的木板盖着，母亲急忙叫人用土将它填塞。当时感觉瓮里有个东西如同人在咳嗽一般，大约一年后才消失，大家都认为一定是有旧藏宝物在里边，故都想要把它挖出土。母亲的侄子有个叫之问的，听说这件事以后想要把它挖出来。正好赶上我们家要迁居新址，之问便租住在那里。他掘地一丈多深，也没有看见那个大瓮在哪里。后来我到岐下之地为官，所居住的庭院大柳树下，虽然天降大雪数尺之深，树下却不见有积雪留存；等到雪晴以后，地面便如同坟墓一样隆起数寸之高。我怀疑这是古人埋藏丹药的地方，想要将它挖掘出来。那时候，我的妻子崇德君还健在，她说："如果我们的先母还健在，必定不会挖掘的。"我听了以后很惭愧，因而也没有去挖掘。

太白山旧封公爵

【原文】

吾昔为扶风从事，岁大旱，问父老^①境内可祷者，云："太白山至灵，自昔有祷无不应。近岁向传师少师为守，奏封山神为济民侯，自此祷不验，亦莫测其故。"吾方思之，偶取《唐会要》看，云："天宝十四年，方士上言太白山金星洞有宝符灵药，遣使取之而获，诏封山神为灵应公。"吾然后知神之所以不悦者，即告太守遣使祷之，若应，当奏乞复公爵，且以瓶取水归郡。水未至，风雾相缠，旗幡飞舞，髣髴若有所见^②。遂大雨三日，岁大熟。吾作奏检具言其状，诏封明应公。吾复为文记之，且修其庙。祀之日，有白鼠长尺余，历酒馔^③上，嗅而不食。父老云："龙也。"是岁^④嘉祐七年。

【注释】

①扶风：古郡名。旧为三辅之地，多豪迈之士。今隶属于陕西省，为佛骨圣地、佛教圣地法门寺所在地。父老：古时乡里管理公共事务的人，多由有名望的老人担任；亦尊称老年人。

②髣髴（fǎng fú）：同"仿佛"，意思是隐约，依稀，约略，好像，相似于。

③酒馔（zhuàn）：犹酒食；借指酒席。

④是岁：这一年。

【译文】

以前我在凤翔府任签书判官的时候，那年恰逢天气大旱，询问郡府父老，在本境之内哪里有可以祷告求雨的地方，父老告诉我说："在太白山祈祷最灵验，自古以来，但凡有祷告祈求无不应验。近年来向传师少师为太守，奏请皇上封太白山神为济民侯，从那以后祷告祈求就不灵验了，谁也猜测不出这其中是什么缘故。"我正在思考这件事，偶然取来《唐会要》一书翻阅，只见上面写道："天宝十四年，方士上言太白山金星洞有宝符灵药，遣使取之而获，诏封山神为灵应公。"我看完之后才知道山神之所以不高兴的原因，所以就立即告知太守派遣使者去请祝史官前去祷告求雨，如果灵验，就当即奏乞恢复太白山神的公爵之位，并用瓶子取一些水带回郡府。雨水还没有到来之前，忽然之间风起云涌、云雾交加，旗幡飞扬舞动，好像有所期盼的雨龙出现在云间。紧接着连降三天大雨，因此那一年获得了大丰收。我随即写好奏检翔实地加以说明，并请太守转呈这篇奏章，随后皇上果真准奏并诏封太白山神为"明应公"。后来我为此又写了一篇祝文记述了这件事，而且还亲身前往眉县修缮太白山神庙宇。祭祀那天，有一只长尺余的白鼠，爬在酒食之上，嗅闻食物而不吃。郡府父老说："这是龙神啊。"这一年是嘉祐七年。

记范蜀公遗事

【原文】

李方叔言：范蜀公将薨①数日，须发皆变苍，郁然②如画也。公平生虚心养气，数尽神往而血气不衰，故发于外耶？然范氏多四乳，固与人异③，公又立德如此，其化也必不与万物同尽，盖④有不可知者也。元符四年四月五日。

【注释】

①薨（hōng）：古代称诸侯或有爵位的大官死去，也可以用于皇帝的高等级妃嫔和所生育的皇子公主，或者封王的贵族。范蜀公：范镇，字景仁，成都人。曾举进士第一，迁翰林学士兼侍读，后累封蜀郡公，故称范蜀公。

②郁然：繁盛的样子。

③固：本来；所以，因此。异：不同。

④盖：大概，可能。

【译文】

　　李方叔说：范蜀公即将辞世的前几天，胡须和鬓发都变得苍白无比，那繁盛的样子仿佛一幅图画一般。范蜀公平生谦恭虚心，修养浩然正气，临近气数将尽之时却能保持血气不衰微，这就是其内体现于外的缘故吧？然而据我所知，范氏大多生有四乳，固然会与别人有所不同，蜀公一生又立下如此崇高的德操，他死后的灵魂必定会不同于俗世万物的消失殆尽，这其中可能也有我们所不能参透明了的事吧。元符四年四月初五。

记张憨子

【原文】

　　黄州故县张憨子①，行止如狂人，见人辄②骂云："放火贼！"稍③知书，见纸辄书郑谷雪诗④。人使力作，终日不辞。时从人乞，予之钱，不受。冬夏一布褐⑤，三十年不易⑥，然近之不觉有垢秽⑦气。其实如此，至于土人所言，则有甚异⑧者，盖不可知也。

【注释】

　　①张憨子：人名。苏轼曾在黄州故县偶遇此人，不知其名，但曾以其身世作《张先生》。

　　②辄（zhé）：总是，就。

　　③稍：略微；稍微。

　　④郑谷：字守愚，袁州宜春（今江西宜春）人，唐末著名诗人。他7岁能诗，光启三年登进士第，曾官都官郎中，迁右拾遗补阙等官位。雪诗：指郑谷曾写的诗作《雪中偶题》。

　　⑤布褐（hè）：粗布衣服。

⑥易：更换，更改。

⑦垢秽（gòu huì）：肮脏污秽。

⑧甚异：特别怪异。

【译文】

黄州故县有一个叫张憨子的人，行为举止如同狂人一般，见人就大声骂道："放火贼！"但他略微懂一些诗文而且还会写字，只要一看见纸笔就开始书写郑谷的《雪中偶题》诗。如果别人让他去劳作，他工作一整天都不会推辞，也不嫌辛苦。他时常跟别人乞讨，但给他钱，他却不要。他不论冬夏都穿一套粗布衣服，甚至三十年都不曾改变，不过靠近他却也不觉得有任何肮脏污秽的气息。他的实际情况就是这样，至于当地人对他描述的内容，可就更让人觉得怪异了，但多数都已无从考证了。

记女仙

【原文】

予顷①在都下，有传太白诗者，其略曰："朝披梦泽云。"又云："笠钓清茫茫。"此非世人语也，盖有见太白在肆②中而得此诗者。神仙之道，真不可以意度③。

绍圣元年九月，过广州，访崇道大师何德顺④。有神仙降于其室，自言女仙也。赋诗立成，有超逸绝尘语。或以其托于箕帚⑤，如世所谓"紫姑神⑥"者疑之。然味其言，非紫姑所能至。人有入狱鬼、群鸟兽者托于箕帚，岂足怪哉？崇道好事喜客，多与贤士大夫为游，其必有以致之也哉？

【注释】

①予：我。顷：刚才，不久以前。

②肆：泛指店铺；酒肆。

③度：揣摩，猜测。

④何德顺：道士，修行在广州城西天庆观。

⑤讬（tuō）：同"托"。基本字义是寄托，委托。箕帚（jī zhǒu）：以箕帚扫除；操持家内杂务。借指妻子。箕，农具。帚，清洁用具。

⑥紫姑神：又作子姑、厕姑等。相传她是寿阳刺史李景之妾何媚，被正房妻子曹氏所嫉，故于正月十五夜，杀妾于厕中。天帝悯之，赐何媚为厕神。

【译文】

不久前，我曾经在都下居住，听到有人传诵李太白的诗，其中大略意思是说："早晨披着云梦泽的云彩。"又有人说："穿戴蓑笠在茫茫湖水之中垂钓，倍感凄清茫然。"这不是尘世凡人的语句啊，就好像有人看见李太白在酒肆中豪饮而得以留下这诗句似的。然而神仙之道，真的不能以自己的臆想去揣度猜测。

绍圣元年九月，路过广州的时候，我前去拜访崇道大师何德顺。他说，曾经有神仙降临到他的居室，自称是女仙。作赋吟诗可以立时完成，大有超脱飘逸高出凡尘的语言功力。不过有的人认为是他委托妻妾所作，犹如疑惑世人所传说的"紫姑神"那样怀疑他。然而细细品味其诗文言辞，并非紫姑仙子所能达到的水平。人间常有把入狱鬼、群鸟众兽的命运托附于箕帚之神，哪里有值得怪异的呢？崇道大师喜好做善事又喜欢结纳宾客，大多时候都与贤士大夫们无为交游，他一定也是有足以感召他人的人格魅力吧？

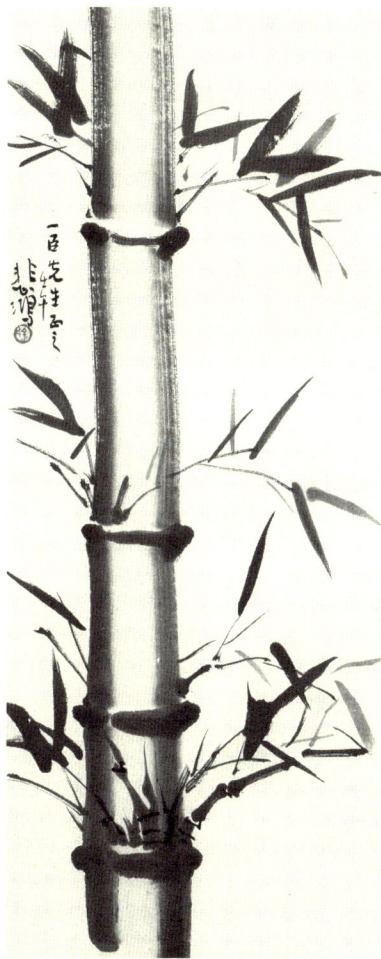

池鱼踊起

【原文】

眉州人任达为余^①言：少时^②见人家畜数百鱼深池中，沿池砖甃^③，四周皆屋舍，环绕方丈间凡^④三十余年，日加长。

一日天晴无雷，池中忽发大声如风雨，鱼皆踊起，羊角而上，不知所往。达云："旧说不以神守，则为蛟龙所取，此殆^⑤是尔。"

余以为蛟龙必因风雨，疑此鱼圈局三十余年，日有腾拔^⑥之念，精神不衰，久而自达，理自然尔。

【注释】

①余：我。

②少（shào）时：年幼时，小时候；少年时期。

③甃（zhòu）：砌，垒。

④凡：总共。

⑤殆（dài）：大概，几乎。

⑥腾拔：飞腾拔起，腾跃。

【译文】

眉州人任达曾经对我说：小时候看见有户人家饲养了数百条鱼在深水池之中，沿着池水用砖石砌成很大的池塘，四周都建成了居住的屋舍，环绕方圆数丈间，已有三十余年，日渐增长。

有一天天气晴朗，无云无雷，池塘中却忽然发出剧烈声响，如同风雨骤作之声，池中鱼都纷纷跳跃而起，如羊角般盘旋而起，但不知最终都飞去哪里了。任达说："过去有这样的说法，不能以心神自守，就会被蛟龙掠取而去，大概就是这个道理吧。"

我认为蛟龙必定会借助风雨之力而出，因此怀疑这池塘中鱼被圈养局限三十多年，日日夜夜都有飞腾拔起的意念，因而精神不曾衰竭，久而久之自然就会通达天道，按照道家因缘之理就应该是这样的结果了。

孙抃见异人

【原文】

眉之彭山进士有宋筹者，与故参知政事孙抃①梦得同赴举，至华阴，大雪，天未明，过华山下。有牌堠②云"毛女峰"者，见一老姥坐堠下，鬓如雪而无寒色。时道上未有行者，不知其所从来，雪中亦无足迹。孙与宋相去数百步，宋先过之，亦怪其异，而莫之顾。孙独留连与语，有数百钱挂鞍③，尽与之。既④追及宋，道其事。宋悔⑤，复还求之，已无所见。是岁，孙第三人及第⑥，而宋老死无成。此事蜀人多知之者。

【注释】

①孙抃（biàn）：字梦得，眉州眉山人。六世祖长孺，喜藏书，号"书楼孙氏"，子孙以田为业，至抃始读书属文。中进士甲科，以大理评事通判绛州。

②堠（hòu）：标记路程里数的土堆。

③鞍：马鞍。

④既：副词。不久，后来。

⑤悔：懊恼过去做得不对，懊悔，后悔。

⑥及第：指科举考试应试中选，因榜上题名有甲乙次第，故名。

【译文】

眉州的彭山住着一个名叫宋筹的进士，当年他与故友参知政事孙抃一起前去参加科举考试，走到华阴地界的时候，恰巧遇上天降大雪，当时天还没有大亮，需经过华山脚下才能到达。走了不大一会儿，发现前方有一个记录路程里数的大土堆，石碑上写着"毛女峯"，同时看见一个老妇人坐在土堆旁，鬓发斑白如雪，但大冷天里她的面色却没有一丝清寒的样子。这时候路上还没有行人路过，不知她从哪里来，看那雪地上也没有来往的足迹。此时，孙抃与宋筹一前一后相隔数百步，宋筹先经过老妇身边，虽然也感到了这事很奇怪，但并没有为此驻足多看一眼。孙抃路过她身边的时候，留下来与她交谈，当时有数百个铜钱挂在马鞍上，全都送给了她。等他一会儿追上宋筹时，孙抃就把这件事告诉了他。宋筹听了以后万分懊悔，连忙又返回原地寻找那位老妇人，却已经找不到了。最令人称奇的是，这一年的科考，孙抃以第三名的成绩顺利考中，而宋筹直到老死也没有成功。对于这件事，蜀中有很多人都知道。

修身历

【原文】

子由①言：有一人死而复生，问冥官②如何修身，可以免罪？答曰："子宜置一卷历，昼日之所为，莫夜③必记之，但不记者，是不可言不可作也。无事静坐，便觉一日似两日，若能处置此生常似今日，得至七十，便是百四十岁。人世间何药可能有此效！既无反恶④，又省药钱。此方人人收得，但苦无好汤使，多咽不下。"

晁无咎⑤言：司马温公⑥有言："吾无过人者，但平生所为，未尝有不可对人言者耳。"予亦记前辈有诗曰："怕人知事莫萌心。"皆至言，可终身守之。

【注释】

①子由：苏轼的弟弟苏辙，字子由。

②冥（míng）官：古代传说中阴间的官吏。

③莫夜：夜晚。莫：会意字，意为太阳落在草丛中，表示天快黑了。

"莫"是"暮"的本字。

④反恶：愿意指中药配伍不当，即某些中药相互间具有相恶、相反的作用。亦称副作用。

⑤晁无咎（cháo wú jiù）：又名晁补之，济州巨野人。十七岁，从父官杭州倅。北宋时期著名文学家、"苏门四学士"之一。

⑥司马温公：即司马光，字君实，号迁叟，世称涑水先生，陕州夏县（今属陕西）人，官至宰相，曾被封爵温国公，世称司马温公。

【译文】

子由说：有一个人死了之后又重新活过来了，他在阴间曾开口询问冥官，应该怎样修身养性，才可以免去罪过呢？冥官回答说："你应该放置一卷日历，每个白天所做的事，到了夜晚一定要将它记录下来，但凡不记录下来的，都是不可说又不可为的。整天无所事事地在那儿静坐，就会觉得一天如同两天一样漫长，倘若能处理得当，将自己的一生都像今天一样充实度过，活到七十岁，就相当于活到一百四十岁了。试问，人世间有哪种丹药能够达到这种疗效啊！既没有相恶、相反的害处，又能节省服用药物的钱财。或许，这种药方应该人人都能获得，但苦于没有好的汤水可以送服，大多时候都是难以吞咽下去。"

晁无咎说：司马温公曾说过："我并没有什么过人之处，只不过是但求平生的所作所为，从未有不能对别人讲的事罢了。"我也记得前辈曾经有诗句说："怕人知道的事，就不要在心里萌生歹念"。这些都是至理名言，可以终生遵循它。

157

技术篇

医生

【原文】

近世医官仇鼎①，疗痈肿②为当时第一，鼎死，未有继者。今张君宜所能，殆③不减鼎。然鼎性行不甚纯淑④，世或畏之。今张君用心平和，专以救人为事，殆过于鼎远矣。元丰七年四月七日。

【注释】

①仇鼎：北宋时期的一名医官。

②痈（yōng）肿：局部病变，红、肿、热、痛和功能障碍是化脓性感染的五个典型症状。

③殆：大概，几乎；当然，必定。

④纯淑：美善。

【译文】

近代的医官仇鼎，治疗痈肿脓疮类疾病是当时公认的医术第一，可惜仇鼎死后，如此高超的医术却没有亲传继承的后人。当今时代的张君宜所能医治的病患，大概不比仇鼎差。不过，仇鼎生前性情品行不太美善平和，世人或多或少有些惧怕他。如今张君为人心平气和，只以治病救人作为人生要事，大概就能远远超过仇鼎了。元丰七年四月初七。

论医和语

【原文】

男子之生也覆①，女子之生也仰②，其死于水也亦然。男子内阳而外阴，女子反是。故《易》曰"《坤》至柔而动也刚③"，《书》曰"沉潜刚克④"，世之达者，盖如此也。秦医和⑤曰："天有六气，淫为六疾：阳淫热疾⑥，阴淫寒疾，风淫末疾，雨淫腹疾，晦淫惑疾⑦，明淫心疾。夫女阳物而晦时，故淫则为内热蛊惑之疾。"女为蛊惑⑧，世之知者众，其为阳物而内热，虽良医未之言也。五劳七伤⑨，皆热中而蒸，晦淫者不为蛊则中风，皆热之所生也。医和之语，吾当表而出之⑩。读《左氏》，书此。

【注释】

①覆：翻转；面向地，背朝天。

②仰：面朝天，背向地。

③《坤》至柔而动也刚：古人认为，天为乾，地为坤。大地运行生养万物，故而"坤"代表柔，能承载万物。动：指大地运行。

④沉潜刚克：沉潜能够克制刚锐，要抑制过分刚强。语出《尚书·洪范》。

⑤医和：春秋时期秦国名医。

⑥阳淫热疾：阳属乾，淫指过度。阳刚之气过盛，则会心火大动，就是医学所说的燥热之病患。

⑦晦淫惑疾：晦淫：谓晏寝过度。《左传·昭公元年》："晦淫惑疾，明淫心疾。"杜预注："晦，夜也。为晏寝过节则心惑乱。"

⑧蛊惑（gǔ huò）：可指迷惑、诱惑、使人心意迷惑等。蛊：毒虫。传说取百虫于皿中，使互相蚕食，最后所剩的一虫为蛊。

⑨五劳七伤：久视伤血，久卧伤气，久坐伤肉，久立伤骨，久行伤

筋，是谓五劳所伤。七伤：大饱伤脾，大怒气逆伤肝，强力举重久坐湿地伤肾，形寒饮冷伤肺，形劳意损伤神，风雨寒暑伤形，恐惧不节伤志。

⑩表而出之：标记并揭示出来。表：标志，标记。

【译文】

男子出生的时候面部朝下，女子出生的时候面部朝上，他们掉入水中溺水而亡也是这样状态。一般来讲，男子内心阳刚而外表阴柔，女子则恰恰与男子相反。所以《易经》上说《坤》至柔而动也刚"，《尚书》中说"沉潜能够克制刚锐"，世上通达智慧之人，大概都是这样的。秦国名医医和说："大自然中体现出六种气候，如果失衡过度就会产生六种疾病：阳气过重就会生发燥热之疾，阴气过盛就会生发寒疾，受到风袭过度就会使四肢生病，雨水降得过多而潮湿就会使腹腔脏器患病，夜里纵欲过度就会使心神迷乱成疾，白天劳动过度则会生发心理疾病。男女之间的性生活需要男人的阳物维系，一般都是在夜间时分交媾，所以过度行房纵欲就会使体内高热，犹如中了蛊毒迷惑而导致疾病。"女色使人过度沉迷如同身受毒虫之害，世上对此深知之人很多，而女人成为男人性工具致使产生内热成疾的原因，即便是精良的医者也不能说清楚的。至于五劳七伤，都是由于中腑过热而使躯体能量蒸发消耗，夜里过度纵欲的人，即使不被蛊毒所害也容易罹患中风，这都是由于内热过度所生发的啊。医和所说的这些话，我应当标记并把它揭示出来。拜读《春秋左氏传》之后，随手写下了这段文字。

记与欧公语

【原文】

欧阳文忠公①尝言：有患疾者，医问其得疾之由，曰："乘船遇风，惊而得之。"医取多年柂牙②为柂工手汗所渍处，刮末，杂丹砂、茯神之流，饮之而愈。今《本草注·别药性论》云："止汗，用麻黄根节及故竹扇为末服之。"文忠因言："医以意用药多此比，初似儿戏，然或有验，殆未易致诘③也。"予因谓公："以笔墨烧灰饮学者，当治昏惰④耶？推此而广之，则饮伯夷之盥水⑤，可以疗贪；食比干之馂余，可以已佞⑥；舐樊哙之盾，可以治怯⑦；嗅西子之珥⑧，可以疗恶⑨疾矣。"公遂大笑。元祐六年闰八月十七日，舟行入颍州界，坐念二十年前见文忠公于此，偶记一时谈笑之语，聊复识之。

【译文】

欧阳修曾经跟我说过这样一件事情。有一个患病的人，医家问他得病的原因，他说："乘船出行的时候突然遇到大风浪，因为受惊吓而得了此病。"医家取来使用多年的船舵把手，在舵工手握之处被汗渍污染的地方，刮下一些粉末，再杂混一些丹砂、茯神一类的东西，泡水让他喝下去，不久就痊愈了。如今《本草注·别药性论》上有说："止汗，用麻黄根节和旧竹扇，磨为粉末，服下它即可。"欧阳文忠公因此说："医家根据自己的揣度来用药的情形都跟这有一比，乍看好像是儿戏，但是偶尔也会被验证有所疗效，这就不能轻易对他的医术怀有质疑而招致责难了。"于是我对欧阳修说：如此说来，倘若把毛笔和墨块烧成灰泡上水让学生喝下去，应当能够治好他们的糊涂和懒惰了吧？由此推理下去，那么饮下清官伯夷冲洗身体的水，就可以治疗贪婪；食用忠臣比干吃剩的食物，就可以阻止奸伪谗佞；舔一舔勇将樊哙使用的盾牌，就能够医治好胆怯；闻一闻美女西施佩戴的耳环，就能够改变容貌丑陋了。"欧阳修听了以后忍不住仰面大笑起来。

元祐六年闰八月十七，我乘船到了颖州地界，因为正好想起二十年前在此地见到欧阳公，偶尔想起我们一番笑谈时的话语，姑且又重新把它记了下来。

参寥求医

【原文】

庞安常为医，不志于利，得善书古画，喜辄①不自胜。九江胡道士颇得其术，与予用药，无以酬之，为作行草数纸而已，且告之曰："此安常故事，不可废也。"参寥子②病，求医于胡，自度无钱，且不善③书画，求予甚急。予戏之曰："子粲、可、皎、彻④之徒，何不下转语⑤作两首诗乎？"

庞、胡二君与吾辈游，不日"索我于枯鱼之肆⑥"矣。

【注释】

①辄：就。

②参寥子（cān liáo zǐ）：一种释义是宋僧道潜的别号。道潜，善诗，与苏轼、秦观结为诗友。另一种释义是唐朝的隐士。

③不善：不擅长，不善于。

④子粲（càn）：僧粲，禅宗三祖，姓氏籍贯不详。可：僧无可，俗姓贾，范阳人。皎：皎然，唐代诗僧。湖州人，有诗集和文学评论传世。彻：灵彻，唐代诗僧，云门寺律僧。

⑤转语：禅宗令人转迷开悟的语句。

⑥索我于枯鱼之肆：语出《庄子·外物》。枯鱼之肆：卖干鱼的店铺，常用来比喻无法挽救的绝境。

庞安常行医治病，他的主要意图不是为了图取钱财利益，不过，每当他获得好书卷和古字画，就会不胜欢喜难以自已。九江胡道士对其医术颇有心得，曾给我用药治病，痊愈后，我没有什么东西可以作为酬谢回报的，只能给他写了几张行草书法聊表谢意而了事，并且告诉他说："这是安常以往行医做过的事，不能让他荒废了啊。"

后来，参寥子也生病了，请求胡道士为他医治，审度一下自己实在没有钱，而且又不善于书写字画，于是就向我紧急求助。我跟他开玩笑说："你是僧粲、无可、皎然、灵彻一样的僧门弟子，为何不以开悟转语来作两首诗呢？"

事实上，庞、胡二人与我们这样的人交游，很快"就要到卖干鱼的店铺找我"了。

王元龙治大风方

【原文】

王荐①元龙言："钱子飞有治大风②方，极验，常以施人。一日梦人自云：'天使已以此病人，君违天怒，若施不已，君当得此病，药不能愈。'子飞惧，遂不施。"

仆③以为天之所病，不可疗耶，则药不应服有效；药有效者，则是天不能病。当是病之祟，畏是药而假天以禁人耳。晋侯之病，为二竖子④。李子豫赤丸，亦先见于梦，盖有或使之者。子飞不察，为鬼所胁。若余则不然，苟⑤病者得愈，愿代受其苦。家有一方，能下腹中秽恶⑥，在黄州试之，病良已。今后当常以施⑦人。

【注释】

①王祐（yóu）：字元龙，是王安石之弟王安国的儿子。

②大风：古代风疾病症共分三种，中风、麻风和精神疯癫。

③仆：我自称。

④晋侯之病：引据《左传》。后人用来比喻病入膏肓之人。竖子：指的是小孩子或童仆。

⑤苟：如果，假使。

⑥秽恶：肮脏，污秽。

⑦施：布施，施舍，施赠。

【译文】

王祐元龙说："钱子飞有治疗严重风疾的药方，极为灵验，并且常常用来施救他人。有一天在梦中有人对他说：'上天指使我用这种疾病去折磨人，而你的做法已经触犯天帝发怒，如果再不停止施救于人，你就会得上这种疾病，而且没有药物可以治愈。'子飞听完以后非常恐惧，于是就不再施救于人。"

我认为上天所传播下来的疾病，如果真的是没有药物可以医治，那么就不应该是服用药物以后会有疗效；服药以后能有效的话，那么就是上天无意使人生病。这应当是病魔在从中作祟，畏惧这药物的疗效而假借天意，以此来禁止人类治疗而已。晋侯病重之时，曾梦见两个小孩子在腹中对话说他已病入膏肓，恰巧与御医说法一致。李子豫以赤丸疗病，也是事先在梦中预知此事，大概都是有了这样的疾患以后间或为鬼神所驱使。而子飞不了解真相，被鬼魔所胁迫。如果是我就不会像他那样妥协，假如能使患病的人得以痊愈，我甘愿代替病人遭受其苦。我家中现有一剂药方，能泄下腹中肮脏污秽之物，曾在黄州尝试用它治病，使用后人就治愈如初了。今后应当常常拿出来用以施救他人。

延年术

自省事以来，闻世所谓道人有延年之术者，如赵抱一、徐登、张元梦，皆近百岁，然竟死，与常人无异。及来黄州，闻浮光有朱元经尤异[1]，公卿尊师之者甚众，然卒亦病，死时中风搐搦[2]。但实能黄白[3]，有余药金皆入官。不知世果无异人耶[4]？抑有而人不见，此等举非耶？不知古所记异人虚实，无乃与此等不大相远，而好事者[5]缘饰之耶？

【注释】

①浮光：古地名。尤异：尤其神异。

②搐搦（chù nuò）：痉挛。肌肉不自觉地抽动的症状。

③黄白：指术士所谓炼丹化成黄金白银的法术。

④耶（yē）：文言疑问词，相当于"呢"或"吗"等。

⑤好事者：指喜欢出头多事、张扬的人，或者是喜欢传播谣言兴风作浪之人。

【译文】

我自从懂事以来，就听说世上有所谓的仙道之人分别练就了一套延年益寿之术，诸如赵抱一、徐登、张元梦，都活了近百岁，可最终还是死了，和平常人没有什么差别。我来到黄州以后，听说浮光有个叫朱元经的人尤其奇异，公卿大臣们尊崇他为师的也很多，然而最终也还是难免生病，甚至还是中风抽搐而死的。但他确实懂得炼制黄金白银的法术，且将剩余的丹药和黄金都偷偷收入官府。不知道世上是否确实没有奇异之人呢？抑或是确有奇异之人而凡俗之人不能遇见，还是这些人的举止本身就都是错误的呢？不知道古人所记载的异人是虚是实，莫非是与这些人相差不是太远，只不过是一些喜欢传播谣言又格外加以修饰的结果吧？

单骧、孙兆

蜀人单骧^①者，举进士不第，顾^②以医闻。其术虽本于《难经》《素问》，而别出新意，往往巧发奇中，然未能十全也。仁宗皇帝不豫^③，诏孙兆与骧入侍，有间，赏赍不赀^④。已而大渐，二子皆坐诛^⑤，赖皇太后仁圣，察其非罪，坐废数年。今骧为朝官，而兆已死矣。

予来黄州，邻邑人^⑥庞安常者，亦以医闻，其术大类骧，而加之以针术^⑦绝妙。然患聋，自不能愈，而愈人之病如神。此古人所以寄论^⑧于目睫也耶？骧、安常皆不以贿谢为急，又颇博物，通古今，此所以过人也。元丰五年三月，予偶患左手肿，安常一针而愈，聊为记之。

【注释】

①单骧（xiāng）：仁宗皇帝时期的医官。

②不第：没有考中；没能及第。顾：表示轻微的转折，相当于"而""不过"。

③不豫：天子生病的讳称。

④赏赍（shǎng lài）：动词解释为赏赐；名词解释为赏赐的财物或一种制度。不赀（bù zī）：指无从计量，表示多或贵重（多用于财物）。

⑤坐诛：指诛连治罪。坐：定罪，由……而获罪。

⑥邑人：指同县之人。

⑦针术（zhēn shù）：针刺治病之术，亦可称作针灸术。

⑧寄论：随声附和，言无定论。

【译文】

蜀地有个叫单骧的人，参加进士科考没能考中，不过后来却以行医闻名于世。他的医术虽然出自于《难经》《素问》，却能别出新意，往往富有巧思，突发奇异效果而医病痊愈，当然也并不是每次都能治愈。仁宗皇帝得了重病，下诏书命孙兆与单骧入皇宫为皇上诊病，有一段时间，由于皇上身体好转，俩人便获得不少贵重的赏赐。后来仁宗皇帝驾崩，他二人都因此受株连而获死罪，多亏倚赖了皇太后仁慈圣明，明察他们并没有罪过，但也将他们罢职数年。如今单骧依然在做朝官，但孙兆已经死了。

我来到黄州以后，邻县里有一个叫庞安常的人，也是以医术精湛而闻名，他的医术大体上与单骧类似，但比单骧更胜一筹的是针灸技艺绝妙。不过他患有耳聋病，自己无法治愈自己，可治愈别人的病却如神仙般大有疗效。这就是古人所附和的"自己的眼睛看不见自己的睫毛"，也就如同一个贤人既能兼听而又会有己见是一个道理吧？单骧与安常都不会以收取别人的贿赠酬谢为当务之急，而且还颇为博学多才，通达古今，这就是他们堪称过人之处的原因啊。元丰五年三月，我偶然患上了左手肿痛的病症，安常一针就使我痊愈了，因而将此事记了下来。

僧相欧阳公

【原文】

欧阳文忠公尝语①："少时有僧相我：'耳白于面，名满天下；唇不着齿，无事得谤②。'其言颇验③。"耳白于面，则众所共见，唇不着齿④，余亦不敢问公，不知其何如也。

【注释】

①欧阳文忠公：即欧阳修。尝语：曾经说过。

②谤：诽谤。本义指议论或批评别人的过失，引申为恶意地攻击他人，含贬义。

③验：灵验。

④唇不着齿：嘴唇不能遮蔽牙齿，类似牙齿外露。

欧阳文忠公曾经对我说："小时候有僧人给我相面时对我说：'耳部比面部白，能名满天下；唇不着齿，易无事生非遭人毁谤。'这些话很灵验。"他的耳白于面，则是众人都能看得见的，至于唇不着齿，我也不敢前去询问欧阳公，不知道其中所指的是什么。

记真君签

【原文】

冲妙先生季君思聪，所制观妙法象。居士①以忧患之余，稽首洗心②，归命真寂③，自惟尘缘深重，恐此志未遂④，敢以签卜⑤，得吴真君⑥第三签，云："平生常无患，见善其何乐。执心既坚固，见善勤修学。"敬再拜受教，书《庄子·养生》一篇，致自厉之意，不敢废坠，真圣验之。绍圣元年八月二十一日，东坡居士南迁过虔，与王崑翁同谒⑦祥符宫，拜九天使者堂下，观之妙象，实同此言。

【注释】

①居士：苏轼自称，东坡居士。

②稽首（qǐ shǒu）：叩头。古时的一种跪拜礼，叩头至地，是九拜中最恭敬的，一曰稽首，二曰顿首，三曰空首……。洗心：指洗涤邪恶的心灵，如洗心革面。

③归命真寂：皈依生命于静默无为之中。此指诚心皈依。真：指自然。寂：指静默无为。

④未遂（wèi suì）：没有达到，未能如愿。

⑤签卜：求签问卜。

⑥吴真君：即吴猛，字世云，家住豫章武宁县。他七岁时就以侍奉父母孝顺而闻名于乡里，精通道术。

⑦嵒（yán）：古同"岩"。谒（yè）：拜谒，表示敬意。

【译文】

　　冲妙先生姓季，名思聪，他擅于抽签占卜的术法，而且能使人体察出道法的玄妙之处与自然万象法则。居士我在经历无数忧患之余，心灰意冷，一心想俯首叩拜，洗心革面，诚心皈依静默无为的空寂之道，但又觉得自己所牵念的俗事杂务过于繁重，恐怕自己这皈依道家之志不能如愿，于是斗胆前去求签问卜，结果求得吴真君第三签，签上说："平生常无祸患，见善事便感到无比快乐。执一颗坚定之心就会坚固不变，见益善更要勤勉修炼。"我虔诚恭敬地拜了又拜而虚心接受教诲，又书写一遍《庄子·养生》篇，致以自己决心磨砺之意，不敢轻易废弃修为而堕落下去，希望真圣验证我的一腔虔诚。绍圣元年八月二十一日，东坡居士我向南迁居时恰巧经过虔州，与王嵒翁一同前去拜谒祥符宫，叩拜于九天使者神像的堂下，观察那奇妙的物象，确实与这些言语所暗示的相同。

信道智法①说

【原文】

　　东坡居士迁于海南，忧患之余，戊寅九月晦②，游天庆观，谒北极真圣，探灵签，以决余生之祸福吉凶。其辞曰："道以信为合，法以智为先。二者不离析③，寿命不得延。"览之竦然④，若有所得，书而藏之，以无忘信道法智二者不相离之意。轼恭书：古之真人未有不以信人者。子思则曰："自诚明谓之性"，此之谓也。孟子曰："执中无权⑤，由执一也。"法而不智，则天下之死法也。道不患不知，患不凝；法不患不立，患不活。以信合道，则道凝；以智先法，则法活。道凝而法活，虽度世⑥可也，况延寿乎？

①信道智法：大概意思是信服道说，以理智实施法则。

②晦：农历每月的末一天，朔日的前一天；夜晚。孔凡礼《三苏年谱》系此事于九月二十九；王宗稷《东坡先生年谱》云："又于（元符元年）九月四日游天庆观，有《信道法智说》。"

③离析：分离解析；分开处理。

④竦然（sǒng rán）：指惊惧害怕的样子。

⑤执中无权：意为秉持中道，权宜行事。

⑥度世：出世成仙。

【译文】

我谪迁到海南期间，饱经忧患之苦的空余时间里，在戊寅年九月末的这一天，游走到天庆观，虔诚拜谒北极真圣神像，决定探求灵签，以此来推断余生的祸福与吉凶。只见那卦辞上说："道以诚信为合宜，法以智慧为先行。二者若不分开处理，岁寿命运不能得以延申。"看完这些话顿觉心里惊惧不已，似乎又有所心得领悟，于是就将它书写下来并收藏好，以此来提示自己不要忘记信道法智二者之间不可相互离弃之意。我随后又恭谨地书写了：古代的真人未必会有不以诚信做人的。子思则说："源自真诚自然就会使人明了真正的道理，叫作天性"，就是这个道理了。孟子

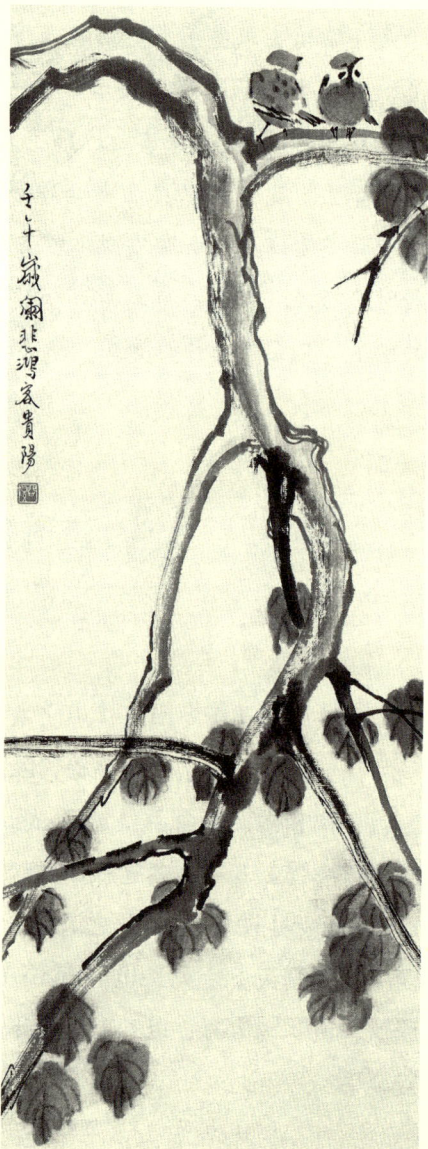

曾说："秉持中道而不知权宜变通行事，等于执着一点而一成不变啊。"道法往圣而不以智慧执行，就会成为天下的死法了。道不担心别人不知，而是害怕不凝聚团结；法不怕不能树立，而是怕不能灵活施行。若以诚信来结合道，就会使道能凝聚众人；若以智慧先决于法，就会使法能够灵活实行。道能凝聚而法能灵活，如此这般，即使是想修炼出世成仙也可以了，何况是延年益寿呢？

记筮卦

【原文】

戊寅十月五日，以久不得子由①书，忧不去心，以《周易》筮②之。遇《涣》之三爻，《初六》变《中孚》，其繇曰："用拯马壮，吉。③"《中孚》之九二变为《益》，其繇曰："鸣鹤在阴，其子和之；我有好爵，吾与尔靡之。"《益》之六三变为《家人》，其繇曰："益之，用凶事，无咎④。有孚中行，告公用圭⑤。"《家人》之繇曰："家人利女贞。"象曰："风自火出，家人。君子以言有物，而行有恒也。"吾考此卦极精详，口以授过，又书而藏之。

【注释】

①子由：苏轼的弟弟。

②筮（shì）：古代用蓍（shī）草占卜的一种迷信活动称"筮"。爻（yáo）：《周易》中组成卦的符号。"—"为阳爻，"--"为阴爻。每三爻合成一卦，可得八卦；两卦（六爻）相重则得六十四卦，称为别卦。爻含有交错和变化之意。

③繇（zhòu）：古同"籀"，占卜的文辞。用拯马壮，吉：意思是（这么久还没回来），如果用健壮的马匹做坐骑来拯救，就会吉利。拯：救助，拯救。马：指客方，希望客方能够帮助主方。如果客方能够帮助主方，情

况就吉利。

④无咎：本意是没有过失；无所归罪。《周易》中指做人的最高境界。

⑤圭（guī）：古代帝王或诸侯在举行典礼时拿的一种玉器。

【译文】

戊寅年十月十五，因为很久没有收到弟弟子由的书信，心中的忧虑不免挥之不去，于是就依照《周易》对此事进行占卜。遇到了《涣卦》中的三爻变卦，从《初六》的卦象变成《中孚》的卦象，这卦辞上说："如果骑上强壮的马匹前去救助，如此客方帮助主方，情况就会吉利。"另外卦中《中孚》之九二变为《益》卦，这卦辞上说："老鹤在树荫下鸣叫，小鹤也会应声鸣叫与它相和；我有上好的酒器，斟满美酒，我与你一起酩酊大醉。"接下来《益》之六三转变为《家人》，这回卦辞上说："将获益用来拯救灾祸险难，是无所归罪的。这样做是有孚信而中正的行为，而向王公请命的时候一定要手执圭玉。"《家人》之卦上的卦辞说："家庭的幸福在于主持家务的妇女德行要贤良。"象卦说："风自火出，家人。君子应该言之有物，而且做事也应该有持之以恒的心态。"我考察之后发现这卦中所说的极为精密详细，便口述给我的小儿子苏过，然后又写下来并把它收藏妥当。

费孝先卦影

【原文】

至和二年，成都人有费孝先者始来眉山，云：近游青城山①，访老人村，坏其一竹床②。孝先谢不敏，且欲偿其直③。老人笑曰："子视其下字云：此牀以某年月日某造，至某年月日为费孝先所坏。成坏自有数④，子何以偿为！"孝先知其异，乃留师事之。老人受以《易》轨革卦影之术⑤，前此未知有此学者。后五六年，孝先以致富。今死矣，然四方治其学者，所在而有，皆自托^⑥于孝先，真伪不可知也。聊复记之，使后人知卦影之所自也。

【注释】

①青城山：位于今四川省成都市都江堰市西南，中国四大道教名山之一。

②竹床：竹制的床。

③直：同"值"，价值。

④数：定数。

⑤轨革卦影之术：起源于什么时候已经无法考证。被称为"第一预言"的《推背图》，就是卦影术的代表之作。

⑥托：寄托，依托。

【译文】

至和二年，成都有一个名叫费孝先的人，初次来到眉山，说：近日游览青城山，拜访老人村时，不小心弄坏一位老人的竹床。孝先连忙躬身谢罪，言说只怪自己太过笨拙，并且说明要按照价值赔偿。可老人却笑着说："你低头看看这张床底下早已有字写道：此床在某年月日由某人制造，至某年月日为费孝先所弄坏。成坏自有定数，你何须为此而来赔偿！"孝先忽然感到这个人很不寻常，于是就要求留下来拜他为师侍奉在左右。老人接受了他并传授给他《易经》轨革卦影之术，在此之前还没听说过有谁知道这种学术的。此后的五六年里，孝先依靠此卦术而变得富有。如今他已经死了，然而四面八方开始研究这种学问的人，无所不在，到处都有，他们都自称是依托于前辈孝先而成，所以这其中的真假就无从知道了。我只管再将它记录一遍，以使后人知道这卦影之术的出处。

记天心正法咒

【原文】

王君善书符①，行天心正法②，为里人疗疾驱邪。仆尝传③此咒法，当以传王君。其辞曰："汝④是已死我，我是未死汝。汝若不吾祟，吾亦不汝苦。"

【注释】

①书符：书写绘画符咒。

②天心正法：此派系由天师道演化而来，强调内外兼修，以传天心正法而得名。

③传：转授；推广，散布。

④汝：你。

【译文】

王君善于书写符咒，施行天心正法，曾为远近乡里之人治疗疾病驱逐邪魔。我也曾经推广过这种符咒法，现在想来，应当将它转授给王君。那上边的文辞说："你是已死的我，我是未死的你。你若不作祟害我，我也不会令你受苦。"

辨五星聚东井

【原文】

天上失星，崔浩①乃云："当出东井②"，已而果然，所谓"亿则屡中③"者耶？汉十月④，五星聚东井，金、水尝附日不远；而十月，日在箕、尾⑤，此浩所以疑其妄⑥。以余度之，十月为正，盖十月乃今之八月尔。八月而得七月节，则日犹在翼、轸⑦间，则金、水聚于井亦不甚远。方是时，沛公未得天下，甘、石⑧何意谄之？浩之说，未足信也。

【注释】

①崔浩：字伯渊，小名桃简，清河郡东武城（今山东省武城县）人。南北朝时期北魏著名的政治家、军事谋略家。

②东井：即井宿，二十八宿之一。因在玉井之东，故称。

③亿则屡中：屡屡猜中。亿：通"臆"，猜测。语出《论语·先进》："赐不受命，而货殖焉，亿则屡中。"

④汉十月：此特指汉高祖元年十月。

⑤箕、尾：箕星和尾星，二十八宿之属。

⑥此浩所以疑其妄：这只是崔浩一己之见，所以我怀疑他在乱说。

⑦翼、轸（yì zhěn）：南方七宿之二，丙为翼，巳为轸。

⑧甘、石：《史记·天官书》有记："昔之传天数者，在齐，甘公；魏，石申。"以甘、石借代指天文历官。谄（chǎn）：奉承，巴结，谄谀。

【译文】

天上失去了荧惑星的踪影，于是崔浩就说："此星当出东井"，不久发现果然是这样，这就是所谓的"屡屡猜中"的本事吗？想当年汉高祖元年十月，五大星宿聚集东井，金星、水星曾经依附在距离太阳不远的地方；而在金秋十月，太阳应该在箕星和尾星之间，如此看来这只是崔浩一己之见，所以我怀疑他在乱说一气。以我对这种天象的揣度，汉初以夏历十月为正月，大概第十月等于是现在的八月了。而八月还在七月的节令范畴中，则太阳仍然留在翼、轸两个星宿之间，而金星和水星会聚集在东井，距离也不会太远。当时，沛公刘邦还没有取得天下，甘公、石申之类的天文历官岂不是在有意谄谀？因此说，崔浩的说法，实在是不足以令人信服啊。

四民篇

论贫士

【原文】

俗传书生入官库，见钱不识。或怪而问之，生曰："固知其为钱，但怪其不在纸裹中耳。"予偶读渊明^①《归去来词》云："幼稚盈室，瓶无储粟。"乃知俗传信而有征^②。使瓶有储粟，亦甚微矣，此翁平生只于瓶中见粟也耶？《马后纪》：夫人见大练^③以为异物；晋惠帝问饥民，何不食肉糜^④。细思之皆一理也，聊为好事者^⑤一笑。永叔常言："孟郊诗：'鬓边虽有丝，不堪织寒衣'。纵使堪织，能得多少？"

【注释】

①渊明：陶渊明，字元亮，又名潜，世称靖节先生，浔阳柴桑（今江西省九江市）人。东晋末至南朝宋初期伟大的诗人、辞赋家。

②征：验证，证明。

③大练：粗糙厚实的丝织物。《后汉书·马皇后纪》："常衣大练，裙不加缘。"顾贤注："大练，大帛也。大帛，厚缯也。"

④肉糜：指肉粥。出自西晋惠帝司马衷的"老百姓既无饭吃，何不食肉糜"。

⑤好事者：爱多事的人。

【译文】

民间传说有一个书生进了官库，看见了钱币却不认识。有人奇怪地寻问他原因，书生回答说："我当然知道这是钱，只是奇怪这钱没有被包裹在纸里罢了。"我偶然阅读陶渊明的《归去来兮词》，其中有写道："幼小的儿女满屋子，可怜米瓶里却没有一点儿存储的粮食。"这才明白民间那个传说是可信的，而且也得到了验证。试想，使用瓶子来储存粮食，也太卑微了吧，难道这个陶渊明也是平生只在瓶子中见到过粮食吗？《马后纪》中记载：宫中嫔妃见到皇后穿着粗糙厚实的丝织布帛，便认为那是奇异之物；晋惠帝路遇逃荒的饥民，竟然会问他们，既然没有饭吃，为什么不去吃食肉粥。仔细想想这些，其实都是一个道理啊，在此姑且说出来以博得好事之人一笑吧。欧阳修常说："孟郊诗中说：'鬓边虽然有根根发丝，却不能用来织成御寒的衣物。'你说说看，即使用鬓丝能织成寒衣，又能织出多大一块呢？"

梁贾说

【原文】

梁民有贾于南者，七年而后返。茹①杏实海藻，呼吸山川之秀，饮泉之香，食土之洁，泠泠②风气，如在其左右。朔易弦化，磨去风瘤，望之蝤蛴③然，盖项领也。倦游以归，顾视形影，日有德色，徜徉旧都，踌躇④顾乎四邻，意都之人与邻之人，十九莫己若也。入其闺，登其堂，视其妻，反惊以走："是何怪耶？"妻劳之，则曰："何关于汝！"馈之浆，则愤不饮；举案而饲之，则愤不食；与之语，则向墙而欷歔；披巾帨⑤而视之，则唾而不顾。谓其妻曰："若何足以当我？亟去之！"妻俛而怍⑥，仰而叹曰："闻之：居富贵者不易糟糠，有姬姜⑦者不弃憔悴。子以无瘿⑧归，我以有瘿逐。呜呼，瘿邪！非妾妇之罪也！"妻竟出。于是贾归家三年，乡之人憎其行，不与婚。而土地风气，蒸变其毛脉，啜菽饮水⑨，动摇其肌肤，前之丑稍稍复故。于是还其室，敬相待如初。

君子谓是行也，知贾之薄于礼义多矣。居士曰：贫易主，贵易交，不常其所守，兹名教之罪人，而不知学术者，蹈而不知耻也。交战乎利害之场，而相胜于是非之境，往往以忠臣为敌国，孝子为格虏，前后纷纭，何独梁贾哉！

【注释】

①茹（rú）：吃。

②泠泠（líng）：本指流水声。借指清幽的声音。

③蝤蛴（qiú qí）：天牛的幼虫。天牛科。黄白色，身长足短，呈圆筒形。借以比喻妇女脖颈之美。

④踌躇（chóu chú）：得意的样子。也作思量、考虑的意思。

⑤欷歔（xī xū）：感慨，叹息的意思。同"唏嘘"。巾栉（zhì）：巾和梳篦。泛指盥洗用具。

⑥亟（jí）：急切，赶快。俛（fǔ）：同"俯"。屈身；低头。怍（zuò）：惭愧。

⑦姬姜：指贵族妇女，泛指美女。周朝时期，姬为周王室之姓，姜为齐国之姓，姬姜两大姓常通婚，于是古人以"姬姜"为大国之女的代称。

⑧瘿（yǐng）：颈瘤，俗称大脖子。指生长在脖子上的一种囊状的瘤子，包括甲状腺肿大等。

⑨啜菽（chuò shū）饮水：饿了吃豆羹，渴了喝清水。后遂以"啜菽饮水"形容生活清苦。亦简称"菽水"。啜，吃；菽，豆类。

【译文】

梁州有一个商贾在南方以买卖为生，七年后返乡。由于在南方长期食用杏仁海藻，呼吸南国山川林间清秀的气息，喝的是浸满花香的甘甜泉水，吃的东西都产自洁净的土地，清泠泠的微风伴着宜人的气候，如同香薰环绕在他左右一般惬意。随着岁月更迭，弹指一挥间不断变化，他脖子上原来就有的囊状瘤子，已经消磨殆尽，看上去就像天牛的幼虫一般光滑洁白，美丽动人，那就是他的颈项了。他在外漂游久了感到疲倦，于是就决定回转家乡，在镜子中看到自己的身形，每天脸上都会显现出得意的神情，就这样徜徉在古老的都城，得意扬扬地奔走在街巷邻里之间，再看看他们，心里暗想，那旧都之人与里巷乡邻，十之八九都比不上自己。他很快就回到了自己的家，来到厅堂，看到他的妻子，谁知不仅没有久别的欣喜，反而吓得直往后退，惊问道："你是什么怪物呀？"妻子慰劳服侍他，他却说："何用你来关心！"妻子递给他酒浆，他愤怒呵斥而不去饮用；妻子举起托盘请他吃饭，他也怒而不吃；跟他说话，他就转过身去对着墙角哀叹而不语；妻子披戴巾栉妆饰仪容请他看，他就口吐唾涎在地而不肯抬头观看。他对妻子说："像你这样相貌怎么配当我的妻子，赶快走开！"妻子默默低下头，显出很惭愧的样子，然后又仰起头来长叹说："我听说：身居富贵的人也不更换糟糠之妻，娶了高门贵女也不抛弃容颜憔悴的原配妻子。如今你的瘿瘤消失而回来，我却因为瘿瘤尚在而被你驱逐。唉，瘿瘤啊瘿瘤！这不是我的罪过啊！"妻子最终还是被休了。商人归家后三年过去了，乡里人都很憎恶他的恶行，没有谁家愿意跟他谈婚事。然而由于故乡的水土气候，寒暑风霜的凝蒸，渐渐改变了他原有的毛发血脉，长期吃豆羹，饮用清水，也逐渐改变了他的肌肤，故而以前他那丑陋的容貌又慢慢恢复回来了。于是只好又把以前的妻子接回家来，与之相敬如宾，就像当初刚结婚时那样。

因此，君子评论这种行为，从这件事上就能知道商贾在"礼义"方面有多么浅陋了。我说：贫穷的时候更换主人，显贵后就忘弃贫贱时的朋友而另结新交，如果做人如此朝三暮四，不能永久坚守自己的道义，那就是名教的罪人，而那些不学无术的人，即使蹈踏罪过也不知羞耻。人生如同在关乎个人利害的场所交战，而相互取胜都是在于对是非境地的判定，那种不论是非，只以个人利害为重，往往会把忠臣当作敌国之人，把孝子视为桀骜不驯的恶人，如此前后逆转，纷繁杂乱，何止于梁地商贾一人啊！

梁工说

梁工治丹灶有日矣①。或有自三峰②来，持淮南王书，欲授枕中奇秘、坎离生养之法，阴阳九六之数，子女南北之位，或黄或白，生生而不穷，以是强兵，以是绪余以博施济众。而其始也，密室为场，空地为炉，外烬山木之上煮天一，坏父鼎母③，养以既济，风火纲缊，而瓦砾④化生。方士未毕其说，工悦之，然以为尽之矣。退试其术，逾月破灶，而黄金已芽矣。于是谢方士，方士曰："子得予之方，未得究其良，知其一不知其二。余弗邀利于子，后日不成，不以相仇，则子之惠也。"工重谢之曰："若之术殚⑤于是矣，予固知之矣，岂若愚我者哉！"遂歌《骊驹》以遣送之。束书在于腰，长揖而去。

工日治其诀，更增益剂量，其贪婪无厌⑥。童⑦东山之木，汲西江之水，夜火属月魄，昼火属日光，操之弥勤，而其术愈疏，为之不已。而其费滋甚，牛马销于铅汞，室庐尽于钳锤，券土田，质妻子，萧条褴缕⑧，而其效不进。至老以死，终不悟。

君子曰：术之不慎，学之不至者然也，非师之罪也。居士曰：杇墙画墁⑨，天下之贱工，而莫不有师。问之不下，思之不熟，与无师同。其师之不至，杇墙画墁之不若也。不至，则欺其中，亦以欺其外。欺其中者己穷，欺外者人穷。如梁工盖自穷，亦安能穷人哉！

①丹灶：炼丹用的炉灶。

②三峰：山名。

③天一：星名。明而有光，则阴阳和，万物成。《晋书·天文志上》："天一星在紫官门右星南，天帝之神也，主战斗，知人吉凶者也。"坏父鼎

母：用以坯鼎器具冶炼阴阳万物。坯，陶冶之器，土制器具。金属矿料，包容于鼎母之中。父指乾或阳，母喻坤或阴。

④养：以水浸泡。矿石放入水鼎浸泡后再炼铸容易将金石分离。既济：水鼎居上，火鼎居下，这叫"既济炉"，出自《周易》六十四卦中的卦名。细缊（yīn yūn）：古代指天地阴阳二气交互作用的状态。亦作"氤氲"。瓦砾（lì）：破碎的砖瓦。主要是小石子、碎石头的意思。

⑤殚（dān）：竭尽。

⑥无厌：不满足；没有限制。

⑦童：秃；光秃。此指砍伐清光。

⑧襤褛（lán lǔ）：同"褴褛"。衣服破烂不堪的样子。

⑨杇（wū）墙画墁（màn）：涂抹墙壁，在墙上涂画粉饰。杇：同"圬"。本义为泥抹子，涂墙的工具，引申为涂饰、粉刷。墁：涂抹，粉饰。

【译文】

梁地的工匠从事丹灶冶炼之术有些日子了。有一个大概来自三峰山的方士，他手里拿着淮南王的书策，想教授给工匠枕中奇秘、坎离生养阴阳调补之法，以及宇宙阴阳九六变化之术数，还有求取子女和方位定益之策，有一些是炼金术，还有的是炼银术，如果这些法术学成之后，财富就可以生生不息永不穷尽，以此来强兵壮国，以剩余的钱财还可以用来广泛施予救济民众。但是刚开始准备炼丹的时候，要把房间密封起来作为场地，在空地之上筑起炉灶，先在外面燃尽从山上取来的树木，观烟火明而有光，便知阴阳相和，万物可成，然后用坯鼎器具冶炼阴阳万物，把鼎中的母银与药本混合浸泡滋养，一切符合既济亨通之卦后就加火炼化，风助火力在阴阳二气交合冶炼之功的作用下，即使瓦砾也能炼化生成奇妙之物。还没等方士说完他的学说，工匠就已经对此非常高兴了，而且以为方士已经讲完了就不再继续听方士讲述。工匠回去后，按照方士所说的冶炼之法尝试炼丹，过了一个月后打开丹灶，发现里面的黄金已经显露雏形了。于是向方士道谢，方士说："你虽然得到了我炼丹的妙方，却没能深究以达到其中精良的境地，所以，只能算是知其一而不知其二。我不要求从你这里得到什么利益，如果日后炼丹不成功，不要因此相互成为仇人，那就是你对我的恩惠了。"工匠又再次感谢说："你的法术早已全都向我道尽了，我已然知道其中的全部奥妙所在了，怎么会妄说你是在愚弄我呢！"于是就高唱《骊驹》之歌把方士欢送走了。方士只好将书卷束扎于腰间，举手长揖之后离开了。

从此，工匠每天都按着方士的秘诀冶炼，不断更换添加矿石剂量，他的贪婪之心可谓没有止境了。他砍光了东山上的树木，汲取干了西江的水，丹灶下的火日夜不停，夜间炉火连缀月魄，白天炉火接连日光，他操练越来越勤奋，可是距离炼丹法术却越来越疏远，然而他依旧坚持冶炼而不知停止。但是由于炼丹的花费太大，他不得不把牛马卖了而去换取铅贡，把房屋全部卖掉而去换取钳锤，又卖掉了土地田园，就连妻子儿女也都典质出去了，最后落得是家境萧条，衣衫破烂不堪如乞丐，可是他冶炼金银的效果却依然不见长进。甚至衰老将死，始终不知醒悟。

世上君子都说：学习技术不能做到用心严谨，这就是学习后却不能达到极致的原因，这不是老师的罪过。我说：涂抹墙壁以及在墙上涂画粉饰，是天底下最低微的工种，但也无不是需要师傅教导的。可是如果请教师傅以后却不能深入领悟，思考问题不能做到成熟周全，那就跟没有师傅教导是一样的了。那种有了师傅教导却不能有所造诣，那么就连涂抹墙壁、粉饰涂画的工匠都不如啊。学艺不精而止，就是自我欺骗，也会因此而对外欺骗他人。自欺的人，则会使自己穷困，对外欺骗他人的人，则会使他人穷困。像梁工这样自欺的人自然就会使自己穷困了，只是他哪有本事使他人穷困呢？

女妾篇

贾氏五不可

【原文】

晋武帝欲为太子娶妇，卫瓘①曰："贾氏有五不可：青、黑、短、妒而无子②。"竟为群臣所誉③，娶之，竟以亡晋。

妇人黑白美恶，人人知之，而爱其子，欲为娶妇，且使多子者，人人同也。然至其惑于众口，则颠倒错缪如此。俚语④曰："证龟成鳖⑤"，此未足怪也。以此观之，当云"证龟成蛇"。小人之移人也，使龟蛇易位，而况邪正之在其心，利害之在岁月后者耶！

【注释】

①卫瓘（guàn）：字伯玉。河东安邑（今山西省夏县北）人。三国曹魏后期至西晋初年重臣、将领、书法家。晋惠帝即位后，与贾皇后对立，终在政变中满门遇害。

②无子：不能生育。

③誉：称赞。

④俚语（lǐ yǔ）：粗俗的口语。常带有方言性。

⑤证龟成鳖：将乌龟说成甲鱼。比喻蓄意歪曲，颠倒是非。

【译文】

晋武帝想为太子婚娶太子妃，卫瓘说："依卦相来看，贾氏女占有五点不可迎娶：面青、目黑、个子矮、善嫉妒而且会无子。"可是贾氏却被群臣所称赞，最后还是迎娶入宫而做了太子妃，后来竟然真的因她而导致西晋亡国。

　　其实，妇人长得是黑是白，是美是丑，人人一看便会知道的，而爱护自己的孩子，想为儿子娶媳妇，并且以后要多生子女的，也是人人等同此心的。可是到了贾氏这样蛊惑众口赞誉，竟然能颠倒错谬舆论到这般地步，还真是少见。俗语说："众口一词，就能把龟说成是鳖"，这并不足以奇怪。由此事来反观这句话，应该说成是"众口一词，就能把龟说成是蛇"。看来，小人的蛊惑能改变他人的信念啊，能使龟蛇改变其本位，更何况是邪僻与中正都存在于其内心呢，所以是利是害的结局，都要经历漫长的岁月之后才能够得以证实啊！

贾婆婆荐昌朝

【原文】

　　温成皇后[1]乳母贾氏，宫中谓之贾婆婆。贾昌朝[2]连结之，谓之姑姑。台谏论其奸，吴春卿欲得其实而不可。近侍有进对者曰："近日台谏[3]言事，虚实相半，如贾姑姑事，岂有是哉！"上默然久之，曰："贾氏实曾荐昌朝。"非吾仁宗盛德，岂肯以实语臣下耶！

【注释】

　　①温成皇后：宋仁宗宠妃，石州军事推官、赠太师开府仪同三司、清河郡王尧封次女。幼入宫，初为御侍，累封清河郡君，后进封才人。死后追封谥号为温成皇后。

　　②贾昌朝：字子明。真定获鹿（今河北获鹿）人。北宋宰相、训诂学家、文学家、书法家。伟大成就是考订音韵训诂，完成了古代第一部多音多义字手册。

　　③台谏：唐时，台官与谏官分立。唐、宋侍御史、殿中侍御史与监察御史掌纠弹，统称为台官，谏议大夫、拾遗、补阙、正言掌规谏，统称谏

官，合称台谏。

【译文】

温成皇后的乳母贾氏，宫中人都叫她贾婆婆。贾昌朝因为是同宗姓而攀结她，称呼她为姑姑。台官和谏官们弹劾贾昌朝有奸诈行径的时候，台谏官吴春卿想得到他确实的罪证却没有得到。皇帝身边的近侍有进言的说："最近台谏官所议论的事，真真假假各占一半，像那贾姑姑的事，哪里会有这样的事实呢！"皇上沉默很久，然后说："贾氏确实曾经推荐过贾昌朝。"由此看来，要不是因为我们仁宗皇帝英明德厚，怎么肯将实话告知臣下呢！

石崇家婢

【原文】

王敦至石崇①家如厕，脱故着新，意色不怍②。厕中婢曰："此客必能作贼也。"此婢能知人，而崇乃令执事厕中，殆③是无所知也。

【注释】

①王敦：字处仲，小字阿黑，琅邪临沂（今山东临沂北）人，东晋权臣，琅琊王氏代表人物。曾在西晋官至扬州刺史。石崇：字季伦，渤海南皮（今河北南皮东北）人。大司马石苞第六子，西晋时期文学家、官员、富豪，"金谷二十四友"之一。石崇生活豪奢，不一而足，连厕所都十分豪华。

②怍（zuò）：惭愧，羞愧。

③殆：表示肯定，相当于"当然""必定"。

【译文】

王敦到石崇家拜访，其间正巧要去如厕，于是，王敦脱去旧衣而换上新衣服，神情自然而没有丝毫羞愧之色。侍厕的婢女说："这个客人将来必定能犯上作乱。"可见，这个婢女大有洞察能力，能够深知人心，而石崇却让她在厕所里执掌事务，这定是他对下人的能力一无所知啊。

贼盗篇

盗不劫幸秀才酒

【原文】

幸思顺，金陵①老儒也。皇佑中，沽酒②江州，人无贤愚，皆喜之。时劫江贼方炽，有一官人舣舟酒垆③下，偶与思顺往来相善，思顺以酒十壶饷④之。已而被劫于蕲⑤、黄间，群盗饮此酒，惊曰："此幸秀才酒邪？"官人识其意，即绐⑥曰："仆与幸秀才亲旧。"贼相顾叹曰："吾侪⑦何为劫幸老所亲哉！"敛所劫还之，且戒曰："见幸慎勿言。"

思顺年七十二，日行二百里，盛夏曝日中不渴，盖尝啖物而不饮水云。

【注释】

①金陵：南京，简称"宁"，古称金陵、建康，是江苏省会。

②沽酒（gū jiǔ）：卖酒。

③舣（yǐ）舟：停船靠岸。酒垆（lú）：卖酒处安置酒瓮的砌台。亦借指酒肆、酒店。

④饷（xiǎng）：赠送，补给。

⑤蕲（qí）：古州名；古治所。

⑥绐（dài）：古同"诒"，欺骗；欺诈。

⑦俦（chóu）：同辈，同类；表示疑问。

【译文】

幸思顺，是金陵一位饱读诗书的老儒生。皇佑中年间，他在江州卖酒，无论是贤者还是愚人，没有不喜欢他的。那时候，江上强盗劫贼正十分猖獗，有一个官人在他的酒垆下停船靠岸，偶遇之后便与思顺往来交谈，彼此很投机友善，临别时，思顺就送给了他十壶酒。可是出发后不久，这位官人就在蕲、黄二州交界的地方被盗贼劫住了，这群强盗们刚饮下这坛中酒，忽然惊叫道："这是幸秀才的酒吗？"官人立刻明白了强盗的心思，随即骗他们说："我与幸秀才是亲戚故旧。"盗贼们互相看了看，叹道："我们这些人怎么能抢劫幸老所亲近的人呢！"于是就把所抢来的财物都还给了这位官人，并且告劝诫他说："您见了幸秀才一定要慎言，千万不要说出这件事。"

再说那幸思顺已经七十二岁了，依然能日行二百里，盛夏的暴晒中也不口渴，大概是曾经吃了什么天材地宝之物，所以才有了吃食物而不饮水之说。

梁上君子

【原文】

近日颇多贼，两夜皆来入吾室。吾近护魏王葬，得数千缗①，略已散去，此梁上君子②当是不知耳。

【注释】

①缗（mín）：古代计量单位。用于成串的铜钱，每串一千文。

②梁上君子：梁：房梁。躲在梁上的君子。窃贼的代称。现在有时也指脱离实际、脱离群众的人。

【译文】

最近时日贼人比较多，连续两个夜晚都有人偷入我的房屋。我最近守护魏王为他送葬，得到了数千缗钱的赏赐，但是早已用去差不多了，对于这件事，梁上君子应当是还不知道呢。

夷狄篇

曹玮语王鬷元昊为中国患

【原文】

天圣中，曹玮①以节镇定州。王鬷②为三司副使，疏决河北囚徒，至定州。玮谓鬷曰："君相甚贵，当为枢密使。然吾昔为秦州，闻德明岁使人以羊马货易于边，课所获多少为赏罚，时将以此杀人。其子元昊③年十三，谏曰：'吾本以羊马为国，今反以资中原，所得皆茶彩轻浮之物，适足以骄惰吾民，今又欲以此戮人。茶彩日增，羊马日减，吾国其削乎！'乃止不戮④。吾闻而异之，使人图其形，信奇伟。若德明死，此子必为中国患，其当君之为枢密时乎？盍⑤自今学兵讲边事？"鬷虽受教，盖亦未必信也。其后鬷与张观、陈执中在枢府。元昊反，杨义上书论土兵事，上问三人，皆不知，遂皆罢之。鬷之孙为子由婿，故知之。

【注释】

①曹玮（wěi）：字宝臣。真定灵寿（今属河北省）人。北宋名将，枢密使曹彬第四子，出身将门，沉勇有谋，喜读书，通晓《春秋三传》。

②王鬷（zōng）：字总之，赵州临城人。七岁丧父，哀毁过人。既长，状貌奇伟。举进士，授婺州观察推官。

③元昊：李元昊，别名曩霄，西夏开国皇帝。李元昊是北魏皇室鲜卑族拓跋氏之后，远祖是李思恭。后被自己儿子杀死。

④戮（lù）：杀。

⑤盍（hé）：何不；为何。表示反问或疑问。

【译文】

天圣年间中期，曹玮出任节度使镇守定州。王鬷当时是三司副使，为了疏散判决集中在河北的囚徒，决定由他押解到定州。曹玮见到王鬷时说："你的面相非常高贵，日后定当出任枢密使。然而我以前在秦州的时候，听说西夏的国主德明每年遣使族人，到宋、夏两国边境以他们的羊马换取我们的货物，然后计算官员从中获取了多少课税作为赏罚标准，所以时常因此事而杀人。德明的儿子元昊十三岁那年，曾劝谏说：'我们本来是以放羊牧马作为国家根本，现在反而用它们来资助中原，而我们所换来的不过都是一些茶叶、颜料、彩缎等轻浮之物，这些令人安适的物品恰恰足以使我们的人民骄奢怠惰，现在又想因为这件事而去杀人。如此下去，茶叶、彩缎会日渐增加，而我们的羊马却会日渐减少，我们的国家岂不是要被大大削弱了吗！'于是德明下令停止大量换货，不再因此杀戮族人。我听了这些话以后便对元昊感到很惊异，于是就让人画出他的相貌给我看，一看果真是一个奇伟男子。如果德明死了，他这儿子必将成为中原国家的祸患，到那时，岂不就是你出任枢密使的时候了？你何不现在就开始学习兵法研究边境事务呢？"王鬷虽然接受教悔，大概也未必相信而没太放在心上。后来王鬷果然与张观、陈执中一同在中枢府执事。直到元昊反叛，杨义上书议论军事对策，皇上问他们三人有何建议，他们都不知道该怎样回答，于是这三人就都被罢免了。因为王鬷的孙子是我弟弟子由的女婿，所以我知道了这件事。

高丽

【原文】

昨日见泗倅①陈敦固道言："胡孙作人状，折旋俯仰中度②，细观之，其相侮慢也甚矣。人言'弄胡孙'，不知为胡孙所弄！"其言颇有理，故为记之。又见淮东提举黄实言："见奉使高丽人言：所致赠作有假金银锭，夷人皆坼③坏，使露胎素，使者甚不乐。夷云：非敢慢也，恐北虏有觇④者以为真尔。"由此观之，高丽所得吾赐物，北虏皆分之矣。而或者不察，谓北虏不知高丽朝我，或以为异时可使牵制北虏，岂不误哉！今日又见三佛齐⑤朝贡者过泗州，官吏妓乐，纷然郊外，而椎髻兽面，睢盱⑥船中。遂记胡孙弄人语良有理，故并记之。

【注释】

①倅（cuì）：副职，辅助的。此为通判，辅助知州的职务。

②胡孙：亦叫猢狲，猴的别名。折旋（shé xuán）：曲行。古代行礼时的动作。中度：合适的尺度。

③坼（chè）：本义为裂开，分裂。

④北虏：是古代对北方匈奴等少数民族的蔑称。觇（chān）：意思是看，偷偷地察看。

⑤三佛齐：古国名。刘宋孝武帝时，常遣使奉贡，梁武帝时数至，宋名三佛齐，修贡不绝。三佛齐国，在南海之中，诸蕃水道之要冲也。

⑥睢盱（huī xū）：睁眼仰视的样子。

【译文】

昨日见到泗州通判陈敦固道，他说："你看猢狲装作人相互行礼的样子，其行礼时曲行俯仰都体现出合适的尺度，但仔细观察它，就能看出它的面相态度是相当傲慢的了。人们总说'戏弄猢狲'，但却不知道自己正被猢狲所戏弄！"他说的这些话很有道理，因此我特意将它记了下来。又听见淮东提举黄实说："奉命出使高丽的人回来说：自从所招致相互赐赠礼物中兴起馈赠假金银锭以来，夷人收到馈赠之后都事先砸裂弄坏一块，使金银锭露出里面的胎素本相，我们的使者因此很不高兴。夷人说：不是我们斗胆侮慢使者，而是唯恐北虏有前来窥伺的人，让他们以为这些都是真品而已。"由此看来，高丽人从我们这里得到的赐物，北虏之人都会前来瓜分了。而有的人并没有察觉这件事，还以为北虏不知道高丽已经向我们朝贡，更有的人以为将来某一时刻，或许可以依靠高丽人牵制北虏，这岂不是会误了大事吗？今天我又看见三佛齐派遣而来的朝贡者经过泗州，官吏用以歌妓礼乐来欢迎他们，致使郊外热闹非凡，而那些朝贡者各个头上结着椎髻，面相如野兽，悠然坐在船上睁眼仰视。于是忽然想起"猢狲弄人"那句话，真的是很有道理，所以把二者都一并记下来了。

高丽公案

【原文】

元祐五年二月十七日，见王伯虎炳之①言："昔为枢密院礼房检详文字，见高丽公案。始因张诚一使契丹②，于虏帐中见高丽人，私语本国主向慕中国之意，归而奏之，先帝始有招徕③之意。枢密使吕公弼因而迎合，亲书劄④子乞招致，遂命发运使崔极遣商人招之。"天下知非极，而不知罪公弼。如诚一，盖不足道也。

【注释】

①王伯虎炳（bǐng）之：王伯虎，字炳之。宋朝枢密院执事。

②契丹：辽国是中国历史上由契丹族建立的封建王朝，共传九帝，享国二百一十八年。

③招徕（lái）：招揽，招募。

④劄（zhá）：同"札"。旧时的一种公文。

【译文】

元祐五年二月十七，我听见王伯虎炳之说："以前我出任枢密院礼房检详文字，曾经看见与高丽往来的公案。其实，最初是因为张诚一出使契丹，在契丹人的帐幕之中遇见了高丽人，高丽人私下里对他说出高丽国主有向慕中原大国的意念，回国后，张诚一就把这件事上奏了皇上，先帝这才开始有招募高丽国的想法。枢密使吕公弼以此便迎合皇上旨意，亲自书写文书，主动请求高丽国应允大宋国的招徕之意，随后命令发运使崔极派遣商人前去邀请。"天下人都知道这件事是极其不对的，但却不知道错在吕公弼。至于像张诚一，在这件事中扮演的角色实在是微不足道的。

卷四

古迹篇

铁墓、厄台

【原文】

余旧过陈州①，留七十余日，近城可游观者无不至。柳湖旁有丘，俗谓之"铁墓"，云陈胡公②墓也，城濠水注啮③其址，见有铁锢④之。又有寺曰"厄台⑤"，云孔子厄于陈、蔡所居者，其说荒唐，在不可信。或曰东汉陈愍王宠⑥"散弩台"，以控黄巾者，此说为近之。

【注释】

①陈州：地名，周初为陈国，春秋时被楚国所灭，在今河南周口一带。

②陈胡公：也称胡公满、名满，字少汤，舜帝之后，周朝诸侯国陈国的开国君主。

③啮（niè）：咬。此处形容水流冲击貌。

④锢（gù）：铸塞。

⑤厄台：古迹名。在今河南省淮阳县南。相传为孔子行经陈蔡两国断粮处。

⑥陈愍（mǐn）王宠：陈愍王刘宠。陈孝王刘承之子，东汉宗室、诸侯王。刘宠勇猛过人，善使弓弩，箭法高超。在其父刘承死后，继承陈王爵位。

【译文】

我从前经过陈州时，逗留了七十多天，城池附近可游玩观赏的景致没有没走到的了。柳湖畔有个小山丘，民间都叫它"铁墓"，据说这是陈国的开国君主陈胡公之墓，护城河的水流不断冲击侵蚀这墓地遗址，现在能看见有人用铁铸塞地基，"铁墓"也因此而得名。当地还有一座寺院名叫"厄台"，据说是孔子游说列国被困厄于陈、蔡两国时所居住的地方，我觉得这种说法甚是荒唐，实在是不足为信。也有人说"厄台"本是东汉陈愍王刘宠时期所建的"散弩台"，他当时就是依靠这一堡垒对抗黄巾军起事的，我认为这个说法比较接近事实。

黄州隋永安郡

【原文】

昨日读《隋书·地理志》，黄州乃永安郡①。今黄州东十五里许有永安城，而俗谓之"女王城"，其说甚鄙野②。而《图经》以为春申君③故城，亦非是。春申君所都，乃故吴国，今无锡惠山上有春申庙，庶几④是乎？

【注释】

①永安郡：地名，在今山西霍州市。

②鄙野：粗鄙浅陋。

③春申君：这里指黄歇，楚国江夏人，生于江夏郡，楚国大臣，曾任楚相。黄歇游学博闻，善辩。楚考烈王元年，以黄歇为相，赐其淮河以北十二县，封为春申君。与魏国信陵君魏无忌、赵国平原君赵胜、齐国孟尝君田文并称为"战国四公子"。

④庶几：或许可以；大概，差不多。表示希望或推测。

【译文】

昨天读《隋书·地理志》，说黄州便是永安郡。如今黄州城东十五里左右的地方有一座永安城，但在民间俗称之为"女王城"，这种说法似乎太鄙陋粗俗。《图经》中认为黄州是昔日春申君的封地，这也不正确。春申君所拥有的封地其实在旧时吴国，如今在无锡惠山上就有一座春申庙，大概这就是一个很好的证明吧？

汉讲堂

【原文】

汉时讲堂①今犹在，画固俨然②。丹青③之古，无复前比。

【注释】

①讲堂：汉代的讲经之堂。

②俨然（yǎn rán）：庄重、严肃；形容整齐的样子。

③丹青：本意是红色和青色的颜料。后来泛指绘画。

【译文】

汉朝时期的讲经堂如今仍然存在，讲堂墙壁上的壁画显得庄重整齐。不过，绘画所用的丹青的色彩已经老旧不堪，无法再与以前相媲美了。

记樊山

【原文】

自余所居临皋亭下，乱流而西，泊于樊山，为樊口，或曰"燔①山"，岁旱燔之，起龙致雨；或曰樊氏居之，不知孰是。其上为卢州，孙仲谋泛江遇大风，舵师请所之，仲谋欲往卢洲，其仆谷利以刀拟舵师②，使泊樊口。遂自樊口凿山通路归武昌，今犹谓之"吴王岘③"。有洞穴，土紫色，可以磨镜。循山而南至寒溪寺，上有曲山，山顶即位坛、九曲亭，皆孙氏遺迹。西山寺泉水白而甘，名菩萨泉，泉所出石，如人垂手也。山下有陶母庙④，陶公治武昌，既病登舟，而死于樊口。寻绎⑤故迹，使人凄然。仲谋猎于樊口，得一豹，见老母曰："何不逮其尾？"忽然不见。今山中有圣母庙，予十五年前过之，见彼板仿佛有"得一豹"三字，今亡⑥矣。

【注释】

①临皋（gāo）亭：地名，苏轼曾迁居于此地。樊（fán）山：山名。燔（fán）：焚烧。

②拟：本义为揣度，猜测。这里指胁迫。谷利：三国吴人。原为孙权的奴隶，后为孙权左右给事、亲近监，因秉性忠烈果敢，不苟言笑而受孙权宠信。逍遥津之战因救主有功，被拜为都亭侯。柂（yí）师：是指船上掌舵的人。

③岘（xiàn）：小而高的山岭。

④陶母庙：这里指陶侃之母湛氏的庙。陶公：这里指陶侃，字士行。本为鄱阳郡枭阳县（今江西省都昌）人，后徙居庐江郡寻阳县。东晋时期名将。

⑤寻绎：寻求，探索。

⑥亡：丢失，消失。

【译文】

从我所居住的临皋亭顺流而下，一直向西漂游，便能停泊在樊山之地，这里就是樊口，有人将它称为"燔山"，每当大旱之年在此烧山，那滚滚烟雾腾空而起就会招来雨龙降雨；也有人说樊山是因为有樊氏在此居住而得名，但不知谁的说法是正确的。自樊山逆流而上便是卢州，当年东吴孙权一行人泛舟江上突遇大风浪，舵手询问孙权此行所要前往的地方，孙权执意想去往卢州，但孙权家仆谷利揣测风浪中行船危险，便以刀胁迫舵手将船停在樊口。随后，孙权命人从樊口开凿山峦疏通道路才回到武昌，如今这里仍然被称作"吴王岘"。岘上有洞穴，土质为紫色，可以用来磨镜。顺着山道向南行就可以到达寒溪寺，再往上行就是曲山，曲山顶上便是即位坛、九曲亭，这些都是东吴孙权遗留下来的古迹。西山寺的泉水清冽甘甜，名为菩萨泉，泉水从山石上流过，露出来的石头形似人手垂下的样子。山下有座陶母庙，正是陶侃所建，想当年，陶公曾掌管武昌之地，患病以后上表逊位，离开武昌乘船途中，却死在了樊口。现在探寻陶公遗迹，不禁使人凄凉感伤。孙权曾经于樊口游猎，猎得一只豹，忽然出现一位老妇，妇人对他说："何不逮其尾？"说完便瞬间消失了。现如今山中仍有圣母庙，我十五年前曾经到过这里，记得那墙壁上有块板子上写着"得一豹"三个字，但现在已经消失不见了。

赤壁洞穴

【原文】

黄州守居之数百步为赤壁，或言即周瑜破曹公处，不知果是否？断崖壁立，江水深碧，二鹘①巢其上，有二蛇，或见之。遇风浪静，辄乘小舟至其下，舍舟登岸，入徐公洞。非有洞穴也，但山崦②深邃耳。《图经》云是徐邈，不知何时人，非魏之徐邈也。岸多细石，往往③有温莹如玉者，深浅红黄之色，或细纹如人手指螺纹也。既数游，得二百七十枚，大者如枣栗，小者如芡实④，又得一古铜盆盛之，注水粲然⑤。有一枚如虎豹首，在口鼻眼处，以为群石之长。

【注释】

①鹘（hú）：鸷鸟名，即隼。部分隼属动物的旧称。

②崦（yān）：泛指山。

③徐邈：字景山。燕国蓟县（今北京市附近）人。三国时期曹魏重臣。往往：处处；到处。

④芡实：一种水生植物，茎叶都有刺，果实叫芡实，亦称"鸡头"。

⑤粲（càn）然：形容明亮、鲜明的样子。

【译文】

距离黄州太守所居住之处数百步的地方就是赤壁，有人说这就是周瑜打败曹操大军之处，但不知是不是果真如此呢？抬眼望去，只见两岸的断崖仿佛插入云端的墙壁耸立着，滔滔江水深而幽碧，传说有一对鹘鸟在这崖壁之上筑巢，有时候还能依稀看到有两条大蛇盘踞在那里。正巧遇到风平浪静之时，我就赶紧乘一只小船来到赤壁之下，离开小船登上江岸，随后进入徐公洞。所谓的徐公洞，并不是真正有洞穴，只是一道较为深邃的山坳而已。《图经》中记载，徐公便是徐邈，不知是什么朝代的人，但肯定不是三国时期魏国的重臣徐邈了。岸滩上有很多小石头，温润晶莹宛如玉石，有深浅不一的红黄之色，还有的布满细纹就像人手指上的螺旋纹络。经过几次游历之后，我共拾得二百七十多枚小石头，其中大的如枣、栗子般，小的则只如芡实般，后来又取来一个古铜盆盛放这些彩石，放入水以后再观看，无比鲜亮晶莹。其中有一枚形似虎头豹首的，眼睛口鼻俨然生动地嵌在这小石头上，完全可以说是群石中最美的了。

玉石篇

辨真玉

【原文】

今世真玉甚少，虽金铁不可近，须沙碾而后成者，世以为真玉矣，然犹未也，特珉①之精者。真玉须定州磁芒②所不能伤者，乃是云。问后苑老玉工，亦莫知其信否。

【注释】

①珉（mín）：像玉的石头，美石。

②定州磁芒：定瓷复烧的技术。在定州有定州窑，制瓷业兴盛，位居中国宋代五大名窑之首，是中国北方著名的白瓷窑址。

【译文】

当今世上货真价实的玉石很少，人们普遍认为，虽然金属、铁器坚硬但也无法靠近它加以雕琢，而是必须用细沙研磨碾压之后方能成型，世人认为只有这样才能成为真正的玉，然而这还不是上好的美玉，只不过是珉石中的精品罢了。真正的美玉必须是以定窑复烧的方法都不能将其损伤的，才能称为美玉。我曾询问过后苑的老玉工，但他们也不知道这种说法是否可信。

红丝石

【原文】

唐彦猷①以青州红丝石为甲。或云："惟堪作骰盆②，盖亦不见佳者。"今观雪庵所藏，乃知前人不妄许③尔。

【注释】

①唐彦猷（yóu）：唐询，字彦猷，钱塘（今杭州）人，喜好书法，喜欢收藏。北宋天圣年间，应诏献文章，后以太常博士知归州、任御史。

②骰（tóu）盆：盛骰子的盆。骰子，俗称"色（shǎi）子"。

③许：认可，称赞。

【译文】

唐彦猷认为青州红丝石可以称为天下第一。有人质疑说："红丝石只适合用作盛骰子的盆，根本没看出它有什么好的地方。"现在观看雪庵的藏石，这才知道前人并不是在胡乱称赞它了。

井河篇

筒井、用水鞴①法

【原文】

蜀去海远，取盐于井。陵州井②最古，淯井、富顺盐③亦久矣，惟邛州④蒲江县井，乃祥符中民王鸾⑤所开，利入至厚。自庆历、皇祐以来，蜀始创"筒井"，用圜⑥刃凿如碗大，深者数十丈，以巨竹去节，牝牡⑦相衔为井，以隔横入淡水，则咸泉自上。又以竹之差小者出入井中为桶，无底而窍其上，悬熟皮数寸，出入水中，气自呼吸而启闭⑧之，一筒致水数斗。凡筒井皆用机械，利之所在，人无不知。《后汉书》有"水鞴"，此法惟蜀中铁冶用之，大略似盐井取水筒。太子贤⑨不识，妄以意解，非也。

【注释】

①水鞴（bèi）：即水排。指水受压而喷涌奔流。

②陵州井：即陵州盐井。北宋熙宁五年设置，因有盐井相传为东汉张道陵所开得名。在今四川省辖境。

③淯（yù）井：井泉名。在今四川长宁。据说泉有两脉，一淡一咸、可煎盐。塞一脉，水皆不流，又叫雌雄井。富顺盐：在今四川境内的盐井。

④邛（qióng）州：地名，南朝梁设置。在今四川。

⑤王鸾（luán）：古人名。

⑥筒井：取盐方法之一，以直立粗大的竹筒吸卤的盐井。圜（yuán）：圆形。

⑦牝（pìn）牡：雌雄。

⑧启闭：开关。

⑨太子贤：唐章怀太子李贤，字明允，唐高宗李治第六子。曾召集文官注释《后汉书》。

【译文】

　　川蜀之地距离大海比较远，所以他们只能在井里面提炼食盐。陵州的盐井历史最为古老，淯井以及富顺盐井也历时久远了，只有邛州浦江县的盐井，是在大宋祥符年间由平民王鸾所开采，获利颇为丰厚。自宋朝庆历、皇祐年以后，蜀地才开始创建"筒井"取盐的方法，就是用环形刀刃在地面开凿如同碗口大小的圆孔，然后环绕四周一圈圈扩大加深，开凿出数十丈深的穴井，再将极其壮硕的竹子砍去竹节，然后采用雌雄相间的方法衔接起来筑成井筒，以此来将横贯而入的淡水隔住，这样一来咸水就会自竹筒而上泉涌出来。再用比井筒小一些的水桶出入井中做汲水桶，但水桶要无底而且钻有数孔，然后将数寸熟牛皮覆盖其上，使其不断出入水中，这时筒中的气压变化会使牛皮自然闭合开启，一次便可盛出数斗的水。大凡筒井都采用这种机械的方法，因其所能获得的利益所在，因此其中的秘诀无人不知。《后汉书》中记载了"水鞴"法，这种方法只有蜀地冶炼铜铁的时候才使用，大略的原理与盐井取水筒之法类似。章怀太子李贤召集文官注释《后汉书》时不理解其意，妄自以自己想法胡乱曲解，那是不对的。

汴河斗门

【原文】

　　数年前朝廷作汴河斗门以淤田①，识者皆以为不可，竟为之，然卒亦无功。方樊山水盛时放斗门，则河田坟墓庐舍皆被害②，及秋深水退而放，则淤不能厚，谓之"蒸饼淤"，朝廷亦厌之而罢。偶读白居易《甲乙判》，有云："得转运使^③以汴河水浅不通运，请筑塞^④两河斗门，节度使以当管营田悉在河次^⑤，在斗门筑塞，无以供军。"乃知唐时汴河两岸皆有营田斗门，若运水不乏，即可沃灌。古有之而今不能，何也？当更问知者。

【注释】

①汴河：汴水，在今河南境内。斗门：堤堰所设宣泄暴涨洪水的闸门。淤田：用泥沙冲水浇地。

②害：祸害，殃及。

③转运使：官名。中国唐代以后各王朝主管运输事务的中央或地方官职。北宋前期转运使职掌扩大实际上已成为一路之最高行政长官。

④筑塞：筑堤坝堵塞。

⑤营田：屯田。从汉代开始，国家利用军人、农民、商人垦种土地。征取收成以为军饷，称为屯田。河次：紧挨着河的地方。

【译文】

几年前，朝廷曾修建汴河堤堰水闸以此来贮引淤泥灌溉水田，增加肥力。熟知汴河地理的有识之士都认为此法不可行，但朝廷执意这样做，然而最后还是没能达到改善瘠土的功效。因为正当樊山洪水暴涨之时放开堤堰水闸，那么沿河的稻田、坟墓、屋舍都被祸害无遗，等到深秋洪水退下时再放开堤堰闸门，就会发现淤泥沉积不够厚实，只有薄薄的一层而被称作"蒸饼淤"，因此朝廷也感到厌恶而放弃施行此法。我偶然阅读到白居易的《甲乙判》，其中有这样的说辞："得知转运使因为汴河水浅而不能开通漕运，所以请示朝廷修筑堤坝阻塞汴河、淮河的堤堰水闸，而节度使因为当时自己所管辖的兵营屯田都在靠近两河之地，如果在那里修筑堤堰水闸阻塞河水，将无法继续屯田供养军队。"然而后来得知唐朝时汴河两岸都有屯田和堤堰水闸，如若航运之水不缺乏之时，便可以大量灌溉农田。古代能有这样完美的做法而今天却行不通了，这是为什么呢？这更应当去问问当朝执政者了。

卜居篇

太行卜居①

【原文】

柳仲举自共城②来，抟③大官米作饭食我，且言百泉④之奇胜，劝我卜邻。此心飘然已在太行之麓⑤矣！元祐三年九月七日，东坡居士书。

【注释】

①卜居：用占卜选择定居之地。后泛指择地定居。

②共城：隋朝开皇六年置，治所在今河南省辉县。

③抟（tuán）：本意是指凭借，这里指把米饭揉弄成团。

④百泉：地名，在今河南省辉县西北，因湖底泉眼无数而得名，又名珍珠泉。

⑤麓（lù）：山脚下。

【译文】

柳仲举（矩）从共城而来，揉弄了一些"大官米"饭团送给我吃，令我一饱口福，并且对我说起百泉的奇观胜景，劝我随他到共城择邻而居。当时我的心不禁飘飘然已经飞往太行山的东麓了！东坡居士记于元祐三年九月初七。

范蜀公呼我卜邻

【原文】

范蜀公呼我卜邻许下^①，许下多公卿，而我蓑衣箬笠，放荡于东坡之上，岂复能事公卿哉？居人久放浪，不觉有病，或然持养^②，百病皆作。如州县久不治，因循苟简^③，亦曰无事，忽遇能吏，百弊^④纷然，非数月不能清净也。要且^⑤坚忍不退，所谓一劳永逸也。

【注释】

①范蜀公：范镇，字景仁，华阳人，北宋文学家、史学家，翰林学士。卜邻：选择邻居。许下：古地名。今河南省许昌。

②箬笠（ruò lì）：用箬叶或竹篾编制的宽边帽，箬同"箬"。持养：保养。

③苟简：苟且而简略。

④能吏：有才能的官吏。百弊：弊病多。

⑤要且：却是，倒不如。表示转折语气。

【译文】

范蜀公叫我到许下择邻而居，听说许下多是公卿贵族聚居之地，可我只是一个披蓑戴笠的乡野村夫，整日放浪形骸于东坡之上，又怎能再去侍奉那些公卿贵族呢？如果一个人放浪形骸时间久了，也就不觉得有什么痛苦了，或许忽然间再进行保养节制之事，反倒是各种病痛都会伺机发作了。这就像州县倘若长时间不加以治理，大家都沿袭遵照旧例苟且而简略为生，也可以称得上是太平无事，但如果忽然遇到一个有才能的官吏，要想将纷繁杂乱的百种弊端拨乱革除，那么没有几个月是不可能清除干净的。所以说，倒不如坚韧持守而不退让妥协，成就所谓的一劳永逸了。

合江楼下戏

合江楼①下，秋碧②浮空，光摇③几席之上，而有茅店庐屋七八间，横斜砌下。今岁大水再至，居人散避不暇。岂无寸土可迁，而乃眷眷不去④，常为人眼中沙乎？

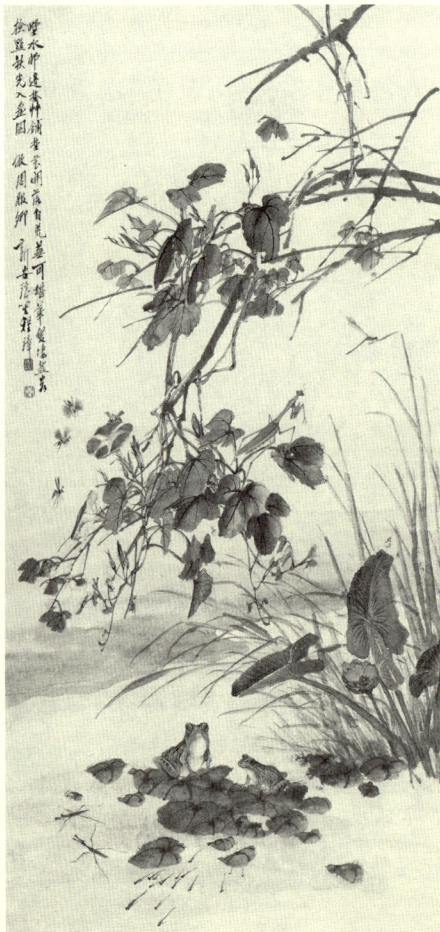

【注释】

①合江楼：古代名楼，在今广东惠州府的东北部，东江和西枝江的合流处，为广东六大名楼之一。

②碧：青蓝色。

③光摇：水光摇曳。光：指合江的波光。

④眷眷不去：恋恋不舍。

【译文】

合江楼下，一派秋色深沉，晴空碧洗，浮光泛泛，光影摇曳于几案坐席之上，而楼外有茅庐草舍七八间，疏疏离离，纵横交错着一直堆砌到楼阶之下。今年的洪水再次突然到来，居住在茅屋里的人家来不及疏散而躲避不暇。难道是没有可以迁往的寸土之地，故而才恋恋不舍离去，如此成为他人眼中的沙粒吗？

名西阁

元丰七年冬至，过山阳^①，登西阁，时景繁^②出巡未归。轼方乞归常州，得请，春中方当复过此。故有阁欲名，思之未有佳者。蔡谟^③、廓，名父子也，晋、宋间第一流，辄以仰公家，不知可否？

【注释】

①山阳：山阳郡，古代郡名，西汉始置，治所在今江苏淮安县。

②景繁：蔡承禧，字景繁，临川人。时为淮南计度转运副使。

③蔡谟（mó）：字道明。陈留考城（今河南省民权县）人。东晋时期重臣。家族世代名门。他的曾祖蔡睦，在曹魏时期任尚书。祖父蔡德，官至乐平太守。父亲蔡克，是当时的名士。

【译文】

元丰七年的冬至时节，我经过山阳郡，登上西阁，正值景繁外出巡视尚未回来。于是我请求先回常州，获得准许以后，因而有了正当春天过半之时能够再次经过此地的因缘。早就有想为此阁命名的想法，思来想去始终都没有最佳的名字。蔡谟、蔡廓，都算是盛名之家的完美之人了，家世显赫，在晋代与宋代之间都是名流显贵，就从此间典故寻思阁名，也可彰显蔡家祖上光耀，不知是否可行呢？

亭堂篇

临皋闲题

【原文】

临皋亭下八十数步①，便是大江，其半是峨嵋雪水，吾饮食沐浴皆取焉，何必归乡哉！江山风月，本无常主，闲者便是主人。闻范子丰新第②园池，与此孰胜？所以不如君子，上无两税③及助役钱尔。

【注释】

①临皋亭下八十数步：苏集"八十数步"作"不数十步"。

②第：封建社会官僚贵族的大宅子。古时帝王赐给臣子的房屋有甲乙次第，所以房屋称"第"。

③两税：这里指唐代杨炎制定的两税法，规定不按人丁纳税，而是按亩纳税，分夏秋两季纳税。助役钱：王安石变法后，实行免役法，原先不负担差役的坊郭户、女户、单丁、寺规、品观户等，按规定额半数缴纳助役钱，充官府雇役的费用。

【译文】

从临皋亭下行大约八十步，便是大江。大江之水有一半是来自峨眉山积雪消融的雪水，我平日里饮食沐浴都取自故乡之水，大可慰藉我的思乡之情，又何必一定要回归家乡呢！江山风月，本来就没有固定不变的主人，只要拥有悠闲心态看俗世便可成为盛景之主。听闻范子丰新建成房屋园池，但不知与这江畔旧亭相比哪个会更胜一筹？我想，我所能赖以相比而不如范子丰之处的，只是他那里没有两税以及助役钱罢了。

名容安亭

【原文】

陶靖节云^①："倚南窗以寄傲，审^②容膝之易安。"故常欲作小轩^③，以容安名之。

【注释】

①陶靖节：即陶渊明，晋朝诗人。

②审：明白，知道。

③轩：有窗户或走廊的小屋子。

【译文】

陶渊明说："斜倚南窗以寄托傲世之情，明白一间茅屋足矣容膝，便深感安适原本很容易。"因此我也常想搭建一间轩窗小屋，并以"荣安"为其命名。

陈氏草堂

【原文】

慈湖陈氏草堂，瀑流出两山间，落于堂后，如悬布崩雪，如风中絮，如群鹤舞。参寥子^①问主人乞此地养老，主人许之。东坡居士投名作供养主，龙丘子欲作库头^②。参寥不纳，云："待汝一口吸尽此水，令汝作。"

【注释】

①参寥子：宋僧道潜的别号。道潜，善诗，与苏轼、秦观结为诗友。

②龙丘子：即陈慥（zào），字季常，北宋眉州（今四川青神）人，一

说永嘉（浙江今县）人，陈希亮第四子。库头：副寺之旧称，掌管寺庙的出纳者。

在慈湖一带有一座陈氏草堂，附近有一条飞瀑出于两山之间，飞落于草堂之后，那瀑布飞泻如白练高悬，亦如积雪崩绽，宛如风中飞絮悠扬，又如群鹤起舞翩跹。诗友参寥子向草堂主人请求能否借用此地养老，主人答应了他。随后，我投贴拜见，请求做他的供养主，龙丘子也打算前去做那草堂中掌管出纳的库头。可是参寥子一概不接纳，说："等你们能一口吸尽这瀑布之水，我就让你们的想法如愿。"

雪堂问潘邠老^①

【原文】

苏子得废园于东坡之胁，筑而垣②之，作堂焉，号其正曰"雪堂"。堂以大雪中为，因绘雪于四壁之间，无容隙也。起居偃仰，环顾睥睨③，无非雪者，苏子居之，真得其所居者也。苏子隐几而昼瞑，栩栩然若有所适，而方兴也，未觉，为物触而寤④。其适未厌也，若有失焉，以掌抵目，以足就履，曳于堂下。

客有至而问者，曰："子世之散人耶？拘人⑤耶？散人也而未能，拘人也而嗜欲深。今似系马止也，有得乎？而有失乎？"苏子心若省而口未尝言，徐思其应，揖而进之堂上。客曰："嘻，是矣！子之欲为散人而未得者也。予今告子以散人之道：夫禹之行水，庖丁之提刀⑥，避众碍而散其智者也。是故以至柔驰至刚，故石有时以泐⑦；以至刚遇至柔，故未尝见全牛也。予能散也，物固不能缚；不能散也，物固不能释。子有惠矣，用之于内可也，今也如猬之在囊，而时动其脊胁，见于外者不特一毛二毛而已。风不可拘⑧，影不可捕，童子知之。名之于人，犹风之与影也，子独留之。故愚者视而惊，智者起而轧^⑨。吾固怪子为今日之晚也，子之遇我，幸矣！吾今邀子为藩外^⑩之游，可乎？"

【注释】

①雪堂：苏轼在黄州，寓居于临皋亭，在东坡建雪堂。潘邠（bīn）老：潘大临，字邠老，宋代江西派诗人，湖北黄州（今属黄冈市）人。

②胁：此借指旁边。垣（yuán）：矮墙；城。此用作动词。

③睥睨（pì nì）：斜着眼看，侧目而视。

④隐几：斜倚几案。昼暝：白天睡觉。栩栩然：欢喜自得的样子。寤（wù）：觉悟；睡醒。

⑤散人：指的是闲散不为世所用的人。拘人：指的是有所拘束、有所顾忌的人。

⑥庖（páo）丁之提刀：语出《庄子·养生主》。庖丁指的是梁惠王时期一位善宰牛的厨师，刀法娴熟，故十九年刀刃无损。

⑦泐（lè）：石头依其纹理而裂开。

⑧抟（tuán）：把东西捏聚成团。

⑨轧：倾轧，排挤。

⑩藩（fān）外：指世外。藩：藩篱，篱笆。

【译文】

我在临皋亭东坡旁边找到了一个废弃的田园，于是就在那里修筑了围墙，并修建了一个堂屋，然后为正堂命名"雪堂"。因为这厅堂是在下大雪的时候修建的，因此就在四周的墙壁上画满了大雪纷飞的景色，没有留下一点空隙。在这里起居坐卧，无论是俯身仰望，还是环顾四周或侧目而视，看到的都是雪景，我住在这里，真可谓是得我所愿而居了。我斜倚着几案大白天里闭目养神，感觉欢喜自得，仿佛没有什么能比这更舒适的了，然而正在兴致酣浓，还没睡醒的时候，不知被什么东西触碰而惊醒。这种舒适不会让人感觉厌倦，但醒来时却会让人觉得若有所思，我用手掌斜挡着眼睛，把脚穿进鞋子，拖着脚跟摇摇晃晃就来到了堂下。

这时有客人来访，问我："你是这世上闲散之人吗？或者是受拘束的人吗？依我看，说你是闲散的人却也不对，说你是受拘束的人，可你却还是嗜好欲望都很深切。现在你就像是被系住的马一样静止不动，那么你有想得到的东西吗？而又有什么失去的吗？"我心中似乎有所醒悟，但口中又无法尝试说出什么，于是我慢慢思索该怎样应答客人，便拱手作揖之后把客人让到堂上。客人说："哈，是啊！你是一个想成为散人却没有做到的人。我今天就告诉你如何做散人之道：这就像大禹治水、庖丁操刀解牛一样，都是避开种种阻碍同时发散自身智慧而做到的。这是因为以至柔之势逐击至刚之石，才会有那石头依其纹理而裂散之时；而因为是至刚的刀刃遇到至柔的肉身，之所以能把牛肢解而不损伤刀刃，那是心中未曾有过全牛概念的缘故。我能做到内心闲散，那么身边的事物固然无法束缚我；我内心不能做到闲散，那么对身边的事物固然会无法释怀。你是有智慧的人，在内心运用它们就可以了，如今你就像一只困在袋囊中的刺猬，时不时地动一动脊背腰身，那么外人所看见的就不仅仅是一两根针刺而已了。风不能被捏聚成团，影子不可能被捕捉，这是小孩子都知道的事情。名声对于人来说，就像是风和影子，而你却偏偏要把它们留下。所以愚笨的人看到之后很惊奇，智慧的人就会排斥它。我原本责怪你到今日还没有觉悟这个道理真是太晚了，但如今你能遇见我，真是幸运啊！我现在就邀请你和我一起到世外去游赏，你看是否可行呢？"

【原文】

苏子曰："予之于此，自以为藩外久矣，子又将安之乎？"客曰："甚矣，子之难晓也！夫势利不足以为藩也，名誉不足以为藩也，阴阳不足以为藩也，人道不足以为藩也，所以藩子①者，特智也尔。智存诸内，发而为言，则言有谓也，形而为行，则行有谓也。使子欲嘿②不欲嘿，欲息不欲息，如醉者之恚③言，如狂者之妄行，虽掩其口，执其臂，犹且喑呜局蹴之不已④。则藩之于人，抑又固矣。人之为患以有身，身之为患以有心。是圃之构堂，将以佚⑤子之身也；是堂之绘雪，将以佚子之心也。身待堂而安，则形固不能释；心以雪而警，则神固不能凝。子之知既焚而烬⑥

矣，烬又复然，则是堂之作也，非徒无益，而又重子蔽蒙也。子见雪之白乎？则恍然而目眩。子见雪之寒乎？则竦然⑦而毛起。五官之为害，惟目为甚，故圣人不为。雪乎雪乎，吾见子知为目也，子其殆⑧矣！"

客又举杖而指诸壁，曰："此凹也，此凸也。方雪之杂下也，均矣，厉风过焉，则凹者留而凸者散。天岂私于凹凸哉？势使然也。势之所在，天且不能违，而况于人乎！子之居此，虽远人也，而圃有是堂，堂有是名，实碍人耳，不犹雪之在凹者乎？"

【注释】

①籊子：原作"藩予"，从张本、商本改。

②嘿：静无声。

③恚（huì）：怨恨、愤怒。

④喑呜（yīn wū）：悲咽。局蹙（jú cù）：徘徊不前，窘迫不安的样子。不已："不"原作"而"，据苏集、商本改。

⑤佚（yì）：通"逸"。安逸；弃置。

⑥烬（jìn）：灰烬。指物体燃烧后剩下的东西。

⑦竦然（sǒng）：惊悚，惊惧貌。竦：通"悚"。

⑧殆（dài）：危险。

【译文】

我说："我来到这里居住，自认为已经身在世外生活很久了，你又将带我到哪里去呢？"客人说："太过了，看来你是很难明白其中道理了！那权势与利禄都不足以称为人世藩篱，名誉也不足以称为人世藩篱，阴阳也不足以称为人世藩篱，就连为人之道也不足以称为人世藩篱，所能成为藩篱束缚你的，只是你的智慧而已。把那些智慧存在心里，生发出来的便是言语，那么说出来的话就有道理了，把言语转化成行动，那么行动也就有意义了。想让你沉默无声又不愿沉默，想让你止息又不愿止息，这就像喝醉酒的人胡乱说些愤怒的话，又像癫狂的人做出狂妄行为，即使你捂住他的嘴，抓住他的手臂，他还是会悲咽躁动挣扎不停。那么人世的藩篱对于人来说，就是想抑制反而根深蒂固了。其实，人所为之忧患的是自己的身躯，而使身躯忧患的是因为内心。现在你在这个园圃中构建厅堂，是想依靠这里让你的身体得到安逸舒适；在厅堂里绘画雪景图，是想让你的内心得以安逸舒适。你的身体待在这样的雪堂中感觉安逸，那么形骸就会被禁锢而不能得以释放；你的内心依赖雪的洁白而进行自我告诫，那么神思就会固化而不能凝聚升华。你知道物体焚烧之后就会变成灰烬，然而灰烬有时还会重新燃烧起来，那么这座厅堂的建造，不但是徒劳而且还是无益的，反而会加重对你的蒙蔽了。你看见雪的白了吗？然而那种白恍惚得让人感到眼睛眩晕。你感觉到雪的寒冷了吗？那种寒冷令人惊悚而汗毛竖起。五官对人的妨害，唯独眼睛最为严重，所以圣人从来不用眼睛去感知。白雪啊白雪，我看你只知道用眼睛去看事物，你这是极其危险了！"

客人又举起手杖指着周围的墙壁，说："这里凹下了，这里又凸起来了。其实，一开始大雪纷纷扬扬地飘落，是均匀的，可是大风吹过的地方，就会出现凹地雪留而凸地之雪被吹散的情景。难道是上天有私心而有意制造凹凸现象吗？那纯粹是因地势不平造成的。地势差异的存在，上天尚且都不能违背，更何况是人呢！你居住在这里，虽然远离了世人，但园圃里有这个厅堂，厅堂又有这样的名字，实在是妨碍了你呀，这不正犹如雪陷在凹地里一样吗？"

【原文】

苏子曰："予之所为，适然而已，岂有心哉？殆也，奈何？"客曰："子之适然也？适有雨，则将绘以雨乎？适有风，则将绘以风乎？雨不可绘也，观云气之汹涌，则使子有怒心；风不可绘也，见草木之披靡①，则使子有惧意。睹②是雪也，子之内亦不能无动矣。苟有动焉，丹青之有靡丽，水雪之有水石，一也。德有心，心有眼，物之所袭，岂有异哉！"苏子曰："子之所言是也，敢不闻命？然未尽也，予不能默，此正如与人讼者，其理虽已屈，犹未能绝辞者也。子以为登春台与入雪堂，有以异乎？以雪观春，则雪为静；以台观堂，则堂为静。静则得，动则失。黄帝，古之神也，游乎赤水之北，登乎昆仑之丘，南望而还，遗其玄珠焉。游以适意也，望以寓情也。意适于游，情寓于望，则意畅情出而忘其本矣，虽有良贵③，岂得而宝哉？是以不免有遗珠之失也。虽然，意不久留，情不再至，必复其初而已矣，是又惊其遗而索之也。余之此堂，追其远者近之，收其近者内之，求之眉睫之间，是有八荒④之趣。人而有知也，升是堂者，将见其不溯而偄⑤，不寒而栗，凄凛其肌肤，洗涤其烦郁，既无炙手之讥，又免饮冰之疾。彼其趑趄⑥利害之途，猖狂忧患之域者，何异探汤执热之俟濯⑦乎？子之所言者，上也；余之所言者，下也。我将能为子之所为，而子不能为我之为矣。譬之厌膏粱者与之糟糠⑧，则必有怨词；衣文绣者被之以皮弁⑨，则必有愧色。子之于道，膏粱文绣之谓也，得其上者耳。我以子为师，子以我为资，犹人之于衣食，缺一不可。将其与子游，今日之事姑置之以待后论，予且为子作歌以道之。

【注释】

①披靡：随风散乱地倒下。

②睹：目睹，看见。

③良贵：不以爵禄为贵，指人自身的品德修养。

④内：通"纳"，接纳。八荒：指天下。

⑤不溯（sù）而偄（ài）：没有逆风仍然感到呼吸不顺畅。溯：逆着水流的方向走。偄：肺与气管堵塞呼吸不畅。

⑥趑趄（zī jū）：行走困难；想前进又不敢前进。形容疑惧不决，犹豫观望。

⑦俟（sì）：等待。濯（zhuó）：洗涤，洗。

⑧厌：通"餍"，饱足。膏粱：肥肉和细粮。泛指肥美的食物。糟糠：指酒糟、米糠等粗劣食物。

⑨皮弁（biàn）：是华夏衣冠体系中最尊贵的一种。一般是皮革缝隙之间缀有珠玉宝石。

【译文】

我回答："我的所作所为，只是偶然这样罢了，哪里是有心这样做呢？你说我很危险了，那该怎样去做呢？"客人说："你是恰巧偶然这样做的吗？如果当时适逢下雨，那么你会在墙壁上画雨吗？当时适逢刮风，那么你会在墙壁上画风吗？雨是不可以画出来的，你看到云层汹涌翻腾，就会使你有愤怒之心；风也是不可以绘画的，你看到草木随风散乱折断，就会让你产生恐惧的心理。看到的是雪，但你的内心也不可能平静无波了。如果有波动了，那么就像丹青拥有奢华的瑰丽，雨水冰雪之中有水石与凹凸，都是一样的道理。有德之人必是有心人，心中有眼，物质也会因此相袭而来，哪里有什么区别呢！"我说："你所说的很有道理，我怎敢不听从您的教诲呢？然而你尚未说得详尽，我就不能沉默了，这就像是与人争讼的人，即便自己已经知道理亏了，但是还不想停止争辩。你认为登上春台和进入雪堂，有什么不同吗？通过雪来对比春天，那么雪就是安静的；以高台的角度观看厅堂，那么厅堂就是安静的。安静的事物能得到，活动的事物则容易失去。皇帝，是上古时的神灵，游历于赤水的北面，登上了昆仑的高山，向南眺望观赏之后便转身回去，不曾想却在那里遗失了他的玄珠。游玩是想因此而感到心情舒畅，眺望远方是为了寄予自己的情感。意恰巧在游玩中得以舒畅，情在眺望中得以寄托，那么意被完全抒发出来情感也变得舒畅了，却忘了自己的本心，那么即使有最珍贵的宝物，哪里还会拿来当作宝物珍藏呢？所以就难免有遗失玄珠的过失了。虽然是这样，但意不会长久停留下来，同样情也不会再次出现，必然会回归到最初的静止状态了，这时就又会突然惊觉自己有所遗失而急忙去寻找。我的这个厅堂，是为了追寻那些远离的事物而把它们变得靠近一些，收集那些近的东西收藏在内心，求得那些眉眼之间触手可得的事物，这里有遨游天地的乐趣。知道这些乐趣的人，举步来到这个厅堂，将会看到他虽然没有逆风但仍然会感到呼吸不畅，并不寒冷却能感到战栗，用凄冷凛冽他的肌肤，能够洗涤他的烦恼抑郁，既没有令人觉得炙手可热的讥讽，又能避免犹如饮下冰水所带来的疾患。那些犹豫观望中行走在追名逐利的路上，以及在忧患的境况中猖狂挣扎的人，他们与那些把手伸到滚烫的水里和用手去拿滚烫的东西，再等待用冰水洗手的人有什么不同呢？你所说的话，是上策；我所说的话，是下策。因此我将尽可能去做你所说的那些，而你就不能做我所说的了。譬如那些饱食了山珍海味的人，你却给他吃粗茶淡饭，那么他一定会说些气愤的话；身穿普通锦绣绸缎的人，你却给他配以尊贵的鹿皮帽子，那么他定会面有羞愧之色。你所说的道理，就是美食和华丽的衣冠，能够得其内涵者就是上等人了。我把你当作我的老师，而你以我为资用，这就像是人对于衣服和食物的需求一样，缺一不可。我现在将要与你一起出游，今天的这场讨论暂且放置一边，等到以后我们再继续议论吧，我现在姑且为你写首辞来记录这件事吧。

【原文】

歌曰：雪堂之前后兮春草齐，雪堂之左右兮斜径微。雪堂之上兮有硕人之顾顾^①，考槃^②于此兮芒鞋而葛衣。挹清泉兮，抱瓮而忘其机^③；负顷筐兮，行歌而采薇^④。吾不知五十九年之非而今日之是，又不知五十九年之是而今日之非，吾不知天地之大也寒暑之变，悟昔日之癯^⑤而今日之肥。感子之言兮，始也抑吾之纵而鞭吾之口，终也释吾之缚而脱吾之鞿^⑥。是堂之作也，吾非取雪之势，而取雪之意；吾非逃世之事，而逃世之机。吾不知雪之为可观赏，吾不知世之为可依违。性之便，意之适，不在于他，在于群息已动，大明既升，吾方辗转一观晓隙之尘飞。子不弃兮，我其子归！"

客忻然而笑，唯然而出，苏子随之。客顾而颔^⑦之曰："有若人哉！"

【注释】

①硕人之顾顾：语出《诗经·卫风·硕人》"硕人其颀"，指美人修长的身材。

②考槃：《国风·卫风·考槃》是中国古代第一部诗歌总集《诗经》中的一首诗。这是隐士的赞歌，真切地道出了隐居生活的快乐。

③挹（yì）：舀，把液体盛出来。抱瓮而忘其机：语出《庄子·天地》。比喻安于拙陋，不贪机巧。

④采薇：叔齐和伯夷是商代小国孤竹国的公子，他们不满周武王灭殷而不吃周朝的粮食，于是采薇而食，最后饿死在首阳山上。

⑤癯（qú）：瘦。

⑥羁（jī）：指马笼头。牵制；束缚的意思。此句苏轼以马喻己，谓受人牵制，为人所连累。

⑦忻（xīn）然：欢欣，高兴的样子。颔（hàn）：点头。

【译文】

歌词是这样的：雪堂的前后呀春草长势整齐，雪堂的左右呀弯弯小径细微微。雪堂之上呀有美人修长的身形，快乐的隐士呀在这里脚穿芒鞋身穿葛衣。舀一瓢清澈的山泉啊，抱着瓮壶而忘记取巧心机；背负起倾斜的竹筐啊，一边行走歌唱一边采薇。我不知活过了五十九年的错误而到今天才知道什么是对，又不知活过了五十九年的对而到今天才知道是错误的，我不知天地的广大也不知道寒暑的变换，感悟到昔日的消瘦而今天的硕肥。感悟到了你的言语啊，初始时抑制我的放纵而鞭打我的口实，最终还是释然了我的束缚而解脱了我的笼头缰绳。这堂室的建造啊，我并非是取自飞雪之势，而是撷取了飞雪的意境；我并非是逃避尘世的事物，而是逃避了世间的机巧。我不知雪的形态修为可以用来观赏，我不知这世间的规律只可依循不可违背。性情的美好畅快，意念的安适，不在于其他，而在于止息的万物已经启动，太阳已经升起来了，我在辗转之中全部看透破晓的细微飞尘。如果你不嫌弃我呀，我就跟随你一起自由去归！

客人听后欣然而笑，连连称赞我说得对便转身向外走去，我紧跟在他的身后。客人转身看着我点头说道："竟然有你这样的人啊！"

人物篇

尧舜之事

【原文】

夫学者载籍极博，犹考信于六艺①。《诗》《书》虽阙，然虞、夏之文可知也。尧将逊位②，让于虞舜，舜、禹之间，岳牧③咸荐，乃试之于位，典职④数十年，功用既兴，然后授政。示天下重器，王者大统，传天下若斯之难也。而说者曰尧让天下于许由⑤，由不受，耻之，逃隐。及夏之时，有卞随、务光⑥者。此何以称焉？东坡先生曰：士有以箪食豆羹见于色⑦者。自吾观之，亦不信也。

【注释】

①六艺：这里指六经：《尚书》《诗经》《周易》《礼记》《春秋》《乐经》。

②阙：古代用作"缺"字。空缺，残缺。逊位：犹让位。《史记·太史公自序》："唐尧逊位，虞舜不台。"

③岳牧：传说中尧舜时四岳十二州牧的简称，尧舜时代由四岳十二州牧掌管政事。

④典职：执政。

⑤许由：尧舜时代的贤人。帝尧在位的时候，他率领许姓部落在今天的行唐县许由村一带活动，见到了贤人许由，便想传位于许由。许由认为这是对他的一种羞辱，便到颍水河洗他的耳朵。

⑥卞随、务光：卞随是上古时期隐士，商汤曾欲让位天下给他，后者因此而投水而死。务光也是古代的隐士。据《庄子·让王》的记载，汤

伐桀前，曾请务光出谋划策，但是务光认为这不是他应该做的事，拒绝参与。汤请他推荐其他人，他也拒绝回答。

⑦箪（dān）食豆羹：一箪饭食，一豆羹汤。谓简陋的饮食。亦以喻小利。箪食：装在箪笥里的饭食。色：神色。

【译文】

世上那些学富五车的贤士，往往承载典籍极其广博，但至今仍然以六经为底本去考证取信。《诗经》《尚书》虽然有所残缺，但是查看虞、夏时期的文献还是可以从中知道详情的。尧帝打算退位，便让位给虞舜，后来虞舜让位给禹之前，都是由四岳十二州牧的官长纷纷举荐即位人选，于是就有了舜让禹即位监国尝试执政之事，等到执政数十年后，建立了功业，国家兴盛之后才传授帝位给他。可见昭示功业是交托天下之事的重要依据，帝王是最大的统系，可见传授天下政权竟然是如此艰难慎重啊。而诸子中竟有人传说尧帝本想让位给许由，而许由不接受，并且还以此为耻辱，因而逃离尘世隐居世外。到了夏朝之时，又有了卞随、务光二人也是不接受帝王传授天下的。这又是凭什么而说出来的呢？我说：士人当中的确有因为一箪饭食、一木碗羹汤而神色有所改变的。但依我来看这个说法，也是不可信的。

论汉高祖羹颉侯事

【原文】

高祖微时①，尝避事，时时与宾客过其丘嫂②食。嫂厌叔与客来，阳为羹尽轑釜③，客以故去。已而视其釜中有羹，由是怨嫂。及立齐、代王，而伯子独不侯④。太上皇以为言，高祖曰："非敢忘之也，为其母不长者。"封其子信为羹颉侯⑤。高祖号为大度不记人过者，然不置轑釜之怨，独不畏太上皇缘此记分杯之语乎？

【注释】

①微时：寒微之时。

②丘嫂：大嫂；长嫂。

③轑（láo）釜：用勺刮锅。

④伯子：这里指刘伯的儿子刘信。侯：封侯。

⑤羹颉侯：即刘信，刘邦封兄子刘信为羹颉侯，辖领舒、龙舒两县。

【译文】

汉高祖刘邦寒微之时，曾经不务正业而逃避执事，而且经常同宾客们到他的长嫂家中混饭吃。他的长嫂很讨厌他这个小叔子以那些宾客的到来，就假装羹汤已经吃尽而用勺子使劲刮响锅底，宾客因为这个缘故便起身离去。过了一会儿，刘邦看到锅中其实还有羹汤，于是就非常怨愤嫂嫂的行为。等到后来刘邦称帝，册立儿子刘肥、刘桓为齐王、代王，以及分封其他同姓兄弟时，却唯独不封大哥刘伯之子刘信为诸侯。刘邦的父亲因此前来为刘信说情，高祖刘邦说："并非我把长兄之子忘记了，实在是因为他的母亲不配做我长嫂的缘故。"后来汉高祖刘邦不得已才封了长嫂的儿子刘信为羹颉侯。都说汉高祖为人豁达大度，不计较别人过错的，然而却不能放下长嫂吝啬羹汤而刮锅的怨恨，难道就唯独不惧怕太上皇因此还记着，当初他广武城下见死不救却与项羽"分杯羹"的言论吗？

武帝踞厕见卫青

【原文】

汉武帝无道，无足观者，惟踞厕见卫青①，不冠不见汲长孺②，为可佳耳。若青奴才，雅宜舐痔，踞厕见之，正其宜也。

【注释】

①踞厕：蹲厕。卫青：字仲卿，河东平阳（今山西省临汾市）人。西

汉时期名将，汉武帝在位时官至大司马大将军，封长平侯。

②不冠：不戴帽子。汲长孺：这里指汲黯，西汉名臣。字长孺，濮阳（今河南省濮阳）人。汉景帝时因为父亲的原因任太子洗马，后来出京做官为东海太守，列于九卿。

【译文】

汉武帝是一个残暴无道的君王，没什么值得称道的地方。唯独他蹲厕所的时候也不耽误召见卫青，但是不戴好帽子从不召见汲长孺，这还可以算作值得嘉许的地方。像卫青这样的奴才，他的雅兴就是适宜为主人舌舐痔疮，蹲厕时召见他，这正合时宜啊。

元帝诏与《论语》《孝经》小异

【原文】

楚孝王嚣①疾，成帝诏云："夫子所痛，'蔑之，命矣夫②'。"东平王不得于太后，元帝③诏曰："诸侯在位不骄，然后富贵离其身，而社稷④可保。"皆与今《论语》《孝经》小异。离，附离也，今作"不离于身"，疑为俗儒所增也。

【注释】

①楚孝王嚣（xiāo）：这里指楚孝王刘嚣，汉宣帝刘询的第三子。

②蔑之，命矣夫：丧失了你这个人，这是命中注定的吧？蔑：无，没有。夫：语气词，相当于"吧"。语出《论语·雍也》篇"亡之，命矣夫"。

③元帝：这里指刘奭（shì），即汉元帝，汉宣帝刘询与嫡妻许平君所生之子，西汉的第十一位皇帝。

④社稷（jì）：土神和谷神的总称。指代国家。

【译文】

楚孝王刘嚣染上了疾病，汉成帝传诏说："孔子曾为伯牛之疾而感到痛心，说道：'丧失了你这个人，这是命中注定的吧。'"东平王刘宁没有得宠于太后，元帝诏书上说："诸侯在位时，不骄矜，这样才能安守富贵不离散，而江山社稷才可以稳固保守。"二帝所引用之词都与现在流传的《论语》《孝经》存在细微差别。离，即附着离别之意。如今写作"不离其身"，我怀疑是学问俗浅之人，自作主张增添上去的。

跋李主①词

【原文】

"三十余年家国，数千里地山河，几曾惯干戈②？一旦归为臣虏，沈腰潘鬓③消磨。最是仓惶辞庙日，教坊犹奏别离歌，挥泪对宫娥。"后主既为樊若水④所卖，举国与人，故当恸哭于九庙⑤之外，谢其民而后行，顾乃挥泪宫娥，听教坊⑥离曲！

【注释】

①跋（bá）：文体的一种。写在文章或书籍正文后面，说明写作经过、资料来源等与成书有关的情况。李主：这里指李煜，南唐元宗（即南唐中主）李璟第六子，初名从嘉，字重光，号钟隐、莲峰居士，汉族，生于金陵（今江苏南京），是南唐的最后一位国君。

②干戈：本意是兵器，这里引申为战争。

③沈腰：形容腰围减瘦。潘鬓：形容中年就已经鬓发斑白。

④樊（fán）若水：字叔清，五代时南唐士人，池州人，向宋太祖进献架浮桥平南唐策，直接导致了南唐的灭亡。

⑤恸（tòng）哭：放声痛哭，号哭。九庙：古时帝王立七庙以祭祀祖先，至王莽增建皇帝太初祖庙和帝虞始祖昭庙，共九庙。

⑥教坊：唐代掌管女乐的官署名。宋、元时期也设立教坊，教习音乐。

"三十余年的家与国，数千里地域的山河，经历了几多肆意放纵的大动干戈？一旦战败归属为臣服的俘虏，不免被消磨得腰瘦而又鬓发斑白。最难忘记的是仓皇辞别宗庙之日，那时教坊还在弹奏别离歌，我只能挥洒难舍的热泪悲对宫娥。"南唐李后主竟然被樊若水叛变出卖，整个国家沦丧而被迫双手送与他人，故此应当先在宗庙之中面对先祖失声痛哭，然后向其举国百姓谢罪之后再离去。可是他却只顾挥泪辞别宫娥，且还细听教坊里演奏的那曲别离歌！

真宗仁宗①之信任

【原文】

真宗时，或荐梅询②可用者，上曰："李沆③尝言其非君子。"时沆之没，盖二十余年矣。欧阳文忠公尝问苏子容曰："宰相没二十年，能使人主追④信其言，以何道？"子容言："独以无心，故尔。"轼因赞其语，且言："陈执中⑤俗吏耳，特以至公⑥犹能取信主上，况如李公之才识，而济之无心耶！"时元祐三年兴龙节⑦，赐宴尚书省，论此。是日，又见王巩云其父仲仪言："陈执中罢相，仁宗问：'谁可代卿者？'执中举吴育，上即召赴阙。会乾元节⑧侍宴，偶醉坐睡，忽惊顾拊床⑨呼其从者。上愕然，即除西京留台。"

以此观之，执中虽俗吏，亦可贤也。育之不相，命矣夫！然晚节有心疾，亦难大用，仁宗非弃材之主也。

【注释】

①真宗：即宋真宗赵桓，宋朝第九位皇帝。仁宗：即宋仁宗赵祯，初名赵受益。宋朝第四位皇帝。

②梅询：字昌言，宣城梅氏的第三世孙。

③李沆（hàng）：字太初，洺州肥乡（今河北省邯郸）人。北宋时期名相、政治家、诗人。有"圣相"之名。

④没：同"殁"，去世，死亡。追：追忆，回溯。

⑤陈执中：北宋大臣，字昭誉，参知政事陈恕之子，北宋洪州南昌（今属江西省）人。

⑥至公：最为公道。原误作"持以特至公"。

⑦兴龙节：宋哲宗于十二月初七出生，赤光照室。即为不久，群臣请求以十二月初八为兴龙节。

⑧乾元节：宋仁宗即位后下诏以其四月十四的生日为乾元节。

⑨拊床（fǔ chuáng）：拍床，捶床。表示奋起或悲痛。拊：抚摸，拍打。

【译文】

真宗在位时，有人举荐说梅询是一个可以重用的贤才，真宗皇上说："李沆曾经说他不是君子。"那时距离李沆去世，大概有二十多年了。欧阳修曾经问苏子容说："宰相李沆去世已经有二十年了，还能使皇上追忆并信任他所说过的言论，这是什么道理呢？"子容回答说："只因为他没有私心，所以才能如此。"我因此附上了赞同他的话语，且说："陈执中只是一名普通的官吏而已，就因为特别廉洁奉公而能取得皇上信任，更何况是宰相李沆那样有才识，而又有济世为国无私之心的高官呢！"当时正值元祐三年的兴龙节，皇上赐宴尚书省官员，与朝臣谈论这件事。这一天，还听见王巩回忆说起他父亲王仲仪曾经说过的话："陈执中请辞从相位退下来的时候，仁宗皇上曾问他：'谁能代替卿家的相位？'陈执中就举荐了吴育，皇上便立即召见吴育前来赴任填补丞相空缺。待到乾元节宴会的时候，众臣侍宴，吴育偶然有些醉酒，便坐着睡着了，片刻又突然惊醒，自顾自地拍打座床大声呼唤随从。皇上顿时惊愕万分，随即就免除了吴育的相位而降为西京留台。"如此看来，陈执中虽然只是一个平凡的官员，但也可以称得上是有贤德之人了。而吴育没能称相，也实在是命中注定的吧！然而吴育年老之时患有心脏疾病，也确实很难堪以重用，所以说仁宗皇上并不是一个抛弃贤才的君主啊。

孔子诛少正卯①

【原文】

孔子为鲁司寇②七日而诛少正卯，或以为太速。此叟③盖自知其头方命薄，必不久在相位，故汲汲及其未去发之。使更迟疑两三日，已为少正卯所图矣。

【注释】

①少正卯：中国春秋时期鲁国的大夫，官至少正，能言善辩，是鲁国的著名人物，被称为"闻人"。

②司寇：官名。春秋时期，各诸侯国都设置司寇，为六卿之一，主管刑狱。

③叟（sǒu）：此处指孔子。

【译文】

孔子出任鲁国司寇第七天便诛杀了少正卯，有人认为如此行事未免太过急躁。我想，这老叟大概是知道自己属于那种脑袋方而官运薄的宿命，必然不能长久居于相位，所以才会急切地趁自己尚未被除去官职之时而先发制人。假使再迟疑两三天，恐怕早已被少正卯图谋杀害了。

戏书颜回事

【原文】

颜回箪食瓢饮①，其为造物者费亦省矣，然且不免于夭折。使回更吃得两箪食半瓢饮，当更不活得二十九岁。然造物者辄支盗跖两日禄料②，足为回七十年粮矣，但恐回不要耳。

【注释】

①颜回：尊称颜子，字子渊，春秋末期鲁国人。是孔子最得意的门生，孔子对颜回称赞最多，赞其好学、仁人。箪（dān）食瓢饮：比喻生活贫苦。

②盗跖（zhí）：传说原名展雄，姬姓，展氏，名跖，是春秋时期率领盗匪数千人的大盗。是鲁国大夫展禽（柳下惠）之弟，生性暴虐。禄料：犹俸禄料钱。

【译文】

颜回每天过着"一箪食，一瓢饮"的贫苦生活，他这也算是在为造物主节省费用了，然而还是没能幸免于早死的命运。假使颜回每天再多吃两箪食物、多喝半瓢饮水，应当不是只活二十九岁了。然而造物主支配给盗跖两日的禄料，就已经足够颜回食用七十年的口粮了，但恐怕颜回不肯接受罢了。

辨荀卿言青出于蓝

【原文】

荀卿①云："青出于蓝而青于蓝，冰生于水而寒于水。"世之言弟子胜师者，辄以此为口实②，此无异梦中语！青即蓝也，冰即水也。酿米为酒，杀羊豕以为膳羞③，曰"酒甘于米，膳羞美于羊"，虽儿童必笑之，而荀卿以是为辨，信其醉梦颠倒之言！以至论人之性，皆此类也。

【注释】

①荀卿：即荀子，战国末期赵国人，著名的思想家、教育家、文学家。

②辄：总是，就。口实：话柄。

③豕（shǐ）：猪。膳羞：美食。

227

【译文】

荀子曾经说过:"青出于蓝而青于蓝,冰生于水而寒于水。"世人想赞美说弟子胜过师父的时候,总是以这句话作为依据,但这句话简直跟梦话没什么差异!青就是蓝,冰就是水啊。酿造米粮就可以成为米酒,宰杀猪、羊就可以烹饪成为珍馐美食,若说"酒比米粮甘甜,美食比猪羊美味",那么即便是小孩子也必定会讥笑如此说话的人,然而荀子却用这样的逻辑作为善辩,相信他的醉语梦话般颠三倒四的言论!乃至于以此来谈论人性,都是一样的无稽之谈。

颜蠋巧于安贫

【原文】

颜蠋①与齐王游,食必太牢②,出必乘车,妻子衣服丽都③。蠋辞去,曰:"玉生于山,制则破焉,非不宝贵也,然而太璞不完④。士生于鄙野,推选则禄焉,非不尊遂⑤也,然而形神不全。蠋愿得归,晚食以当肉,安步以当车,无罪以当贵,清静贞正以自娱。"嗟乎!战国之士未有如鲁连⑥、颜蠋之贤者也,然而未闻道⑦也。晚食以当肉,安步以当车,是犹有意于肉于车也。晚食自美,安步自适,取其美与适足矣,何以当肉与车为哉!虽然,蠋可谓巧于居贫者也。未饥而食,虽八珍犹草木也;使草木如八珍,惟晚食为然。蠋固巧矣,然非我之久于贫,不能知蠋之巧也。

【注释】

①颜蠋(zhú):战国时齐国人。隐居不仕。齐宣王许以富贵,颜蠋不受。

②太牢:古代帝王祭祀社稷时,牛、羊、猪,三牲全备为"太牢"。诸侯祭祀用少牢。

③丽都:华贵。

④太璞不完：璞经过加工，就失去了天然的形态。旧时比喻读书人出来作官，就丧失了纯洁。太璞：未治之玉。

⑤尊遂：尊贵而且显达。

⑥鲁连：鲁仲连，尊称"鲁仲连子"或"鲁连子"，战国末期齐国人。

⑦道：这里指道家清静无为的思想。

【译文】

颜蠋伴随齐王在外游历期间，每天饭食必定会以三牲奉上，外出必定是乘车出行，妻子儿女都是衣着华丽。后来颜蠋辞别而去，说："玉石生于山中，若想制作成美玉就必须先将玉石打破了，并不是它不宝贵，只不过是这样就失去了天然的形态。士人生于粗鄙乡野，获得推举而被选拔任用就会得到俸禄，而为俸禄所累的人也不是说就不尊贵显达了，这样只是形与神都得不到保全。颜蠋只愿能够得以回归山野，无肉可吃就推迟吃饭时间，等饿了再吃就好比吃肉一样香了；无车可乘，只要步行安稳就好比乘车一样舒服了。无罪无灾就能以此当作富贵显达了，以清净正直来自娱自乐。"唉！战国名士没有再比鲁连、颜蠋更贤明的了，然而他二人还是不知晓道家清静无为的思想啊。晚些吃饭就好比吃肉一样香了，步行安稳就好比乘车一样舒服了，这还是有意于食肉与乘车啊。晚些吃饭自觉美好，步子安稳自觉舒适，只要获取这样的美好与舒适就足够了，何必非要把它们当作吃肉与乘车呢！虽然是这样，但颜蠋还是可以称得上是善于安贫的人了。尚未饥饿的时候就吃东西，即使是再美味的佳肴也味同草木；若要食用草木也如同食用美味佳肴，那就只有像他那样晚一些进食了。颜蠋固然算是心思奇巧了，然而如果不是像我这样困厄已久的人，是绝不可能体会出颜蠋这奇巧心思的。

张仪欺楚商於地

【原文】

张仪欺楚王以商於^①之地六百里，既而曰："臣有奉邑六里。"此与儿戏无异，天下无不疾张子之诈而笑楚王之愚也，夫六百里岂足^②道哉！而张又非楚之臣，为秦谋耳，何足深过？若后世之臣欺其君者，曰："行吾言，天下举安，四夷毕服，礼乐兴而刑罚措^③。"其君之所欲得者，非特^④六百里也，而卒无丝毫之获，岂特无获，所丧已不胜言矣。则其所以事君者，乃不如张仪之事楚。因读《晁错传》^⑤，书此。

【注释】

①张仪：魏国安邑（今山西省万荣）人，魏国贵族后裔，战国时期著名的纵横家、外交家和谋略家。张仪首创连横的外交策略，游说入秦。秦惠王封张仪为相，后来张仪出使游说各诸侯国，以"横"破"纵"，使各国纷纷由合纵抗秦转变为连横亲秦，张仪也因此被秦王封为武信君。商於：古地名，在今陕西省商洛市境内。

②疾：憎恨，憎恶。诈：狡诈。足：值得，够得上。

③措：废置，弃置。

④特：只，但。

⑤《晁错传》：即《汉书·晁错传》。晁错，颍川人。以文学为太常掌故。后景帝听从袁盎之计，腰斩晁错于东市。

【译文】

张仪以商於之地六百里诓骗楚怀王，达到目的后又说："臣有奉邑之地六里奉上。"如此作为与儿戏没有什么差异，天下之人没有不憎恶张仪的狡诈而讥笑楚怀王愚钝的，那六百里之地哪有什么值得一说的呢！况且张仪又不是楚国臣子，只是在为秦国出谋划策而已，有什么必要责难其过错呢？如果像后世臣子那样蒙骗他们的君主说："按照我说的计策行事，天下就全部安定了，周边的夷族番邦就都臣服了，自此礼乐大兴而刑罚之事弃置。"国君所想要得到的，并不是这仅仅六百里之地啊，然而最终还是没有丝毫收获，又岂只是没有丝毫收获，反而是所丧失的早已多得说不尽了。那么这等臣子所用以侍奉自家君主的行为，就不如张仪欺诈楚怀王之事了。因为今日读到《晁错传》一书，有感而发便写下这些言论。

赵尧设计代周昌

【原文】

方与公谓周昌之吏赵尧①年虽少，奇士，"君必异之，且代②君"。昌笑曰："尧，刀笔吏③尔，何至是！"居顷之④，尧说高祖为赵王置贵强相，独周昌为可。高祖用其策，尧竟代昌为御史大夫。吕后杀赵王，昌亦无能为，特谢病⑤不朝尔。由此观之，尧特为此计代昌尔，安能为高祖谋哉！吕后怨尧为此计，亦抵尧罪。尧非特不能为高祖谋，其自为谋亦不善矣，昌谓之刀笔吏，岂诬也哉！

【注释】

①周昌：沛郡人，西汉初期大臣。秦时为泗水卒史。秦末农民战争中，随刘邦入关破秦，任御史大夫，封汾阴侯。耿直敢言。赵尧：西汉官吏，曾出任汉朝御史大夫。

②代：取代。

③刀笔吏：文书小吏。

④居顷之：过了不久。

⑤谢病：托病引退或谢绝宾客。

【译文】

方与公认为周昌的属吏赵尧虽然年轻，却是个奇士，因此提醒周昌说："你一定要特别防范他，恐怕将来他会取代你。"周昌大笑说："赵尧，不过是一个区区文书小吏罢了，何至于这样防备！"时过不久，赵尧献计劝说汉高祖为其子赵王选一位尊贵并且群臣敬惮的辅相，并举荐说唯有周昌可以胜任。汉高祖采纳了赵尧的计策，因而赵尧最终取代周昌而成为御史大夫。后来吕后设计诛杀赵王，周昌却也无能为力，只好特意称病不再上朝了。由此来看这件事，赵尧只不过是为了取代周昌而设计的罢了，哪里是在为汉高祖谋划国事呢！吕后因为赵尧为高祖献此计而怨恨他，后来也借故指责赵尧而使其获罪。故此，赵尧非但没能长久为高祖出谋划策，就连他为自己的谋划也没有得到善终啊，周昌说赵尧只是一介文书小吏，又怎能说是冤枉他呢！

黄霸以鹖为神爵

【原文】

吾先君友人史经臣彦辅，豪伟人也，尝言："黄霸本尚教化，庶几①于富，而教之者乃复用乌攫小数②，陋哉！颍川凤皇③，盖可疑也，霸以鹖为神爵④，不知颍川之凤以何物为之？"虽近于戏，亦有理也。

【注释】

①黄霸：字次公，汉族，淮阳阳夏（今河南省）人，西汉大臣，事汉武帝、汉昭帝和汉宣帝三朝。庶几：差不多；近似；

②攫（jué）：鸟用爪迅速抓取。乌攫：引据《汉书·循吏传·黄霸》，后因以"乌攫肉"为下情上达之典实。数：术数，计谋。

③凤皇：即凤凰。

④鹖（hé）：古代一种善斗的鸟。爵：此处通"雀"。

【译文】

我先父的友人史经臣彦辅，是一个性格豪迈伟岸的人，他曾说："黄霸本来崇尚教化，他所管辖之地差不多已经达到相当富庶的地步了，然而他教化百姓的方式却是多次采用司察属吏时所用'乌攫肉'的小计谋，真是鄙陋啊！颍川大量聚集凤凰之事，应该也是很值得怀疑的，黄霸曾把鹙鸟当作神鸟而故弄玄虚，不知道颍川那所谓凤凰是拿什么东西来充当呢？"听他所说的这些虽然近似于戏言，但也是很有道理的。

王嘉①轻减法律事见《梁统传》

【原文】

汉仍秦法，至重。高、惠固非虐主②，然习所见以为常，不知其重也，至孝文始罢肉刑与参夷之诛③。景帝复孥戮晁错④，武帝罪戾⑤有增无损，宣帝治尚严，因武之旧。至王嘉为相，始轻减法律，遂至东京⑥，因而不改。班固⑦不记其事，事见《梁统传》，固可谓疏略矣。嘉，贤相也，轻刑，又其盛德之事，可不记乎？统乃言高、惠、文、景以重法兴，哀、平以轻法衰，因上书乞增重法律，赖当时不从其议。此如人年少时不节酒色而安，老后虽节而病，见此便谓酒可以延年，可乎？统亦东京名臣，一出此言，遂获罪于天，其子松、竦⑧皆以非命而死，冀卒灭族。呜呼，悲夫，戒哉！"疏而不漏⑨"，可不惧乎？

【注释】

①王嘉：西汉平陵人，字公仲。

②高：此处指汉高祖刘邦。惠：此处指汉惠帝刘盈。虐主：残暴的国君。

③孝文：即汉文帝刘桓。刘桓在位期间主张清净无为，与民休息，使全国经济得到恢复，政治稳定。在历代帝王中以生活简朴著称，与汉景帝并称为"文景之治"。参夷之诛：古代历史上诛灭三族的酷刑。

④景帝：此处指汉景帝刘启。刘启是汉文帝刘恒第五子，西汉的第五

位皇帝。在位 16 年。孥（nú）戮：诛及子孙。孥：妻子儿女。晁错：颍川（今河南省禹县）人，西汉政治家、文学家。

⑤武帝：此处指汉武帝刘彻。罪戾（lì）：罪恶暴戾。

⑥因武之旧：沿袭汉武帝时期的旧制度。东京：指东汉。

⑦班固：字孟坚，扶风安陵（今陕西咸阳东北）人，东汉著名史学家、文学家。

⑧松：字伯孙，梁统之子。博通经书，长相秀美，光武之女舞阴公主的夫婿，显贵一时。竦（sǒng）：梁统之子。少学《易经》，二十岁即能授人。后因其兄梁松犯法而被窦皇后所害。

⑨疏而不漏：意思是天道公平，作恶就要受惩罚，它有时看起来似乎很不周密，但最终不会放过一个坏人。

【译文】

汉朝仍然沿袭秦朝律法，甚至到了极其苛重的地步。汉高祖、汉惠帝固然并不是暴虐的君主，但对所见到的刑罚也习以为常了，因此并不觉得国家量刑过重。到汉文帝时，才开始废除了肉刑与诛灭三族之刑。到了汉景帝时却又重新施行诛灭三族之刑，最终杀戮晁错并且诛杀了他的妻子和子孙，而汉武帝的暴虐更是有增无减，汉宣帝时期量刑仍然严酷，因为沿袭了汉武帝旧制。直到王嘉出任辅相时，才开始减轻刑法条律。随后到了东汉时期，便又开始沿袭西汉旧制而没有改变。班固没有记载王嘉修律法之事，他的相关事迹只见于《汉书·梁统传》，但也只是寥寥几笔，这确实可以称作是史实疏漏了。王嘉是一位贤相啊，减轻严刑峻法，是他又一件盛德政绩，这可以不加载于史册吗？梁统竟然认为汉高祖、汉惠帝、文帝、景帝都是依靠严刑重法而得以兴盛，汉哀帝、平帝都是因为减轻刑法而衰亡，因此他上书朝廷请求增设苛重刑法，幸好当时没有听从他的建议。其实，汉朝之势就好比人年轻时不节制嗜酒好色而安然无事，等到年老以后虽然知道节制了却还是难以逃脱重病缠身，见到这样的情形而还说酒色犬马可以长寿，可以吗？梁统也是东汉名臣，一经提出这种言论，就得罪了天道，以至后来他的儿子梁松、梁竦全都死于非命，而梁冀最后更是惨遭被诛灭家族的命运。唉，悲哀啊！要引以为戒啊！有道是，"天网恢恢，疏而不漏"，如此看来还可以不畏惧吗？

李邦直言周瑜

【原文】

李邦直①言：周瑜二十四经略②中原，今吾四十，但多睡善饭，贤愚相远。如叔安上言吾子以快活③，未知孰贤与否④？

【注释】

①李邦直：北宋大臣，名清臣，字邦直。

②周瑜：字公瑾，庐江舒县（今安徽省合肥市舒县）人。东汉末年名将，二十四岁官拜东吴中郎将。经略：指筹划治理或要略；在中国古代也

是一个官职名称。

③吾子：古时对人的尊称，可译为您，这里指代"我"。"如书"二句稗海本卷二"以"作"似"。此句下原本夹注云："句疑有误"。

④未知孰贤与否：稗海本卷二此条与下条误合为一，作"未知孰贤"。"与"字属下条，无"否"字。

【译文】

李邦直曾说：周瑜二十四岁就官拜东吴中郎将，立志为吴国筹划统一中原，如今我已经四十岁了，但只知道多睡觉又贪吃饭食。我与周郎相比，真是一愚一贤，相差实在太远了。如叔安以前曾说我这样反而更以此为快活，但现在还真不知道到底谁是贤者谁不是贤者了？

勃逊之

【原文】

与朱勃逊之会议于颍^①，或言洛人善接花，岁出新枝，而菊品尤多。逊之曰："菊当以黄为正，余可鄙也。"昔叔向闻鬷蔑^②一言，得其为人，予于逊之亦云然。

【注释】

①朱勃：字逊之，东汉，洛阳人。会议：集众议事。颍：颍州，在今安徽省境内。

②叔向：即羊舌肸（xī），复姓羊舌，名肸，字叔向，又称叔肸、杨肸。春秋时期荀国绛州王守庄人，晋国大夫，历事晋悼公、晋平公、晋昭公三世。鬷（zōng）蔑：春秋时期郑国大夫，字然明。

【译文】

我与朱勃逊之相会畅谈于颍州。偶尔谈到有人说洛阳人善于嫁接花木，每年都会嫁接出新枝条，其中尤属菊花的新品种最多。逊之说："菊花以黄色为正色，其余颜色都可以称作鄙俗之物。"记得昔日叔向听到羭蔑大夫说过这样一句话，就得知了他的为人，现在我对于逊之的评价也是如此。

刘聪、吴中高士二事

【原文】

刘聪①闻当为须遮国王，则不复惧死，人之爱富贵，有甚于生者。月犯少微②，吴中高士求死不得③，人之好名，有甚于生者。

【注释】

①刘聪：十六国时期汉赵君主，字玄明，匈奴族，新兴（今山西省忻州）人，汉赵（前赵）光文帝刘渊第四子，母张夫人。

②少微：这里指少微星。一名处士星。公四星，在太微西南，今属狮子座，后常用表示处士。

③求死不得：形容处境险恶，痛苦之极。

【译文】

刘聪听说死后可以成为遮须国的国王，就不再惧怕死亡了，由此可见，人们珍爱富贵更高于生命。发现月亮冲犯少微星而对处士不利，因而吴中的高人名士一副求死不得的样子，由此可见，人们喜好虚名，总有更重于生命的人啊。

郗超出与桓温密谋书以解父

【原文】

郗超^①虽为桓温腹心，以其父愔^②忠于王室，不知之。将死，出一箱付门生，曰："本欲焚之，恐公年尊，必以相伤为毙。我死后，公若大损眠食，可呈此箱，不尔^③便烧之。"愔后果哀悼成疾，门生以指呈之，则悉与温往反密计。愔大怒，曰："小子死晚矣！"更不复哭矣。若方回者，可谓忠臣矣，当与石碏^④比。然超谓之不孝，可乎？使超知君子之孝，则不从温矣。东坡先生曰：超，小人之孝也。

【注释】

①郗（xī）超：字景兴，官至司徒左长史。

②愔（yīn）：指郗超之父郗愔，字方回。忠于晋室，得知郗超与恒温图谋篡位后大怒。

③不尔：不如此；不然，否则。

④石碏：春秋时卫国大夫。大义灭亲，被尊为纯臣。

【译文】

虽然郗超已经成为了桓温的心腹之人，可是因为郗超之父郗愔忠于晋室，所以他不敢让他父亲知道这件事。郗超将要死了的时候，取出一个箱子交给他的门生，说："本想把这些东西焚烧成灰烬，只是担心老父亲年事已高，必定会因为老来丧子而伤心致病。我死之后，如果家父伤心过度而不睡觉也不吃饭，便可把这箱子交给他，他若并非如此，你就烧毁这个箱子。"郗愔后来果真因为过度哀伤痛悼而得了重病，于是门生便将箱子按照郗超的指示呈上，原来里面全都是以前郗超与桓温往来密谋反叛的计谋信。郗愔大怒，骂道："你小子死得太晚了！"气愤之余，更不用说再为失去儿子而悲伤痛哭了。像郗愔这样的人，可说是忠臣了，应当与春秋时期的石碏相媲美。然而若说郗超不孝，当真吗？假使郗超懂得君子恪守的孝道，那么就不应该投靠桓温谋反了。所以我说：郗超，只是懂得小人的孝道罢了。

论桓范、陈宫

【原文】

司马懿讨曹爽，桓范①往奔之。懿谓蒋济曰②："智囊往矣！"济曰："范则智矣，驽马恋栈豆③，必不能用也。"范说爽移车驾幸许昌，招外兵，爽不从。范曰："所忧在兵食，而大司农④印在吾许。"爽不能用。

陈宫、吕布既擒，曹操谓宫曰："公台平生自谓智有余，今日何如？"宫曰："此子不用宫言，不然，未可知也！"

仆尝论此二人：吕布、曹爽，何人也？而为之用，尚何言知！臧武仲⑤曰："抑君似鼠"，此之谓智。元祐三年九月十八日书。

【注释】

①司马懿（yì）：字仲达，河内郡温县孝敬里（今河南省焦作市温县）人。三国时期魏国杰出的政治家、军事家、战略家，西晋王朝的奠基人。桓范：字元则，沛国龙亢（今安徽省怀远县西龙亢镇北）人。三国时期曹魏大臣，文学家、画家。

②蒋济：字子通，楚国平阿（今安徽省怀远县常坟镇孔岗）人。三国后期曹魏名臣，历仕曹操、曹丕、曹睿、曹芳四朝。

③驽（nú）马：累垮了的、劣性的或无用的马。栈豆：马房豆料。亦比喻才智短浅的人所顾惜的小利。

④大司农：秦汉时期全国财政经济的主管官。

⑤臧武仲：春秋时期鲁国政治人物，名纥，谥武，因祭鲁孝公之祀，故尊称其"臧孙纥"，史称臧武仲，矮小多智，号称"圣人"。

【译文】

司马懿讨伐曹爽时，桓范前去投奔了曹爽。司马懿对蒋济说："智囊奔往曹爽去了！"蒋济说："桓范确实是有才智的人，只是那劣马素来贪恋马房豆料，曹爽目光太过短浅，必然不能善用桓范的。"果然，桓范劝说曹爽即刻转移车驾到许昌去，从城外招入兵将，曹爽不听从劝谏。桓范说："眼前我们最担忧的是军兵粮饷，而大司农之官印就在我许昌。"然而曹爽并不采用他的建议。

陈宫、吕布被擒获之后，曹操对陈宫说："陈公你平生自称机智过人，现在被擒又该如何解释呢？"陈宫说："这小子不听我的话，不然，还不知道结果如何呢！"

我曾经评论过这两个人：吕布、曹爽该算是什么样的人呢？而被这等卑劣之人所使用，还有什么智慧可言呢！臧武仲曾说过："可是君王却像老鼠一样狡猾"，如此能洞穿万物，这才叫作有智慧之人。记于元祐三年九月十八。

录温峤问郭文语

【原文】

温峤问郭文①曰："人皆有六亲相容，先生弃之，何乐？"文曰："本行学道，不谓②遭世乱，欲归无路耳。"又曰："饥思食，壮思室③，自然之理，先生独无情乎？"曰："情由忆生，不忆故无情。"又问："先生独处穷山，死为乌鸢④所食，奈何？"曰："埋藏者食于蝼蚁⑤，复何异？"又问："猛虎害人，先生独不畏耶？"曰："人无害兽心，则兽亦不害人。"又问："世不宁则身不安，先生不出济世乎？"曰："非野人⑥之所知也。"予尝监钱塘郡，游余杭九镇山，访大涤洞天，即郭生之旧隐。洞大，有巨蠡，深不可测，盖尝有敕使投龙简⑦云。戊寅九月七日书。

【注释】

①温峤（qiáo）：字泰真，太原祁县（今山西省祁县）人，东晋名将，司徒温羡之侄。郭文：生卒年不详，字文举，晋朝时期河内郡轵县（今河南省济源市南）人。晋朝名士。

②不谓：不料，没想到。

③室：妻子。

④鸢：动物名，又名"老鹰"。属于鹰科的一种小型的鹰。

⑤蝼蚁：指蝼蛄和蚂蚁。比喻力量弱小、无足轻重的动物或人。

⑥野人：草野间之人，泛指山野平民。

⑦敕使（chì shǐ）：皇帝的使者。龙简：皇帝的书信，此处引申为诏书。

【译文】

温峤问郭文说："人都有父母、兄弟、妻子儿女，相互在一起其乐融融，而先生你却舍弃这些，还有什么快乐呢？"郭文回答说："我出行原本是为了学道，不料却遭逢世道混乱，想回家却找不到归路了。"温峤又问道："饿了就想吃饭，到了壮年就会娶妻成家，这是自然法则，人之常情，唯独先生您没有情吗？"郭文回答说："情是由思念和回忆而生，不思念不回忆所以就没有情了。"温峤又问："先生独自居住在这穷山恶水之中，死后的躯体将会被乌鸦老鹰所啄食，那怎么办呢？"郭文回答说："埋葬在地下的人最终会被蝼蚁所啃食，那又有什么不同呢？"温峤又问："山中有猛虎害人，先生独自居住在此难道不害怕吗？郭文回答说："人若没有伤害野兽的心思，那么野兽也就不会害人。"温峤又问："世道不安定，那么身家性命就不安全，先生就不想出仕济世吗？"郭文回答说："济世之策，不是我等山野之人所能知晓的。"我曾经监管钱塘郡，游览过余杭九镇山，寻访了大涤洞天，那就是郭生昔日所隐居之地。这里的洞穴很大，有巨大的幽谷，深不可测，不过曾听说真有皇帝的使者来到此地投发皇帝诏书的说法。记于戊寅九月初七。

刘伯伦①

【原文】

刘伯伦常以锸②自随，曰："死即埋我。"苏子曰，伯伦非达者也，棺椁衣衾③，不害为达。苟④为不然，死则已矣，何必更埋！

【注释】

①刘伯伦：即刘伶，字伯伦，沛国（今安徽省淮北）人，魏晋时期名士，与阮籍、嵇康、山涛、向秀、王戎和阮咸并称为"竹林七贤"。

②锸（chā）：铁锹，掘土的工具。

③棺椁（guān guǒ）：即棺材和套棺，泛指棺材。衣衾（yī qīn）：衣服与被子；指装殓死者的衣服与单被。

④苟：如果。

【译文】

刘伯伦外出的时候经常把掘土的铁锸带在身边，对随从说："我若是死了，可以挖坑把我就地埋上。"依我说，刘伯伦并不是一个达观之人，棺椁衣衾，不过是死亡必备的东西罢了，应当以不受其妨害为真豁达。如果把死看作是不以为然，那么死就死了，又何必再埋上呢？

房琯①陈涛斜事

【原文】

房次律败于陈涛斜②，杀四万人，悲哉！世之言兵者，或取《通典》，《通典》虽杜佑③所集，然其源出于刘秩④。陈涛之败，秩有力焉。次律云："热洛河虽多，安能当我刘秩！"挟区区之辨以待热洛河，疏矣。

【注释】

①房琯（guǎn）：字次律，河南（今河南省偃师）人，唐朝宰相，正谏大夫房融之子。

②陈涛斜：地名，在今陕西省咸阳。

③《通典》：书名，唐代政治家、史学家杜佑所撰，共二百卷。杜佑：字君卿，京兆万年（今陕西省西安）人，唐代政治家、史学家。他曾用三十六年撰成二百卷《通典》，创立史书编纂的新体裁，开创中国史学史的先河。

④刘秩：字祚卿，徐州彭城人，刘知几第四子。生卒年均不详，约唐玄宗开元二十年前后在世。曾任历左监门卫录事参军事。

【译文】

房琯兵败于陈涛斜，当时他的将士有四万人被杀，多么令人悲哀啊！世人谈论关于兵事的，有时就会取法于《通典》。这《通典》虽然是杜佑所编纂，但它的开端实际源自刘秩的手笔。陈涛斜的败亡，很大一部分原因在于过度依赖刘秩的力量了。房琯说："你们的壮士虽多，怎能抵挡得住我的刘秩！"房琯以其微弱渺小的辨别力来对付逆党来势汹汹的壮士，可谓是极大的疏漏了。

张华①《鹪鹩赋》

【原文】

阮籍②见张华《鹪鹩赋》，叹曰："此王佐才也！"观其意，独欲自全于祸福之间耳，何足为王佐乎？华不从刘卞言，竟与贾氏之祸，畏八王之难③，而不免伦、秀之虐。此正求全之过，失《鹪鹩④》之本意。

【注释】

①张华：字茂先。范阳方城（今河北省固安）人。西晋时期政治家、

文学家、藏书家，西汉留侯张良的十六世孙、唐朝名相张九龄的十四世祖。在晋惠帝时爆发的八王之乱中，遭赵王司马伦杀害，夷三族。死后家无余资。

②阮籍：三国时期魏国诗人。字嗣宗。陈留（今属河南省）尉氏人。竹林七贤之一。曾任步兵校尉，世称阮步兵。崇奉老庄之学，政治上则采取谨慎避祸的态度。

③八王之难：晋武帝登基后，大封宗室，豪门士族之间的矛盾日益激化。武帝死后，晋惠帝立，所封八王先后起兵争权夺利，战争延续了十六年之久，史称"八王之乱"。

④鹪鹩（jiāo liáo）：即《鹪鹩赋》，是晋代作家张华创作的赋。

【译文】

阮籍看见张华所写的《鹪鹩赋》一文，惊叹道："这是辅佐王者的大才啊！"依我看这文中的寓意，只不过是想在祈求福禄与远避祸患之间如何保全自己罢了，有什么足以能辅佐天子之处呢？张华不听从刘卞的劝诚，竟被牵扯到"贾氏之祸"中，而又畏惧"八王之乱"，所以最终难免被赵王司马伦、孙秀所虐杀。这一切正是盲目求全自保的过失，也违背了他当初创作《鹪鹩赋》的本意。

王济、王恺

【原文】

王济①以人乳蒸豚，王恺使妓吹笛，小失声韵便杀之②；使美人行酒，客饮不尽，亦杀之。时武帝在也③，而贵戚敢如此，知晋室之乱也久矣。

【注释】

①王济：字武子，太原晋阳（今山西省太原）人。西晋初年外戚、官员。晋文帝司马昭之婿。

②王恺：字君夫，西晋时期外戚、富豪，晋武帝司马炎的舅舅。小：略微。

③武帝：此处指晋武帝司马炎。

【译文】

王济用妇人的乳汁蒸猪肉，王恺令乐妓吹笛，略微出现失声或者跑韵的情况，便将乐妓杀死；他命令府中美人向宾客行礼敬酒，倘若宾客饮酒不能尽兴，也会下令将敬酒之人杀死。当时晋武帝还在位，然而他的王孙贵戚竟敢如此狂妄暴虐，由此就可以知道，晋室灭亡的祸乱也不会远了。

王夷甫

【原文】

王夷甫既降石勒①，自解无罪，且劝僭号②。其女惠风为愍怀太子③妃，刘曜④陷洛，以惠风赐其将乔属。将妻之，惠风杖剑大骂而死。乃知王夷甫之死，非独惭见晋公卿，乃当羞见其女也。

【注释】

①王夷甫：王衍，字夷甫。琅邪郡临沂县（今山东省临沂北）人。西晋时期著名清谈家，西晋末年重臣，曹魏幽州刺史王雄之孙、司徒王戎的堂弟。东海王司马越去世，王衍奉其灵柩返回东海，途中为石勒所俘获。王衍在与石勒交谈时，仍推脱责任，并劝其称帝，石勒大怒，将其与西晋旧臣一同活埋。石勒：字世龙，上党武乡（今山西省榆社）人。部落小帅石周曷朱之子，十六国时期后赵建立者，史称后赵明帝。也是中国历史上的唯一的"奴隶皇帝"。

②僭（jiàn）号：本意是冒用帝王的称号或者超越自己本来地位的称号，这里指王衍劝石勒称帝。

③惠风：王衍的小儿子。愍（mǐn）怀太子：即司马遹，字熙祖，晋武帝司马炎之孙，西晋的太子。

④刘曜（yào）：前赵昭文帝刘曜，字永明，代郡新兴（今山西省忻州市）人，汉化匈奴人，前汉光文帝刘渊养子，前赵最后一位皇帝。

【译文】

　　王夷甫投降石勒以后，竭力为自己推脱责任而声称没有罪过，而且还劝说石勒称帝。王夷甫之女惠风原是愍怀太子的妃子，刘曜攻陷洛阳后，将惠风赐给了手下将领乔属。乔属将要娶惠风为妻时，惠风挺剑大骂乔属而以死告终。所以，这就可以知道王夷甫的死，不仅仅是无颜面对晋室公卿，恐怕就是连他自己的女儿也是羞于相见的。

卫瓘①欲废晋惠帝

【原文】

　　晋惠帝为太子，卫瓘欲陈启②废立之策而未敢发。会燕③凌云台，瓘托醉跪帝前，曰："臣欲有所启。"欲言之而止者三，因拊床④曰："此坐可惜！"帝意乃悟，曰："公真大醉。"贾后由是怨之。此何等语，乃于众中言之，岂所谓"不密失身"者耶？以瓘之智，不宜暗⑤此，殆邓艾⑥之冤，天夺其魄尔。

【注释】

　　①卫瓘（guàn）：字伯玉。河东安邑（今山西省夏县北）人。三国曹魏后期至西晋初年重臣、将领、书法家，曹魏尚书卫觊之子。

　　②陈启：陈述、启奏。

　　③燕：此处通"宴"，宴会。

　　④拊（fǔ）：古同"抚"，抚摸；拍。床：皇帝的宝座。

　　⑤暗：昏昧、愚蠢。

　　⑥邓艾：字士载，义阳棘阳（今河南省新野）人。三国时期魏国杰出的军事家、将领。

【译文】

晋惠帝为太子的时候，卫瓘就想上书启奏废立太子之策，但始终没敢发出奏折。恰逢皇上在凌云台设宴集会。卫瓘便假借喝醉酒而跪在皇上面前说道："臣有本想要向皇上启奏。"说完这句话以后，却是几次欲言又止，于是就拍着皇上的座椅说："这个座椅太可惜了！"晋惠帝于是就领悟出了他的意思，说："卫公你真是彻底醉了。"贾后因此开始记恨卫瓘。废立太子是多么重要的话，竟然在大庭广众之下说出来，这不就是所说的"不知保密以致于丧命吗？"就凭卫瓘的才智，不应该昏昧到这种地步，这大概是受了邓艾死去冤魂的迷惑，而使上天夺去他的魂魄了。

裴頠①对武帝

【原文】

晋武帝探策②，岂亦如签也耶？惠帝不肖，得一，盖神以实告。裴頠谄对，士君子耻之，而史以为美谈，鄙哉！惠、怀、愍③皆不终，牛系马后④，岂及亡乎！

【注释】

①裴頠（wěi）：字逸民。西晋大臣、哲学家。河东闻喜（今属山西省）人。司空裴秀之子，他曾任散骑常侍、国子祭酒兼右军将军、尚书左仆射之职。

②策：占卜用的蓍（shī）草。

③惠、怀、愍（mǐn）：这里指晋惠帝和晋怀帝、晋愍帝。

④牛系马后：此为历史典故。一般是指司马睿为牛氏之子，牛氏代司马氏继承帝位。历史文献对"牛继马后"一事多有记载。

【译文】

晋武帝喜欢抽签占卜，难道也是去求取签文吗？晋惠帝不成才，抽得的签文是"一"，果真是神灵以实相告的。裴颇解签时大加谄媚之词对答如流，士人君子都以之为耻，而史官却认为这是美谈而记载于史册，真是鄙陋啊！晋国惠、怀、愍三帝都不得善终，以至于"牛继马后"这样的史实，哪里还用等到司马氏灭亡之后呢？

刘凝之、沈麟士

【原文】

《南史》：刘凝之为人认所着履^①，即与之，此人后得所失履，送还，不肯复取。又沈麟士^②亦为邻人认所着履，麟士笑曰："是卿履耶？"即与之。邻人得所失履，送还，麟士曰："非卿履耶？"笑而受之。此虽小事，然处事当如麟士，不当如凝之也。

【注释】

①刘凝之：字志安，小名长年，南郡枝江（今湖北省宜昌）人。履：鞋子。

②沈麟士：字云祯，南朝齐教育家。人称"织帘先生"。吴兴武康（今属浙江省）人。

【译文】

据《南史》记载：刘凝之脚上所穿的鞋子被旁人误认为是自己的，他二话不说便将鞋子脱下来交给那人拿走，后来这个人又找到了自己所丢失的鞋子，便又将刘凝之的鞋送还给他，刘凝之却不肯再收取回来。另外，沈麟士所穿的鞋子也被邻家人误认为是自己的了，麟士便笑着说："是你的鞋子吗？"便将鞋子脱下来递给了那人。后来邻家人也找到了自己所丢失的鞋子，就把沈麟士的鞋子送了回来，沈麟士说："这不是你的鞋子吗？"说完便笑着收下了。这虽说是小事，但为人处事应当如同沈麟士，而不应当像刘凝之啊。

柳宗元敢为诞妄

柳宗元敢为诞妄,居之不疑。吕温为道州、衡州①,及死,二州之人哭之逾月,客舟之过于此者,必呱呱然②。虽子产不至此,温何以得之!

其称温之弟恭③亦贤豪绝人者,又云恭之妻裴延龄④之女也。孰有士君子肯为裴延龄婿者乎?柳宗元与伾、叔文⑤交,盖亦不差于延龄姻也。恭为延龄婿不见于史,宜表而出之,见宗元文集恭墓志云。

①吕温:字和叔,又字化光,唐河中(今永济市)人。道州:地名。隋朝称为永州,唐初年改为道州,治所在今湖南省道县。衡州:地名,隋朝设置,治所在今湖南省衡阳。

②呱呱然:形容小孩儿哭泣的声音。

③恭:这里指吕温的弟弟吕恭。

④裴延龄:唐河中河东(今山西省永济西)人。肃宗时,为氾水县尉,调授太常博士。

⑤伾（pī）：这里指王伾，杭州（今浙江省杭州市）人。唐代大臣。叔文：即王叔文，越州山阴（今浙江省绍兴）人，唐朝中期政治家。

【译文】

柳宗元敢做荒诞虚妄之事，而且对自己所做的事从不怀疑。吕温曾是道州、衡州的地方官员，他死后，两州的百姓为他痛哭哀悼了一个多月，就连经过此地客船之上的人们，也都是哭声不绝。即使郑国贤相子产死的时候也不至于如此，吕温又凭借什么会得到如此声望！

而柳宗元又称赞吕温之弟吕恭也是人间少有的贤人豪杰，卓绝于他人之上的能人，还说吕恭的妻子就是裴延龄的女儿。哪有贤士君子愿意做裴延龄的女婿的？柳宗元与王伾、王叔文交好，这大概也不比与裴延龄联姻相差多少了。吕恭是裴延龄女婿的事，在史书中没看见有记载，应当将此事标注出来公示于众，不过此事可见于柳宗元文集中为吕恭所作的墓志铭中。

卷五

论古篇

武王非圣人

武王克殷①，以殷遗民封纣子武庚禄父②，使其弟管叔鲜、蔡叔度相禄父治殷。武王崩③，禄父与管、蔡作乱，成王命周公④诛之，而立微子⑤于宋。

苏子曰：武王非圣人也。昔孔子盖罪汤⑥、武，顾自以为殷之子孙而周人也，故不敢，然数致意焉，曰："大哉，巍巍乎⑦，尧、舜也！禹，吾无间然"。其不足于汤、武也亦明矣，曰："《武》尽美矣，未尽善也。"又曰："三分天下有其二，以服事殷，周之德，其可谓至德也已矣⑧。"

【注释】

①武王：周武王，姬姓，名发，西周时代青铜器铭文常称其为珷。是西伯昌与太姒的嫡次子，西周的创建者。殷：殷商。

②遗民：称改朝换代的前朝百姓。纣：纣王，暴君，中国商朝最后一位君主，谥号纣。武庚禄父：武庚，史记中称作禄父，是商纣王的儿子，幼时聪明好学。周武王即位后，封武庚管理商朝的旧都殷（河南安阳），殷的遗民大悦。

③崩：驾崩。中国君主时代称帝王死为崩。

④成王：周成王，周武王姬发之子，西周王朝第二位君主。周公：姬姓，名旦，是周文王姬昌第四子，曾两次辅佐周武王东伐纣王，并制作礼乐。因其采邑在周，爵为上公，故称周公。

⑤微子：子姓，宋氏，名启，后世称微子。商王帝乙的长子、商纣王帝辛的长兄。

⑥汤：商汤，商朝创建者。

⑦巍巍乎：崇高伟大的样子。

⑧已：表示程度，太，极致。

【译文】

周武王战胜了殷商，把商朝遗留下来的百姓分封给了纣王的儿子武庚禄父，让他自己的弟弟管叔鲜、蔡叔度辅助武庚禄父治理殷地。武王驾崩以后，武庚禄父联合管叔鲜、蔡叔度兴兵叛乱，周成王派遣周公带兵前去诛杀了他们，然后把宋地分封给了纣王的长兄微子。

依我说：武王并不是圣人啊。过去，孔子其实是谴责商汤和周武王的，只是后来顾及到自己也是殷朝子孙而且又是周代的臣民，所以才不敢直言，但是多次表达出了这个意思，他说："伟大啊！尧、舜的德行崇高伟大啊！禹，我找不到可以非议他的地方。"他没有提及商汤和周武王的功业，那么他不满于汤、武时代也就极其明显了，况且还说："武乐够美好的了，却还不够完善。"又说："周王三分天下而占有其二，但仍然能够任用殷商旧臣而使其信服，所以说，周王的德行，可以称得上是到达极致了。"

【原文】

伯夷、叔齐①之于武王也，盖谓之弑②君，至耻之不食其粟，而孔子予之，其罪武王也甚矣。此孔氏之家法也，世之君子苟③自孔氏，必守此法。国之存亡，民之死生，将于是乎在，其孰敢不严？而孟轲④始乱之，曰："吾闻武王诛独夫纣，未闻弑君也。"自是学者以汤、武为圣人之正若当然者，皆孔氏之罪人也。使当时有良史如董狐者，南巢之事⑤必以叛书，牧野之事⑥必以弑书。而汤、武仁人也，必将为法受恶。

【注释】

①伯夷、叔齐：是商末孤竹君的两个儿子。相传其父遗命要立季子叔

齐为继承人。孤竹君死后，叔齐让位给伯夷，伯夷不受，兄弟相偕去周，投奔周朝，后因武王灭商，二人愤慨而不食周朝食物，最终饿死山中。

②弑（shì）：封建时代臣杀君、子杀父母为"弑"。

③苟：如果，假使。

④孟轲：孟子，姬姓，名轲，战国时期邹城（今山东省邹城市）人。伟大的思想家、教育家，儒家学派的代表人物，与孔子并称"孔孟"。

⑤南巢之事：指的是商汤讨伐夏桀，最后把夏桀流放到南巢（今安徽省巢县南）之事。

⑥牧野之事：指周兵大战商纣王于牧野（今河南省淇县南）之事。

【译文】

伯夷、叔齐对于武王来说，大概是他们认为周武王弑杀先君，故而鄙视他，甚至于到后来因武王灭商而感到耻辱，愤恨之余而不食用周朝的粮食，直至饿死，然而孔子非常赞许他们，可见孔子是极其谴责武王了。这就是孔氏的家法，历代的君子，如果出自孔家思想，必然都会遵守这个家法。国家的存亡，百姓的生死，都将在这里体现，谁又敢不严厉呢？然而到了孟轲自成学派之时便开始悖乱颠覆这一说法。他说："我只听说武王杀死了那个暴君纣王，从没有听说过他弑杀了自己的君主。"自那以后，学者们都理所当然地认为商汤和武王是正道圣人，因而都成了孔氏学说的罪人。即使当时有像董狐那样正直的好史官，诸如商汤把夏桀流放到南巢之事，一定也会被记录为商汤叛乱，而周武王战胜商纣王于牧野之事，也必定会被记录为周武王弑君。而商汤、武王虽然都是仁德的人，也必然将会依据家法而承受弑君犯上的恶名。

【原文】

周公作《无逸》曰："殷王中宗，及高宗，及祖甲，及我周文王，兹四人迪哲①。"上不及汤，下不及武王，亦以是哉？文王之时，诸侯不求而自至，是以受命称王，行天子之事，周之王不王，不计纣之存亡也。使文王在，必不伐纣，纣不见伐而以考终②，或死于乱，殷人立君以事③周，命为二王后以祀殷，君臣之道，岂不两全也哉！武王观兵于孟津而归④，纣若改过，否则殷人改立君，武王之待殷亦若是而已矣。天下无王，有圣人者出而天下归之，圣人所以不得辞也。而以兵取之，而放之，而杀之，可乎？汉末大乱，豪杰并起。荀文若⑤，圣人之徒也，以为非曹操莫与定海内，故起而佐之。所以与操谋者，皆王者之事也，文若岂教操反者哉？以仁义救天下，天下既平，神器自至，将不得已而受之，不至不取也，此文王之道，文若之心也。及操谋九锡⑥，则文若死之，故吾尝以文若为圣人之徒者，以其才似张子房⑦而道似伯夷也。

【注释】

①迪哲：蹈智，谓蹈行圣明之道。语出《尚书·无逸》。

②考终：亦称"考终命"，尽享天年，长寿而亡。出自《尚书·洪范》中"五福"的第五福。

③事：侍奉，供奉。

④武王观兵于孟津而归：孟津观兵是中国历史上比较早的规模较大的阅兵之一。约公元前1068年，周武王为了检验自己的号召力，试探各诸侯国的态度和商王纣的反应，举行的大规模军事演习，周武王在孟津（今河南省孟津）举行了大规模的阅兵仪式，史称"孟津观兵"。

⑤荀文若：荀彧（xún yù），字文若。颍川颍阴（今河南省许昌）人。东汉末年著名政治家、战略家，曹操统一北方的首席谋臣和功臣。

⑥九锡：九种礼器。是天子赐给诸侯、大臣有特殊功勋者的九种器用之物，是最高礼遇的表示。锡：古通"赐"。

⑦张子房：张良，字子房，河南颍川城父（今河南省宝丰）人，秦末汉初杰出的谋士、大臣，与韩信、萧何并称为"汉初三杰"。

【译文】

周公所著的《无逸》上说："谈到殷王中宗，谈到高宗，谈到祖甲，再谈到我们的周文王，这四位君王都是蹈行圣明之道的明君。"如此著写，向上没提及汤王，向下没提及武王，也是因为这个缘故吧？周文王在位的时候，各路诸侯无需召唤就自行前来拜谒进贡，因此才得以承受天命而称王天下来行使天子的职事，所以周朝的称王与不称王，跟商纣的存亡没有关系。假使周文王还在，一定不会去讨伐商纣，商纣王即使不被讨伐也会寿终正寝而死，或者死于内乱，殷朝的臣民就会拥立文王为新君主而继续侍奉周朝，被命名为第二代君王，然后可以继续祭祀殷朝祖先，如此一来，对于君臣之间的道义而言，岂不也是两全其美的结局吗？当年武王率军到孟津检阅军队而后归来，纣王如果就此改正暴虐之过，又或是殷人另外改立新君，武王也像这样对待殷朝就足可以了。倘若天下没有王者，自然就会有圣人出现，然后天下都会归顺他，圣人也因此不去推辞天命而承担起大任。然而以发动战争来夺取王位，然后放逐君主，或者弑杀君王，可以这样做吗？汉朝末年天下大乱，豪杰之士同时起兵。荀文若，是圣人之类的智者，他认为若非曹操而不能平定天下，所以站出来辅佐曹操，他所为曹操谋划的计策，都是成就王业的大事，荀彧难道教授曹操造反了吗？用以仁义之道来拯救天下，天下平定了以后，王位自然就到来了，届时不得不接受它，不到来就不去索取，这才是周文王的道义，荀彧的仁心了。到后来曹操蓄意谋求天子九锡大礼之时，则有荀彧以死抗拒，因此我认为荀彧是圣人之类的贤人，认为他的才智相似于张良，而德行与道义更像伯夷。

【原文】

杀其父，封其子，其子非人也则可，使其子而果人也，则必死之。楚人将杀令尹①子南，子南之子弃疾为王驭士②，王泣而告之。既杀子南，其徒曰："行乎？"曰："吾与杀吾父，行将焉入？""然则臣王乎？"曰："弃父事雠③，吾弗④忍也！"遂缢⑤而死。武王亲以黄钺⑥诛纣，使武庚受封而不叛，岂复人也哉？故武庚之必叛，不待智者而后知也。武王之封，盖亦有不得已焉耳。殷有天下六百年，贤圣之君六七作，纣虽无道，其故家遗民未尽灭也。三分天下有其二，殷不伐周，而周伐之，诛其君，夷其社稷⑦，诸侯必有不悦者，故封武庚以慰之，此岂武之意哉？故曰：武王非圣人也。

【注释】

①令尹：是楚国在春秋战国时代的最高官衔，是掌握政治事务，发号施令的最高官。

②驭（yù）士：为君王驾驶马车的御士。

③雠（chóu）：通"仇"，仇人，冤家对头。

④弗（fú）：不。

⑤缢（yì）：吊死，用绳子勒死。

⑥黄钺（yuè）：以黄金为饰的斧。古代为帝王所专用，或特赐给专主征伐的重臣。

⑦社稷（jì）：古代帝王、诸侯所祭的土神和谷神。后来借指国家。

【译文】

杀了做父亲的，再封他的儿子为诸侯，这个儿子不是人也就算了，假使他的儿子真的还是一个人，那么必然会为此而死。楚国人担忧子南弄权祸国，就准备杀死令尹子南，当时子南的儿子弃疾是一个为楚王驾车的御士，楚王哭泣着告诉了他这件事。子南被杀死以后，他的家臣问他儿子弃疾说："你会出走吗？"弃疾回答："我参与了杀我父亲，我还能走到哪里去呢？"家臣又问："那么还去侍奉楚王吗？"他回答："抛弃父亲而侍奉仇人，我不忍心啊！"于是就上吊而死了。而武王亲自高举黄钺诛讨商纣王，假使纣王之子武庚接受了封侯而不叛乱，难道他还是个人吗？所以武庚必然会兴兵叛乱，这是不必等待智者说出来就明白的道理。武王的封侯之举，大概也是有所不得以才这样做的。殷朝统治天下六百年，贤德圣明的君主出现六七位，纣王尽管残暴无道，他原有的家族遗留下来的子民并没有全被灭亡啊。三分天下而占其中之二的形势下，殷商没有前去讨伐周朝，而周朝反来讨伐殷商，并且诛杀了他们的君王，夺取了他们的国家，诸侯当中必然会有不服的，所以才封赏武庚，以此来安慰他们，这难道不是周武王的本意吗？因此说：周武王并不是圣人啊。

周东迁失计

【原文】

太史公曰:"学者皆称周伐纣,居洛邑,其实不然。武王营之,成王使召公卜居①九鼎焉,而周复都丰、镐②。至犬戎败幽王,周乃东徙于洛。"

苏子曰:周之失计,未有如东迁之缪③者也。自平王至于亡,非有大无道者也。頵王④之神圣,诸侯服享,然终以不振,则东迁之过也。昔武王克商,迁九鼎于洛邑,成王、周公复增营之,周公既没,盖君陈、毕公更居焉,以重王室而已,非有意于迁也。周公欲葬成周,而成王葬之毕,此岂有意于迁哉?

今夫富民之家,所以遗其子孙者,田宅而已。不幸而有败,至于乞假以生可也,然终不可议田宅⑤。今平王举文、武、成、康之业而大弃之,此一败而粥田宅者也。夏、商之王,皆五六百年,其先王之德无以过周,而后王之败亦不减幽、厉,然至于桀、纣⑥而后亡。其未亡也,天下宗之,不如东周之名存而实亡也。是何也?则不粥⑦田宅之效也。

【注释】

①卜居:选择居处;择地而居。

②镐(hào):镐京。西周的国都,在今陕西省西安市长安区西北。

③缪(miù):纰缪;错误。

④頵王(zī):指周灵王。相传其生而有髭,故名。

⑤田宅:田地和房屋。

⑥桀(jié)、纣:桀和纣,相传都是暴君,后桀纣泛指暴君。桀:姒姓,夏后氏,名癸,一名履癸,谥号桀,史称夏桀,帝发之子,夏朝最后一位君主,是历史上有名的暴君。

⑦粥（yù）：古同"鬻"。引申为"卖"。

【译文】

太史公说："很多学者都说是周朝讨伐了商纣，定都在洛邑，事实不是这样的。周武王筹划营建国都在这里，成王派遣召公卜算前去选择居处，然后将九鼎迁移到这里来，可周朝又重新在丰京和镐京定都。直到犬戎打败了周幽王，周朝才向东迁移到了洛邑。"

依我说："周朝的失策，没有像国都东迁这样严重的错误了。从周平王到东周灭亡，并没有出现过特别无道的君王。因为周灵王的神圣，各路诸侯都悦服于他并年年朝贡，然而最终还是没有振兴起来，这就是东迁的过失了。当年周武王打败商朝，将九鼎迁到了洛邑，成王和周公又重新营建它，周公死了以后，大概是君陈、毕公替代他居住在那里，只是用来加重王室的威望罢了，并不是有意要迁都到这里来的。后来周公要求葬在东都洛邑，而成王遵照他的意愿将他葬于洛邑后，这难道就有迁都来此的意思了吗？"

如今那些富有的人家里，所用来遗留给自己子孙的，不过是田地和家宅罢了。假如家道不幸而落败下来的，甚至到了依靠借贷来维持生存才可以的地步，但终究不能考虑出卖田地家业。现在平王拥有文王、武王、成王、康王的基业却大肆抛弃了，这就是个一经败落就卖掉田地家业的人啊。夏朝、商朝的君王掌握天下，都有五六百年，他们先王的德行操守没有超过周朝的，而后世君王的败落也不比周幽王、周厉王少，却一直到桀、纣王之后才灭亡。他们还没有灭亡的时候，天下都归顺供奉他们，不像东周这样名存实亡。这是为什么呢？这就是没有卖掉田地家业的效果啊。

【原文】

盘庚之迁也，复殷之旧也。古公迁于岐①，方是时，周人如狄人也，逐水草而居，岂所难哉？卫文公东徙渡河，恃②齐而存耳。齐迁临菑③，晋迁于绛、于新田，皆其盛时，非有所畏也。其余避寇而迁都，未有不亡；虽不即亡，未有能复振者也。春秋时楚大饥，群蛮④叛之，申、息之北门不启。楚人谋徙于阪高，蒍贾⑤曰："不可。我能往，寇亦能往。"于是乎以秦人巴人灭庸，而楚始大。苏峻之乱，晋几亡矣，宗庙宫室尽为灰烬。温峤⑥欲迁都豫章，三吴之豪欲迁会稽，将从之矣，独王导不可，曰："金陵，王者之都也。王者不以丰俭移都，若弘卫文大帛之冠，何适而不可？不然，虽乐土为墟矣。且北寇方强，一旦示弱，窜于蛮越，望实皆丧矣！"乃不果迁，而晋复安。贤哉导也，可谓能定大事矣！嗟夫⑦，平王之初，周虽不如楚强，顾不愈于东晋之微乎？使平王有一王导，定不迁之计，收丰、镐之遗民，修文、武、成、康之政，以形势临东诸侯，齐、晋虽强，未敢贰也，而秦何自霸哉？魏惠王畏秦，迁于大梁；楚昭王畏吴，迁于鄀⑧；顷襄王畏秦，迁于陈；考烈王畏秦，迁于寿春：皆不复振，有亡征⑨焉。东汉之末，董卓劫帝迁于长安，汉遂以亡。近世李景迁于豫章，亦亡。故曰：周之失计，未有如东迁之缪者也。

【注释】

①岐（qí）：古地名，陕西岐山县。又是山名，岐山。

②恃（shì）：依赖，倚靠，仗着。

③临菑（zī）：古邑名，以城临菑水而得名，故址在今山东省淄博市东北。

④蛮：古代指南方少数民族部落。

⑤蒍（wěi）贾：芈姓，蒍氏，名贾，字伯嬴。春秋时楚国司马。

⑥温峤（qiáo）：字泰真，一作太真，东晋名将，曹魏名臣温恢的曾孙，西晋司徒温羡之侄。东汉护羌校尉温序之后。

⑦嗟夫（jiē fū）：犹嗟乎。表示感叹的语气词。

⑧鄀（ruò）：春秋时楚都。

⑨征：预兆，迹象，征兆。

【译文】

盘庚迁都到殷地，是为了恢复殷地的旧貌。古公迁都到岐山，正在那时候，周朝人也如同狄人一样，逐水草而居，难道也是遇到什么困难了吗？当年卫文公东迁渡过黄河，依靠齐国援助才得以使国家保全。至于齐国迁都临淄，晋国迁都到绛、新田，都是在他们强盛时期，并不是有所畏惧才迁移的。诸如其他因躲避贼寇而迁都的国家，没有不灭亡的；即使没有立即灭亡，也没有能够振奋复兴的。春秋的时候，楚国发生了大饥荒，一群蛮族开始反叛作乱，申、息两城的北门无法打开，楚国君臣商议迁都到阪高。芳贾说："不行。我们能迁移到阪高，贼寇也能前去那里。"于是依靠秦人、巴人的力量灭掉了庸，然后楚国才得以强大起来。晋朝将领苏峻叛乱，导致晋朝几乎灭亡了，宗庙宫室全部化成灰烬。温峤想迁都到豫章，三吴的豪族贵胄想迁都到会稽，众人正准备听从他们的决定，只有王导不同意，他说："金陵是王者之都。君王不应该因为富有或贫穷才迁都，如果能弘扬卫文公简朴生活发愤图强的品德，去哪里不都可以吗？否则，就算是乐土也将变成废墟了。况且北方的敌人正很强大，我们一旦示弱，逃窜到蛮越之地，国家的威望和实力就都失去了。"于是最终没有迁都，而晋室又得以安定。如此可见，王导是个贤人啊，可以称得上是能定夺大事之人啊。可叹啊，周平王初年，周朝虽然比不上强大的楚国，难道还不能胜过衰弱的东晋吗？假使周平王有一个王导这样的谋臣，定会提出不迁都的计策，然后收拢故都丰、镐两城的遗民，效法文王、武王、成王、康王成功的治国之道，凭借这些形成强盛的局势面对东部诸侯，到那时，齐国、晋国虽然强大，也不敢有背叛之心，而那秦国凭什么独自称霸天下呢？

魏慧王惧怕秦国，迁都到大梁；楚昭王畏惧吴国，迁都于郡国；楚国国君顷襄王畏惧秦国，迁都于陈国；顷襄王之子考烈王畏惧秦国，迁都于寿春。这些国君迁都以后都没有再振兴起来，反而都逐渐出现败亡的征兆了。东汉末年，董卓挟持天子迁都到长安，汉朝因此就灭亡了。近世的李景迁都到豫章以后，也败亡了。所以说：周朝的失策，没有像东迁错误这么严重的了。

秦拙取楚

秦始皇帝十八年，取韩；二十二年，取魏；二十五年，取赵、取楚；二十六年，取燕、取齐，初并①天下。

苏子曰：秦并天下，非有道也，特巧耳，非幸也。然吾以为巧于取齐而拙于取楚，其不败于楚者，幸也。乌乎，秦之巧，亦创智伯而已。魏、韩肘足接②而智伯死，秦知创智伯而诸侯终不知师韩、魏，秦并天下，不亦宜乎！

齐湣王死，法章③立，君王后佐之，秦犹伐齐也。法章死，王建立六年而秦攻赵，齐、楚救之，赵乏食，请粟于齐，而齐不予。秦遂围邯郸④，几亡赵。赵虽未亡，而齐之亡形成矣。秦人知之，故不加兵于齐者四十余年。夫以法章之才而秦伐之，建之不才而秦不伐，何也？太史公曰："君王后事秦谨，故不被兵⑤。"

【注释】

①并：兼并，吞并。

②肘足接：以肘触肘，以足蹑足。比喻暗中示意，互结其谋。

③齐湣（mǐn）王：齐宣王之子，田齐政权第六任国君。相传古代帝王中属他死得最惨。法章：齐国君主襄王名法章，田齐时代有一百五六十年，后秦国灭齐统一中国。

④邯郸（hán dān）：战国时期赵国都城，在今河北省境内。

⑤被兵：指遭受战祸。

【译文】

秦始皇帝执政十八年，攻取了韩国；二十二年，攻取魏国；二十五年，攻取赵国又攻取了楚国；二十六年，攻取燕国和齐国，开始了吞并天下的统一大业。

要我说："秦国吞并天下，不是有天道相助，而是用尽机巧罢了，也不是侥幸而成功的。虽然我认为秦国攻伐齐国是以机巧取胜的，但是攻取楚国却显得很笨拙，秦国最终没能被楚国打败，纯属是侥幸啊。唉，说起秦国的机巧取胜，也算是智伯的首创了。可惜最终魏国与韩国暗结其谋而导致智伯失去生命。秦国知道智伯首创战略，但其他诸侯自始至终不知道效法韩国、魏国，如此看来，秦吞并天下，不也是合乎时宜了吗！"

齐湣王死了以后，齐襄王法章登上王位，臣下们拥戴他为齐王之后辅佐他日渐强盛，然而秦国还是没有停止攻打齐国。齐襄王也死了，然后齐王建登基六年，但是秦国却放过齐国而去攻打赵国。后来齐国和楚国联合营救赵国，当时赵国缺乏粮食，请求齐国支助粟米救急，但齐国没有给予帮助。于是秦国就围攻邯郸，几乎使赵国灭亡。最终赵国虽然没有灭亡，但是齐国却已形成了灭亡之势。其实秦国人早已预知到了这个结果，所以故意不攻打齐国达四十多年。那是因为齐王法章有才能，所以秦国才去攻打齐国，而齐王建没有才能，秦国才不去攻打，这是为什么呢？太史公司马迁说："齐国君王后来侍奉秦国谨慎，所以才遭受战祸。"

【原文】

夫秦欲并天下耳，岂以谨故置齐也哉！吾故曰"巧于取齐"者，所以慰齐之心而解三晋①之交也。齐、秦不两立，秦未尝须臾②忘齐也，而四十余年不加兵者，岂其情乎？齐人不悟而与秦合，故秦得以其间取三晋。三晋亡，齐盖岌岌矣。方是时，犹有楚与燕也，三国合，犹足以拒秦。秦大出兵伐楚伐燕而齐不救，故二国亡，而齐亦虏不阅岁，如晋取虞、虢③也，可不谓巧乎！二国既灭，齐乃发兵守西界，不通秦使。呜呼，亦晚矣！

秦初遣李信以二十万人取楚，不克，乃使王翦以六十万攻之，盖空国而战也。使齐有中主具臣，知亡之无日，而扫境以伐秦，以久安之齐而入厌兵空虚之秦，覆秦如反掌也。吾故曰"拙于取楚"。然则奈何？曰："古之取国者必有数，如取龆齿^④也必以渐，故齿脱而儿不知。"今秦易楚，以为龆齿也可拔，遂抉^⑤其口，一拔而取之，儿必伤，吾指为啮^⑥。故秦之不亡者，幸也，非数也。吴为三军迭出以肄^⑦楚，三年而入郢^⑧。晋之平吴，隋之平陈，皆以是物也。惟苻坚^⑨不然，使坚知出此，以百倍之众，为迭出之计，虽韩、白不能支，而况谢玄、牢之之流乎！吾以是知二秦之一律也：始皇幸胜；而坚不幸耳。

【注释】

①慰：使人心里安适，安慰。三晋：此指中国战国时期的赵国、魏国、韩国三国的合称，它们是由晋国分裂形成的。

②须臾（yú）：衡量时间的词语，表示一段很短的时间，如片刻之间。与倏然、倏忽近义。

③虞、虢（guó）：虞国，虢国。两国相邻，而虢国是虞国的屏障。

④龆齿（tiáo chǐ）：幼童新生的恒齿。

⑤抉（jué）：剔出；用手瓣分开，撬开。

⑥啮（niè）：啃、咬。

⑦迭出（dié chū）：一次又一次地出现。肄（yì）：练习，训练；检阅。

⑧郢（yǐng）：春秋战国时楚国都城。在今湖北省江陵县。

⑨苻坚（fú jiān）：十六国时前秦皇帝。略阳临渭（今甘肃秦安）人。初为东海王，在宫廷斗争中获胜，后自立为大秦天王。

【译文】

那秦国的目的只是想吞并天下罢了，难道会因为齐国对他恭敬谨慎就放弃攻取齐国了吗？我之所以说那是"巧于取齐"的原因，就是因为秦国所做的一切都是在用来安抚齐国的民心，从而使齐国解除与赵国、魏国、韩国三国的结盟。齐国、秦国势不两立，秦国片刻之间都没有忘记攻取齐国，然而却四十多年没有对齐国出兵讨伐，难道合乎情理吗？是齐国人不知醒悟，却与秦国合好，因此秦国才能趁此机会攻取三晋。而三晋灭亡，齐国就岌岌可危了。其实，那时候还有楚国和燕国呢，倘若这三个国家联合起来，仍然足以抵抗秦国。秦国派遣大量兵力攻打燕国和楚国的时候，齐国却不前去援救，最后楚国和燕国灭亡了，但是不到一年时间，齐国也被秦国攻占，如同晋国攻取虞国和虢国一样，难道不能被称为机巧吗？楚国和燕国已经灭亡，齐国才发兵驻守西边的疆界，不与秦国结交。唉，可惜已经晚了！

秦国起初派遣李信率领 20 万人马攻打楚国，一直不能攻克，然后才派遣王翦率领 60 万士兵攻打楚国，这大概是倾尽全国的兵力去征战了。假使齐国有贤明的君主以及明智的大臣，知道国家不久就要灭亡，而应该全力去攻打秦国，当时仅凭齐国长久没有战事而处于安定的优势去对付厌战空虚的秦国，灭掉秦国真是易如反掌。所以我说："笨在取楚。"既然是这样，那应该怎么办呢？答案是："古代攻取别人的国家，一定要事先心中有数。就像幼童换取恒齿，一定要慢慢来，所以牙齿脱落的时候幼儿却不感觉疼痛。"现在秦国看轻楚国，认为啮齿可以直接拔掉，于是就掰开嘴，用力一拔就想取出来，此时幼儿一定会去伤害他，我指的是必定被咬。所以说秦国攻打楚国没被灭掉，是幸运的，而不是命数啊。吴国训练三军将士，一次又一次地攻楚三年才进入郢都。晋朝平定吴国，隋朝平定陈国，都是用的这种方法。只有苻坚不是这样的，假使苻坚也知道用这种方法，以百倍的军队，用多次进攻的计谋，即使韩、白联合也不能抵挡，何况谢玄、刘牢之这样的人呢！因此我从这二秦中得到一个规律：秦始皇是侥幸得到胜利；而苻坚确实是不幸运罢了。

秦废封建

【原文】

秦初并天下，丞相绾①等言："燕、齐、荆地远，不置王无以镇之，请立诸子。"始皇下其议，群臣皆以为便②。廷尉③斯曰："周文、武所封子弟同姓甚众，然后属疏远，相攻击如仇雠④，诸侯更相诛伐，天子不能禁止。今海内赖陛下神灵，一统皆为郡县，诸子功臣以公赋税重赏赐之，甚足易制。天下无异意，则安宁之术也，置诸侯不便。"始皇曰："天下共苦战斗不休⑤，以有侯王。赖宗庙天下初定，又复立国，是树兵也，求其宁息，岂不难哉！廷尉议是。"分天下为三十六郡，郡置守、尉、监。

【注释】

①绾（wǎn）：王绾，是秦国的丞相。秦始皇统一天下后，王绾主张将秦始皇的儿子、宗族还有功臣们封到燕、齐、楚等国的偏远地方去镇守，以保持国家的稳定。

②便：便利，方便。

③廷尉：官名，秦置，为九卿之一。掌刑狱。秦汉至北齐主管司法的最高官吏。

④仇雠：仇人，冤家对头。

⑤战斗：敌对双方所进行的武装冲突。战争，战乱。

【译文】

秦朝刚刚统一天下的时候，丞相王绾等人说："燕国、齐国、荆国等地非常偏远，如果不在那里封王的话就没有办法镇守它，请皇帝立诸位皇子为王。"秦始皇吩咐下边臣子讨论这件事，群臣都认为应该如此。廷尉李斯说："周文王、周武王所分封的几乎都是同姓子弟，然而后来渐渐亲属疏远，相互之间征讨攻伐如同仇人一般，各个诸侯国之间更是相互诛杀讨伐，最后到了周天子都不能阻止的地步。现在四海之内都倚赖皇帝陛下的英明神武，全部统一成了秦国郡县，用以国家收取的赋税去重赏诸位皇子和功臣们，财物充足很容易控制他们。维系天下太平而没有异心，就是保证国家安定的正确方法，如果设立诸侯王反而不便于管理。"秦始皇说："以前天下人都在苦于战乱不止带来的伤害，就是因为有诸侯国。我依靠祖上宗庙的福佑刚刚平定天下，又要分封设立诸侯国，这是在为自己树立敌人啊，若真如此，今后要想求得天下安宁，岂不是太难了吗！廷尉的谏议很对。"于是，秦始皇就把天下划分为三十六个郡，每个郡都分别设置守、尉、监三个官职由专人去管理。

【原文】

苏子曰：圣人不能为时，亦不失时。时非圣人之所能为也，能不失时而已。三代之兴，诸侯无罪，不可夺削，因而君之虽欲罢侯置守，可得乎？此所谓不能为时者也。周衰，诸侯相并，齐、晋、秦、楚皆千余里，其势足以建侯树屏。至于七国皆称王，行天子之事，然终不封诸侯。不立强家世卿者，以鲁三桓、晋六卿、齐田氏为戒也。久矣，世之畏诸侯之祸也，非独李斯、始皇知之。始皇既^①并天下，分郡邑^②，置守宰^③，理固当然，如冬裘夏葛^④，时之所宜，非人之私智独见也，所谓不失时者，而学士大夫多非之。汉高帝欲立六国后，张子房以为不可，世未有非之者，李斯之论与子房何异？世特以成败为是非耳。高帝闻子房之言，吐哺骂郦生，知诸侯之不可复，明矣。然卒王韩、彭、英、卢，岂独高帝，子房亦与焉。故柳宗元曰："封建非圣人意也，势也。"

【注释】

①既：动作已经结束，之后。

②郡邑（jùn yì）：郡邑府县。

③守宰：指地方长官。

④冬裘夏葛：裘：皮衣；葛：葛麻衣。泛指美服。

【译文】

苏子说：圣人不能制造时机，也不会错失时机。天时不是圣人所能控制的，只不过是圣人能把握时势，不违背时势而已。夏商周三个朝代兴盛之时，如果诸侯没有罪过，就不能剥夺他们的食邑和爵位，所以那个时候的君主即使想要罢黜诸侯而设置郡守，能得以成功吗？这就是所说的圣人不能制造天时的例子了。周朝衰落之时，各地诸侯并起，相互吞并，齐、晋、秦、楚各诸侯都占据了千余里的土地，他们的势力足独立建立一个国家去抵御外邦的进攻。等到七个诸侯国都称王了，周朝想再去行使周天子所做的执事，然而终究无力再分封统治诸侯。不立有权势的家族世世为公卿的原因，就是以鲁国的三桓、晋国的六卿和齐国田氏那样的事情为警戒啊。这样的后患被验证很久了，世人都开始畏惧分封诸侯以后带来的祸端，并不是只有李斯和秦始皇才知道其中的祸患。秦始皇吞并统一了天下以后，把所拥有的土地分为郡邑，设立郡守去治理，在法理上本来就应当这样，就像冬天穿裘皮衣而夏天穿葛衣，这是相宜时令的事情，并不是几个人的智慧或是某个人的独到见解，这就是以上所说的不会错过时机的人，但是那些学者和士大夫却大多不是这样的人。汉高祖刘邦想要分封六国后人为诸侯国，张良认为不可以这么做，而世人没有非议他，李斯所说的和张良所说的有什么不同吗？这不过是因为世人都特别喜欢用成败来作为评断是非的标准罢了。刘邦听了张良的话之后，把口中的饭吐出来去骂郦食其，是因为他知道分封诸侯的制度不能再实行，真算是圣明了。然而没多久就又封韩信、彭越、英布、卢绾为王，这件事岂是刘邦一个人所为，其实张良也参与了。所以柳宗元说："分封诸侯国这件事并不是圣人的意愿，而是形势使然。"

【原文】

昔之论封建①者，曹元首、陆机、刘颂，及唐太宗时魏征②、李百药、颜师古，其后有刘秩、杜佑、柳宗元。宗元之论出，而诸子之论废矣，虽圣人复起，不能易也。故吾取其说而附益之，曰：凡有血气必争，争必以利，利莫大于封建。封建者，争之端而乱之始也。自书契以来，臣弑其君，子弑其父，父子兄弟相贼杀，有不出于袭封而争位者乎？自三代圣人以礼乐教化天下，至刑措不用，然终不能已篡弑③之祸。至汉以来，君臣父子相贼虐者，皆诸侯王子孙，其余卿大夫不世袭者，盖未尝有也。近世无复封建，则此祸几绝。仁人君子，忍复开之欤④？故吾以为李斯、始皇之言，柳宗元之论，当为万世法也。

【注释】

①封建：一种分封的政治制度。君主把土地分给宗室和功臣，让他们在这块土地上建国。

②魏征（zhēng）：字玄成，祖籍巨鹿下曲阳（现晋州市）。唐朝政治

家、思想家、文学家和史学家，是中国历史上最负盛名的谏臣。

③篡弑（cuàn shì）：犹篡杀。谓弑君篡位。

④欤（yú）：言助词，表示疑问、感叹、反诘等语气。

【译文】

过去讨论分封诸侯制度的人，有曹元首、陆机、刘颂，等到了唐太宗的时候，有魏征、李百药、颜师古，后来有刘秩、杜佑、柳宗元。自从柳宗元的《封建论》写出来之后，之前那些人的评论就都自行废弃了，即便是圣人复活，也不能改变了。所以我取用他的说法来附和增加一些看法：但凡有血气的生物必然会争斗，而争斗必然是因为利益，最大的利益莫过于成为诸侯封王。因此，分封制度是争斗的开端，战乱的开始。自从开始书面文字记载以来，臣子弑杀他的君主，儿子弑杀他的父亲，父子兄弟之间自相残杀，哪有不是因为世袭分封而去抢夺王位的呢？自从夏商周三代时候起，圣人用礼乐来教化天下人，曾经达到了刑罚可以搁置不用的盛况，但是最终还是不能终止篡位弑君的祸事。从汉代到现在，君臣父子反目成仇互相残杀的，一定都是诸侯王的子孙，其他那些不能世袭的公卿大夫，大概还没有出现过这种情况呢。近些年不再实行分封诸侯制度，所以这些祸事几乎绝迹了。仁德的贤人和君子，怎么忍心再开启这种祸端呢？所以我认为李斯与秦始皇所说的话，以及柳宗元提出的观点，才是皇室王朝能延续千代万世的法则。

论子胥、种、蠡

越既灭吴，范蠡以为句践为人长颈乌喙^①，可与共患难，不可与共逸乐，乃以其私徒属浮海而行，至于齐。以书遗大夫种^②曰："蜚鸟^③尽，良弓藏；狡兔死，走狗烹。子可以去矣！"

苏子曰：范蠡知相其君而已，以吾相蠡，蠡亦乌喙也。夫好货，天下之贱士也，以蠡之贤，岂聚敛积财者？何至耕于海滨，父子力作，以营千金，屡散而复积，此何为者哉？岂非才有余而道不足，故功成名遂身退，而心终不能自放者乎？使句践有大度，能始终用蠡，蠡亦非清净无为而老于越者也，故曰"蠡亦乌喙也"。鲁仲连既退秦军，平原君欲封连，以千金为寿。笑曰："所贵于天下士者，为人排难解纷而无所取也。即有取，是商贾^④之事，连不忍为也。"遂去，终身不复见，逃隐于海上。曰："吾与其富贵而诎^⑤于人，宁贫贱而轻世肆^⑥志焉！"使范蠡之去如鲁连^⑦，则去圣人不远矣。

【注释】

①范蠡（lǐ）：字少伯，华夏族，春秋时期楚国宛地三户（今河南淅川县滔河乡）人。春秋末著名的政治家、军事家、经济学家和道家学者。曾献策扶助越王勾践复国，后隐去。句践：即越王勾践，姒姓，本名鸠浅，古时华夏文字不同，音译成了勾践，夏禹后裔，春秋末年越国国君。乌喙（huì）：形容人嘴尖。

②大夫种：大夫文种，也作文仲、字会、少禽，一作子禽，春秋末期楚之郢（今湖北省江陵附近）人，后定居越国。春秋末期著名的谋略家。越王勾践的谋臣，越国大夫。

③蜚（fēi）鸟：飞鸟。古时蜚与飞通用。

④商贾（gǔ）：古代对商人的称呼，释为行商坐贾，行走贩卖货物为商，住着出售货物为贾。

⑤诎（qū）：通"屈"，弯曲，屈服，折服。

⑥肆：放纵，任意行事。

⑦鲁连：鲁仲连，中国春秋战国时齐国人，鲁仲连不满秦王称帝的计划，曾说，秦如称帝，则蹈东海而死。后以"鲁连蹈海"表示宁死而不受强敌屈辱的气节、情操。

【译文】

越国已经消灭了吴国，范蠡根据越王勾践的行为举止，再联系他的相貌是长脖子尖嘴巴的那种人，推断出他是一个只可以与他共患难，却不能跟他共同享乐之人，于是就带着他的私有财物以及家属随从乘船离开越国，来到了齐国。以自己亲笔书信送给大夫文种说："常言道：飞鸟全被打尽了，优良的弓箭已无用处就会被收藏起来；狡猾的兔子被猎杀了，为其奔走的猎狗已无用处就会被烹煮吃掉。现在你也可以离去了。"

我说："范蠡这是懂得相术而在为其国君相面罢了，依我给范蠡相面来看，范蠡也是嘴向前突起，好像鸟嘴一样尖的人。那样的人都喜欢财货，在天下间属于微贱地位的商贾之人，然而以范蠡的贤能，哪里会是聚敛财货、囤积居奇的庸人呢？何至于沦落到海滨之地辛勤耕耘，需要父子同心倾力劳作，以此来谋求千金维持生计，而且成年累月还要经受钱财一会儿散去，一会儿聚集的忧患，这样做有什么意义呢？这难道不是才能有余，道德不足的人所为么？所以说，范蠡恐怕是表面上功成身退，而心里却始终不能自我平和的人吧？假使越王勾践能够为人大度，自始至终都能重用范蠡，范蠡也不是那种能清静无为而老死在越国的人，所以说"范蠡也是嘴尖的人"。从前，齐国的鲁仲连能使强盛的秦国军队退兵而不再入侵，平原君为了答谢他，于是想要封赏鲁仲连，并派人送去千金为鲁仲连祝寿。仲连笑着说："天下人之所以都尊敬我，是因为我为世人排忧解难而分文不取。现在如果收受谢礼，那是商人才做的事，我不愿意这么做。"于是谢辞而去，终生不再与平原君相见，隐居于海岛之上。鲁仲连说："与其因求取富贵而屈辱于人，我宁愿身受贫贱而藐视世俗，放纵心智！"假使范蠡的离开，也和鲁仲连一样，那么离圣人的标准就不远了。

【原文】

呜呼，春秋以来，用舍进退未有如蠡之全者，而不足于此，吾以是累叹而深悲焉。子胥、种、蠡皆人杰，而扬雄曲士也，欲以区区之学疵瑕①此三人者：以三谏不去、鞭尸、籍馆为子胥之罪，以不强谏句践而栖之会稽为种、蠡之过。雄闻古有三谏当去之说，即欲以律天下士，岂不陋哉！三谏而去，为人臣交浅者言也，如宫之奇、泄冶乃可耳。至如子胥，吴之宗臣，与国存亡者也，去将安往哉？百谏不听，继之以死可也。孔子去鲁，未尝一谏，又安用三？父不受诛，子复雠②，礼也。生则斩首，死则鞭尸，发其至痛，无所择也。是以昔之君子皆哀而恕之，雄独非人子乎？至于籍馆，阖闾③与群臣之罪，非子胥意也。勾践困于会稽，乃能用二子，若先战而强谏以死之，则雄又当以子胥之罪罪之矣。此皆儿童之见，无足论者，不忍三子之见诬，故为之言。

【注释】

①疵瑕：指责；指摘。

②雠（chóu）：同"仇"。

③阖闾（hé lú）：一作阖庐，姬姓，名光，又称公子光，春秋末期吴国君主，军事统帅。

【译文】

唉！自春秋以来，能够知道自己什么时候该出仕，什么时候该舍弃，什么时候该进身，什么时候该退隐的入仕之人，没有人能如同范蠡这样全身而退的，但依然有以上所提到的不足之处，这也是我之所以要屡次叹息而深切悲哀的地方。伍子胥、大夫文种、范蠡都是人中俊杰，而扬雄只是一个孤陋寡闻的人而已，想用自己那一点点学问来指责他们三人：把经过三次劝谏也不离去、在籍馆鞭尸当成是伍子胥的罪过，把不强行劝谏勾践进攻却让他栖身会稽受苦当作是大夫文种、范蠡的过错。大概扬雄听说古时候有经过三次劝谏就应当离去的说法，所以就想用它来约束天下的志士，难道这不是太鄙陋了吗！三次劝谏就想离开，是对交情浅的君臣说的，像宫之奇、泄冶之徒还可以。至于像伍子胥，吴国的后世忠孝臣子，誓与国家共存亡的人，离开了能去哪里呢？劝谏上百次也不听，甚至随即为此而死也在所不惜。孔子离开鲁国，未曾经过一次劝谏，又怎么能用得着三次呢？父亲不幸被诛杀，儿子前去复仇，这是礼啊。仇人活着就砍掉他的头颅，死了就鞭尸，这是在发泄他极大的痛苦，没有其他可选择的。所以过去有德行的人都替他悲哀而谅解他，难道唯独扬雄不是谁的儿子吗？至于籍馆的事，是吴王阖闾和群臣们的罪过，并不是伍子胥的本意。勾践被困在会稽，才得以起用大夫文种和范蠡治国，如果想先去应战而强行劝谏，最终导致勾践死了，那么扬雄又该用伍子胥那样的罪过来谴责他们了。所以说，这都是小孩子的见识，不足以拿来讨论，只是不忍心这三位志士的事迹被冤屈，所以替他们说了这些话。

论鲁三桓

【原文】

鲁定公十三年，孔子言于公曰："臣无藏甲，大夫无百雉之城。"使仲由为季氏宰，将堕三都。于是叔孙氏先堕郈^①。季氏将堕费，公山不狃^②、叔孙辄率费人袭公。公与三子入于季氏之宫，孔子命申句须、乐颀下伐之，费人北，二子奔齐，遂堕费。将堕成，公敛处父以成叛，公围成，弗^③克。或曰："殆哉，孔子之为政也，亦危而难成矣！"孔融曰："古者王畿^④千里，寰^⑤内不封建诸侯。"曹操疑其论建渐广，遂杀融。融特言之耳，安能为哉？操以为天子有千里之畿，将不利己，故杀之不旋踵^⑥。季氏亲逐昭公，公死于外，从公者皆不敢入，虽子家羁亦亡。季氏之忌刻忮害^⑦如此，虽地势不及曹氏，然君臣相猜，盖不减操也，孔子安能以是时堕其名都而出其藏甲也哉！考于《春秋》，方是时三桓虽若不悦，然莫能违孔子也。以为孔子用事于鲁，得政与民，三桓畏之欤⑧？则季桓子之受女乐也，孔子能却之矣。彼妇之口可以出走，是孔子畏季氏，季氏不畏孔子也。孔子盖始修其政刑，以俟三桓⑨之隙也哉？

【注释】

①堕（huī）：古同"隳"，毁坏，拆毁。郈（hòu）：古地名，在今山东省东平县。也是中国的一个姓氏。

②公山不狃（niǔ）：春秋时期鲁国人。他双字姓公山，名不狃（也作弗扰、不扰），字子泄。公山不狃和阳虎，都是鲁国当政者季桓子的家臣。

③弗（fú）：不。

④畿（jī）：古代王都所领辖的方千里地面。后指京城所管辖的地区，疆界，疆域。

⑤寰（huán）：古指距京都千里以内的地区，京畿。

⑥旋踵（xuán zhǒng）：掉转脚跟，比喻时间极短。

⑦忮害（zhì hài）：忌刻残忍；嫉忌陷害。子家羁：中国春秋时期鲁国政治人物，世称子家懿伯、子家子。鲁庄公的玄孙。

⑧欤（yú）：文言助词，表示疑问、感叹、反诘等语气。

⑨俟（sì）：等待。三桓：鲁三桓，鲁国三大家族，即指鲁国卿大夫孟孙氏、叔孙氏和季孙氏。

【译文】

鲁定公十三年，孔子对鲁定公说："臣子不该私自藏有兵甲军队，士大夫不应该有百雉之大规模的城邑。"随后鲁定公便任命仲由为季氏宰，准备前去拆毁鲁国三桓的三座都城，使其符合不过百雉的规模。于是叔孙氏先将自己封地的都城郈邑拆毁了。季孙氏正要拆毁都城费邑的时候，公山不狃和叔孙辄就率领费城的人前去攻打鲁定公。鲁定公和他三个儿子都躲到了季孙氏的宫殿中，孔子命令大将申句须和乐颀出去讨伐叛军，费城人大败而向北方逃命，公山不狃和叔孙辄二人逃奔齐国而去，于是费城也被拆毁了。即将拆毁成邑的时候，公敛处父在成邑起兵叛乱，鲁定公率兵把成邑团团围住，但是没有攻下来。有人说："危险啊，孔子来执政治国，国家也陷入了危难之中而难以安定了！"孔融曾上奏谏言说："古时候的君王在都城周边设下方圆千里的天子之地，在这片土地之内不分封诸侯建立王国。"曹操怀疑他的言论建议所涉猎的范围越来越广泛，嫉妒他的言论，于是就设计诬陷孔融而最终使他获罪被杀。其实，孔融这独到的建议只不过是说说而已，还能真被皇上采用吗？曹操认为天子若是有方圆千里的领地而不让他封侯建国，对他图谋大业不利，所以很快就杀了孔融。季孙氏亲自驱逐鲁昭公，昭公死在了国都之外，跟随他的人也都不敢回国，即便是子家羁也流亡在外了。季孙氏的嫉忌害人之心竟然到了如此的地步，虽然他在领地上不如曹操那么有势力，但是君臣之间的相互猜忌，大概不比曹操少，而孔子又怎么能在那个时候提出毁掉三桓的都城，并且取消他们的军队呢！从考察《春秋》的记载来看，当时三桓虽然心里并不高兴，但也不能违抗孔子的建议。那是因为孔子治理鲁国，处处为百姓着想，得到了民心，是三桓惧怕孔子吗？若真如此，那么季桓子接受齐国送来歌姬舞女给鲁国的时候，孔子就能以此弹劾制止他了。正所谓"那个妇人之口，可以出走"，所以是孔子畏惧季桓子，而季桓子并不畏惧孔子。孔子大概当初制定鲁国的政策和刑罚，就是在等待三桓之间出现嫌隙吧？

【原文】

苏子曰：此孔子之所以圣也。盖田氏、六卿^①不服，则齐、晋无不亡之道；三桓不臣，则鲁无可治之理。孔子之用于世，其政无急于此者矣。彼晏婴^②者亦知之，曰："田氏之僭^③，惟礼可以已之。在礼，家施不及国，大夫不收公利。"齐景公曰："善哉，吾今而后知礼之可以为国也！"婴能知之而不能为之，婴非不贤也，其浩然之气，以直养而无害，塞乎天地之间者，不及孔、孟也。孔子以羁旅之臣得政期月^④，而能举治世之礼，以律亡国之臣，堕名都，出藏甲，而三桓不疑其害己，此必有不言而信，不怒而威者矣。孔子之圣见于行事，至此为无疑也。婴之用于齐也，久于孔子，景公之信其臣也，愈于定公，而田氏之祸不少衰，吾是以知孔子之难也。孔子以哀公十六年卒，十四年，陈恒弑其君，孔子沐浴而朝，告于哀公曰："请讨之！"吾是以知孔子之欲治列国之君臣，使如《春秋》之法者，至于老且死而不忘也。或曰："孔子知哀公与三子之必不从，而以礼告也钦？"曰：否，孔子实欲伐齐。孔子既告哀公，公曰："鲁为齐弱久矣，子之伐之，将若之何？"对曰："陈恒弑其君，民之不予者半。以鲁之众，加齐之半，可克也。"此岂礼告而已哉？哀公患三桓之偪⑤，尝欲以越伐鲁而去之。夫以蛮夷伐国，民不予也，皋如⑥、出公之事，断可见矣，岂若从孔子而伐齐乎？若从孔子而伐齐，则凡所以胜齐之道，孔子任之有余矣。既克田氏，则鲁之公室自张，三桓不治而自服也，此孔子之志也。

【注释】

①田氏、六卿：齐国的田氏和晋国的六卿。

②晏婴：晏子，名婴，字仲，夷维（今山东省高密市）人，春秋时期齐国著名政治家、思想家、外交家。

③僭（jiàn）：僭越，超越本分，冒用上者的职权、名义行事。

④羁旅之臣：指寄居在外的臣民。期（jī）：一周年期月，指整月或整年。

⑤偪（bī）：古同"逼"。侵逼，靠近。

⑥皋如：春秋后期越国大夫。

【译文】

苏子说："这就是孔子之所以能成为圣人的原因了。齐国的田氏和晋国的六卿都不服从君主，那么齐国和晋国就没有不灭亡的道理；三桓不臣服于鲁公，那么鲁国也没有能够治理好的可能了。孔子想以自己的才能去治理乱世，没有比这些问题更急需解决的了。那齐国的晏婴也知道这个道理，曾谏言说："田氏的无礼僭越君主行为，只有礼法可以制止他。按礼法来说，对某一家的奖赏不能普及全国，士大夫不该窃取国家的利益。"

齐景公说："说得好啊，我从今以后知道礼法也可以用来治国了！"晏婴能知道这个道理但并没有推行开来，并不是说晏婴不贤良，他的思想用来直接提高修养是没有坏处的，但充斥于天地之间的浩然之气，不如孔子和孟子。孔子作为一个寄居在外的臣民，能够得以利用一年的执政时间，就能推行治理乱世的礼法，约束了那些能令国家灭亡的权臣，拆毁他们名下的都城，令他们献出城邑之中深藏的甲兵，而三桓并没有认为孔子是在加害他们，这必定是具有不用开口就能让人信服、不用发怒就可以震慑别人的能力啊。孔子的圣明之处，在这里表现得淋漓尽致，没有可怀疑的。晏婴在齐国当宰相的时间比孔子要久，景公对晏婴的信任，要多于定公对孔子的信任，但是田氏的祸患并没有丝毫减少，我这才知道孔子做宰相时候的艰难。孔子在鲁哀公十六年去世，十四年的时候，陈桓弑杀了齐国的国君，孔子按礼法沐浴后上朝，对鲁哀公说："请发兵讨伐陈桓！"我因此便知道孔子是想要治理列国的君主臣子，让他们遵守《春秋》中的礼法，甚至直到他老了将死的时候也没有忘记。有人说："孔子知道哀公和三桓肯定不会听从他的建议，所以便用礼法来告诫他们吗？"我认为，不是这样的。孔子实际上是想要去讨伐齐国。孔子向鲁哀公进言以后，鲁哀公说："鲁国被齐国削弱已经很久了，你要去讨伐，该要怎么去讨伐呢？"孔子回答说："陈桓杀死了他的国君，齐国臣民当中有一半都不支持他。如今我们凭借鲁国的军队，加上齐国的一半人，就可以打败他了。"这难道还是用礼法告诫他们而已吗？鲁哀公因为担忧三桓对国家的侵逼，曾经打算借助越国的力量讨伐鲁国而除去三桓，但害怕留下后患而没施行。然而利用蛮夷之邦来讨伐自己的国家，而子民又不支持自己，诸如越国大夫皋如、卫出公那样的事件，恐怕就一定会发生了，他怎么会听从孔子的建议去讨伐齐国呢？倘若听从了孔子的建议去讨伐齐国，那么但凡可以打败齐国的方法，孔子是胜任有余的。等战胜了田氏以后，鲁公国君的势力自然会扩张，三桓无需整治自然就会臣服了，这正是孔子的志向。

司马迁二大罪

【原文】

商鞅①用于秦，变法定令，行之十年，秦民大悦，道不拾遗，山无盗贼，家给人足，民勇于公战，怯于私斗②。秦人富强，天子致胙③于孝公，诸侯毕贺。

【注释】

①商鞅（yāng）：战国时期政治家、改革家、思想家，法家代表人物，卫国（今河南省安阳市内黄县梁庄镇）人，后因在河西之战中立功获封商于十五邑，号为商君，故称之为商鞅。

②私斗：私人之间的争斗。

③胙（zuò）：古代祭祀时供的肉。致胙：古时天子祭祀后，将祭肉赏赐诸侯，以示礼遇。

【译文】

商鞅被秦国任用，实行变法改革，制定新法令，推行了十年之后，秦国民众都非常喜悦，全国上下路不拾遗，山野之中也没有盗贼，每家的粮食给养都非常富足，百姓勇于为国家奋力征战，而羞于国民之间私斗。秦国人变得富强起来，周天子命人将祭肉赏赐给秦孝公，其他诸侯都前来恭贺秦国。

【原文】

苏子曰：此皆战国之游士邪说诡论，而司马迁暗①于大道，取以为史。吾尝以为迁有大罪二，其先黄、老，后《六经》，退处士，进奸雄②，盖其小小者耳。所谓大罪二，则论商鞅、桑弘羊③之功也。自汉以来，学者耻言商鞅、桑弘羊，而世主独甘心焉，皆阳讳其名而阴用其实，甚者则名实皆宗之，庶几其成功，此则司马迁之罪也。秦固天下之强国，而孝

278

公亦有志之君也，修其政刑十年，不为声色畋游^④之所败，虽微商鞅，有不富强乎？秦之所以富强者，孝公务本力穑^⑤之效，非鞅流血刻骨之功也。而秦之所以见疾于民，如豺虎毒药，一夫作难而子孙无遗种，则鞅实使之。至于桑弘羊，斗筲之才^⑥，穿窬^⑦之智，无足言者，而迁称之，曰："不加赋而上用足。"善乎，司马光之言也！曰："天下安有此理？天地所生财货百物，止有此数，不在民则在官，譬如雨泽，夏涝则秋旱。不加赋而上用足，不过设法侵夺民利，其害甚于加赋也。"

【注释】

①暗：不明白，糊涂。

②黄、老：黄帝和老子。处士：本指有才德而隐居不仕的人，后亦泛指未做过官的士人。奸雄：奸人的魁首，也指弄权欺世、窃取高位的人。

③桑弘羊：河南洛阳人，西汉时期政治家、理财专家、汉武帝的顾命大臣之一，十三岁时以精于心算入侍宫中，官至御史大夫。

④畋（tián）游：指畋猎游乐。

⑤穑（sè）：收割谷物，亦泛指耕作。力穑：致力于农业耕作。

⑥斗筲（shāo）之才：斗和筲都是容量不大的容器，比喻气量狭小或才识短浅。

⑦穿窬（yú）：打洞穿墙行窃。窬：从墙上爬过去。

【译文】

苏子说："这都是战国时期四处游说的士人编出来的邪僻之说和诡辩，而司马迁听信了这些流于街巷的说法，听取之后当作正史来记录。我曾经认为司马迁有两项极大的罪过。他把黄帝老子之说放在了优先的地位，而把《六经》放在后边，将有才德而隐居不仕之人的传记退居其后，却详细地描绘并举荐弄权欺世、窃取高位之人，这些都是他小小的过错而已。我所说他的第二个大罪过，是他论说商鞅、桑弘羊的功绩。自从汉朝以来，学者都以讨论商鞅和桑弘羊为耻，但是唯独历代君主大都认为他们的思想很好，都在明面上隐讳他们的名字而在背地里采用他们的方法治国。更有甚者，干脆当面直接说是效仿商鞅之法，而且还说差不多自己就成功了，这些都是司马迁的罪过啊。秦国本来就已经成了天下的强国，秦孝公也是一个有志向的国君，十年间不断修缮国家的政策和刑罚，不被声色犬马畋猎游乐所迷惑而颓败，即便没有商鞅，国家就不富强了吗？秦国之所以能够富强，是秦孝公从根本上鼓励发展农业，致力于农桑生产的效果，并不是商鞅严刑峻法付出鲜血换来的功绩。然而之所以百姓一提起秦朝的刑罚就无比痛恨，如同见到了虎豹和毒药一样，众叛亲离的暴君遭遇灾难的后果，就是叛乱颠覆了秦国所有子孙，事实上都是商鞅变法造成这样凄惨的结果。至于桑弘羊，只具备短浅的才识、精通穿墙行窃的小智慧而已，根本就不值一提，而司马迁却称赞他说："不用增加赋税而国君所需要的财物用度就足够了。"好啊，这都是司马光的高论！应该说："天下哪有这样的道理？天地之间所生成的财货以及所生产的器物，起止都是有一定数量的，不是在百姓手里就是在官府手中，这就如同每年的天降雨雪，夏天雨水多，秋天就会干旱。所谓不增加赋税而国君的收入就能充足，不过是想办法抢夺百姓的利益，这种方法带来的祸害甚至比增加赋税还要严重。"

【原文】

二子之名在天下者，如蛆蝇粪秽^①也，言之则污口舌，书之则汙简牍^②。二子之术用于世者，灭国残民覆族亡躯者相踵^③也，而世主独甘心焉，何哉？乐其言之便己也。夫尧、舜、禹，世主之父师也；谏臣拂士^④，世主之药石也；恭敬慈俭、勤劳忧畏，世主之绳约也。今使世主日临父师而亲药石、履绳约，非其所乐也。故为商鞅、桑弘羊之术者，必先鄙尧笑舜而陋禹也，曰："所谓贤主，专以天下适己而已。"此世主之所以人人甘心而不悟也。世有食钟乳、乌喙^⑤而纵酒色，所以求长年者，盖始于何晏^⑥。晏少而富贵，故服寒食散以济其欲，无足怪者。彼其所为，足以杀身灭族者日相继也，得死于寒食散^⑦，岂不幸哉！而吾独何为效之？世之服寒食散，疽背^⑧呕血者相踵也，用商鞅、桑弘羊之术，破国亡宗者皆是也。然而终不悟者，乐其言之美便，而忘其祸之惨烈也。

【注释】

①蛆蝇粪秽：指污秽之物。

②简牍（dú）：是对我国古代遗存下来的写有文字的竹简与木牍的概称。用竹片写的书称"简策"，用木版（也作"板"）写的叫"版牍"。

③相踵：接踵而来，接连发生。

④拂士：辅弼君主的贤士。

⑤乌喙（huì）：中药附子的别称。以其块茎形似得名。

⑥何晏：字平叔。南阳宛（今河南南阳）人。三国时期曹魏大臣、玄学家。曹操的养子。

⑦寒食散：又称五石散，其药方托始于汉人，由魏人何晏首先服用而盛行。配剂中主要有紫石英、白石英、赤石脂、钟乳石、硫磺等五种矿石，因又称五石散。往往有服后残废致死的情况发生，故类似于当今的毒品。

⑧疽（jū）背：一种疾病，背部生毒疮。

【译文】

　　商鞅和桑弘羊这两个人的名声在天下间所流传的，就如同蛆虫吸粪成苍蝇一样污秽，谈论他们担心污染了自己的口舌，书写出来则污染了手中的竹简木牍。倘若采用这两个人的歪理邪术来治理国家，那么国家灭亡、百姓受残害、宗族覆灭、自身被杀死的灾祸就会接踵而来，然而那些国君还是觉得方法很好而甘心仿效，这是为什么呢？那是因为他二人所说的能够让国君自己获得便利。尧、舜、禹三位帝王，是世上所有君主的先祖和老师；敢于劝谏的大臣和能辅佐君主的贤士，是君主的药石；恭敬慈爱和节俭，勤奋劳作抑或有忧患意识，都是约束君主正确行事的绳索。现在让君主每天都在先祖老师的面前聆听教诲，而且还每天服用药石一样的礼乐、处处规范行事准则，这些都不是他们所喜欢的。所以实行商鞅和桑弘羊治国思想的人，必然都会先去鄙视尧帝、讥讽舜而大谈禹帝愚陋，说："所谓贤明的君主，就是要让整个天下都来顺服自己罢了。"这就是世代君主都甘愿相信商鞅之徒而不能醒悟的缘故。世上有吃钟乳石、乌喙而纵情酒色，并以此来求取长生不老的人，这种方法大概是从何晏开始的。何宴生在富贵人家，所以要服用五石散来支持他的欲望，这没有什么可奇怪的。但他的所作所为，足以导致他杀身灭族之祸接踵而来了，不过，能够死于服用五石散，难道不是他的幸运吗！但是我辈为何偏偏还要效仿他呢？殊不知，世上服用五石散的人，最终背上生毒疮，口中吐血而亡的事件接连发生，这就如同采用商鞅和桑弘羊的治国之术，造成国破家亡的情况随时都有一样。然而君王们始终还是不能醒悟，反而乐于听取他们华美的言论，只感觉便利了自己，却忘记了这隐形的祸患所带来的惨烈后果。

论范增

【原文】

汉用陈平^①计，间疏^②楚君臣。项羽疑范增与汉有私，稍夺其权。增大怒曰："天下事大定矣，君王自为之，愿赐骸骨归卒伍^③！"归未至彭城，疽发背死。

苏子曰：增之去，善矣，不去，羽必杀增，独恨其不蚤耳。然则当以何事去？增劝羽杀沛公^④，羽不听，终以此失天下，当于是去耶？曰：否。增之欲杀沛公，人臣之分也，羽之不杀，犹有君人之度也，增曷为以此去哉^⑤？《易》曰："知几其神乎。"《诗》曰："相彼雨雪，先集维霰^⑥。"增之去，当以羽杀卿子冠军时也^⑦。

【注释】

①陈平：阳武户牖乡人，西汉王朝的开国功臣之一，《史记》称之为陈丞相。善用计谋，曾巧施离间计引起项羽怀疑，最终气走范增，致使范增愤怒忧郁患毒疮而死。

②间疏：离间。

③卒伍：古人军队编制，五人为伍，百人为卒。泛指士兵，这里指辞

官回乡为平民。

④沛（pèi）公：指刘邦。汉太祖高皇帝刘邦，沛郡丰邑中阳里（今江苏省徐州丰县中阳里街道）人，汉朝开国皇帝。

⑤曷（hé）：怎么，为什么。

⑥霰（xiàn）：在高空中的水蒸气遇到冷空气凝结成的小冰粒，多在下雪前或下雪时出现，霰又称雪丸或软雹。

⑦卿子冠军：宋义是义帝任命的上将军，直接领导项羽、刘邦。号卿子冠军。在领导起义军救赵时，因坐观秦军围赵被项羽矫命所杀。

【译文】

汉高祖刘邦采用陈平的计谋，离间了楚国君臣之间的关系。致使楚王项羽怀疑范增与汉高祖刘邦私下有勾结，便削夺了范增的军权。范增因此大怒道："天下之事大局已定，君王您请好自为之吧，惟愿君主能恩赐我这把老骨头辞官回乡为民！"楚霸王项羽应允，但范增回去还没走到彭城的时候，就因为背上长了疽疮毒发而死了。

苏子说："范增选择离开，是对的，如果他不离开，项羽必定会杀了他，只是遗憾他为什么不早点离开而已。那么他应当以什么事为由而离开呢？以前，范增曾规劝项羽杀死刘邦，可项羽不听，最终因为这个后患而失去了天下，他应该在那个时候离开吗？"我说：不是。范增进言想要杀害刘邦，这是作为臣子的分内之事，而项羽不杀死刘邦，是因为要表现出他很有君子的风度，范增怎么能因为这件事就离开呢？《易经》上说："能够见微知著，就是神异之人了。"《诗经》上说："仔细观察就好像那下雪一样，必先集结成微小的霰雪。"因此说，范增离开的时机，应该在项羽杀死上将军宋义的时候。

【原文】

陈涉①之得民也，以项燕、扶苏②；项氏之兴也，以立楚怀王孙心③。而诸侯叛之也，以弑义帝也。且义帝之立，增为谋主矣，义帝之存亡，岂独为楚之盛衰，亦增之所以同祸福也，未有义帝亡而增独能久存者也。羽之杀卿子冠军也，是弑义帝之兆也。其弑义帝，则疑增之本心也，岂必待陈平哉！物必先腐也而后虫生之，人必先疑也而后谗入之，陈平虽智，安能间无疑之主哉？吾尝论义帝，天下之贤主也。独遣沛公入关而不遣项羽，识卿子冠军于稠人之中，而擢④以为上将，不贤而能如是乎？羽既矫杀卿子冠军，义帝必不能堪，非羽杀帝，则帝杀羽，不待智者而后知也。增始劝项梁立义帝，诸侯以此服从，中道而弑之，非增之意也。夫岂独非其意，将必力争而不听也。不用其言，杀其所立，项羽之疑增必自是始矣。方羽杀卿子冠军，增与羽比肩而事义帝，君臣之分未定也。为增计者，力能诛羽则诛之，不能则去之，岂不毅然大丈夫也哉？增年已七十，合则留，不合则去，不以此时明去就之分，而欲依羽以成功，陋矣。虽然，增，高帝之所畏也，增不去，项羽不亡。呜呼，增亦人杰也哉！

【注释】

①陈涉：即陈胜，字涉，阳城人。秦朝末年农民起义的领袖之一，与吴广一同在大泽乡（今安徽省宿州西南）率众起兵，成为反秦义军的先驱，不久后在陈郡称王。

②项燕：项羽的祖父，楚国下相（今江苏省宿迁人）人，世代为楚国将领，受封于项，后用为姓氏。扶苏：秦始皇长子，刚毅勇武，为人仁义，有政治远见，后被赵高和李斯篡改始皇诏书谋害自缢而死。

③楚怀王孙心：楚怀王的孙子熊心。后来项羽自立为西楚霸王以后，尊称熊心为义帝。最后还是被项羽暗杀。

④擢（zhuó）：提拔，提升，选用。

【译文】

陈胜起义是得到百姓拥护的，那是因为以项燕和公子扶苏的名义号召的；项梁和项羽能够起兵而兴盛项氏，就在于他们拥立了楚怀王的孙子熊心。而诸侯最后叛离项氏，就是因为他们杀害了义帝熊心。而当初拥立熊心为义帝，是范增作为主臣谋划的，所以义帝的生死存亡，岂只单单关联到楚国的盛衰，也连同范增的福祸牵系在一起了，所以，没有义帝死后，而范增能够独自长久存活的道理。项羽杀掉上将军宋义，是想要杀掉义帝的预兆。他杀了义帝，就是因为怀疑范增给他出主意的本心，难道还要等着陈平使用离间计吗？万物必定是先腐烂了之后才会长蛆虫，人与人之间必定是因为先起了疑心，然后谗言才能得以伺机而入。陈平虽然有智谋，又怎能离间本就没有疑心的君主呢？我曾经评论过义帝，他也是天下贤明的君主。当初他只派遣沛公刘邦入关中，而没有派遣项羽，并且在那么多人中发现宋义这个人才，并提拔他成为朝廷上将军，不贤明的君主能做到这些吗？项羽既然假托君王之命趁机杀了上将军宋义，那么义帝必然不能容忍而坐视不管，因此，不是项羽弑杀义帝，就是义帝杀了项羽，即使不是智者也知道后面将会发生的事情。范增一开始劝谏项梁拥立义帝，诸侯们因此而听从他们父子指挥，而到中途项羽却弑杀了义帝，这并非是范增的本意啊。其实这岂止不是他的本意，他必然去极力争取但却没有被听取罢了。不采用他的忠告而又杀死他所拥立的人，项羽对范增的怀疑必定是从这个时候开始的。当项羽杀害上将军宋义的时候，范增与项羽在共同侍奉的义帝面前地位相等，那时他二人之间的君臣关系还没有确定。如今我站在范增的角度去思考这个问题，如果当时范增有能力杀死项羽就杀了他，如果没有能力杀他就离开他，这难道不是坚毅果敢的大丈夫应该做的吗？当时范增已经年过七十了，和项羽能合得来就留下，合不来就离开，就应在这个时候明确自己是去是留，而他却还想依靠辅佐项羽成就自己的功名，真是太鄙陋了。尽管这样，范增仍然是汉高祖刘邦所忌惮的人才，如果范增不离开，项羽就不会灭亡。唉，看来范增也算是一位人中豪杰啊！"

游士失职之祸

【原文】

春秋之末，至于战国，诸侯卿相皆争养士。自谋夫说客①、谈天雕龙、坚白同异②之流，下至击剑扛鼎、鸡鸣狗盗③之徒，莫不宾礼，靡衣玉食以馆于上者，何可胜数。越王勾践有君子六千人；魏无忌、齐田文、赵胜、黄歇、吕不韦，皆有客三千人；而田文招致任侠奸人六万家于薛④，齐稷下谈者亦千人；魏文侯、燕昭王、太子丹，皆致客无数。下至秦、汉之间，张耳、陈余号多士，宾客厮养皆天下豪杰，而田横亦有士五百人。其略见于传记者如此，度⑤其余，当倍官吏而半农夫也。此皆奸民蠹国⑥者，民何以支而国何以堪乎？

【注释】

①说客：指游说之士；善于用言语劝说别人接受某种主张的人。

②谈天雕龙：指高谈阔论的战国齐人驺衍，精于雕饰的齐国稷下宫学士驺奭。坚白同异：指战国时名家公孙龙的"离坚白"和惠施的"合同异"之说。对"坚白石"这一命题，公孙龙认为"坚""白"是脱离"石"而独立存在的实体，从而夸大了事物之间的差别性而抹杀了其统一性；惠施看到事物间的差异和区别，但以"合同异"的同一，否定了差别的客观存在。两者都只强调事物的一个方面，而否定其他方面。

③鸡鸣狗盗：指微不足道的本领，也指偷偷摸摸的行为。出自《史记·孟尝君列传》。

④齐田文：即孟尝君。"战国四公子"之一，战国时期齐国贵族。魏国的信陵君魏无忌、齐国的孟尝君田文，赵国的平原君赵胜、楚国的春申君黄歇合称"战国四公子"。任侠：指见义勇为的人，侠士。薛：地名，指薛地。

⑤度（duó）：忖度，推测，估计。

⑥蠹（dù）国：危害国家。蠹：蛀虫。

【译文】

春秋末年，直到战国时期，诸侯卿相之中都争相招纳贤能人士，上自善谈的谋士说客、善于雄辩高谈阔论的驺衍，精于雕饰的齐国稷下宫学士驺奭，以及诡辩"离坚白"的名家公孙龙和申辩"合同异"之说的惠施等人；下到那些持剑斗殴，力能扛鼎的武士，以及鬼鬼祟祟的鸡鸣狗盗之徒，无不被敬为上宾以礼相待，供给他们金玉美食、穿戴华丽的衣服，还让他们住进上等的馆舍，这样的情形几乎数不过来。越王勾践有六千君子；魏国的信陵君魏无忌、齐国的孟尝君田文，赵国的平原君赵胜、楚国的春申君黄歇、秦国宰相吕不韦，他们各自都有三千门客；而田文公子又招纳义士侠客和奸盗六万家在薛地城中，在齐国稷下能言善辩的也有千人；魏文侯、燕昭王、太子丹也都收养了无数门客。直到秦汉之时，张耳、陈余都以门客众多而著称，所收养的宾客都是天下的豪杰，而田横也有士人五百之多。门客记载出现在史书传记的人大概就是这些，推测那些剩余的，应该有一半为官吏，另一半是农夫。这些都是残害百姓危害国家的奸佞之人，民众如何去支付他们的财用，而国家又依靠什么承受这一切呢？

【原文】

　　苏子曰：此先王之所不能免也。国之有奸也，犹鸟兽之有鸷①猛，昆虫之有毒螫②也。区处条理，使各安其处，则有之矣；锄而尽去之，则无是道也。吾考之世变，知六国之所以久存而秦之所以速亡者，盖出于此，不可以不察也。夫智、勇、辨、力，此四者，皆天民之秀杰者也。类不能恶衣食以养人，皆役人以自养者也，故先王分天下之贵富与此四者共之。此四者不失职，则民靖③矣。四者虽异，先王因俗设法，使出于一：三代以上出于学，战国至秦出于客，汉以后出于郡县吏，魏、晋以来出于九品中正④，隋、唐至今出于科举，虽不尽然，取其多者论之。六国之君虐用其民，不减始皇、二世，然当是时，百姓无一人叛者，以凡民之秀杰者多以客养之，不失职也。其力耕以奉上，皆椎鲁⑤无能为者，虽欲怨叛，而莫为之先，此其所以少安而不即亡也。

【注释】

　　①鸷（zhì）：凶猛的鸟，如鹰、雕、枭等。

　　②毒螫（shì）：指毒汁、毒素；有毒的虫类。

　　③靖：安定。

　　④九品中正：又称九品官人法，是魏晋南北朝时期重要的选官制度，是魏文帝曹丕采纳吏部尚书陈群的意见，于黄初元年命其制定的制度。

　　⑤椎鲁（chuí lǔ）：愚钝，鲁钝。

【译文】

苏子说：这是先朝君王不可避免的事情。国家中难免有奸佞小人，就像鸟兽之中有凶猛的大鸟，昆虫之中有身带毒素的虫类一样。可以按照他们的特点区分处理，让他们在各自的地方安定地生活，这就有道理了；而把他们彻底铲除，这就没有道理了。我通过考察以前世代的变迁，才知道六国之所以能够存在较久而秦国之所以很快就灭亡了，原因大概就出在这里，不能不仔细考察提高警惕啊。诸如智慧、勇敢、善辨和有力这四种能力，具备这四种能力的人，都是天下百姓之中隽秀杰出的人才。这类人都不能接受恶劣的衣着食物来供养自己，都是役使他人来供养自己的人，所以古代的君王与这四种人共同享有荣华富贵。倘若这四种人不失职，那么国家就安定了。这四种人虽然迥异，但古代君王都会根据习俗设制不同的法度，让他们都能归于一途：夏商周以前出于学士，从战国时期到秦朝都是出于门客，汉朝以后出于郡县官吏的举荐，魏晋时期出于九品中正制度，从隋唐时期到现在出于科举制度，虽然入仕升迁途径不完全一样，但大多数的情况基本就是这样。战国末期，六国君主对他们子民的压榨不比秦始皇和秦二世差，然而在当时，百姓没有一个起义反叛他们的，就因为但凡子民中优秀并有能力的人都被收为宾客供养起来了，并且都没有失去职守。而那些只能用以耕作来奉养圣上的，都是愚钝而不能成大事的人，即便有怨恨想要反叛，却也没有人带领他们，这就是六国可以暂时得到安宁而没有立即灭亡的原因了。

【原文】

始皇初欲逐客，因李斯之言而止。既并天下，则以客为无用，于是任法而不任人，谓民可以恃法而治，谓吏不必才取，能守吾法而已。故堕名城，杀豪杰，民之秀异者散而归田亩。向之食于四公子、吕不韦之徒者，皆安归哉？不知其能槁项黄馘以老死于布褐①乎？抑将辍耕太息以俟②时也？

秦之乱虽成于二世，然使始皇知畏此四人者，有以处之，使不失职，秦之亡不至若是速也。纵百万虎狼于山林而饥渴之，不知其将噬人，世以始皇为智，吾不信也。楚、汉之祸，生民尽矣，豪杰宜无几，而代相陈豨③从车千乘，萧、曹为政，莫之禁也。至文、景、武之世，法令至密，然吴王濞④、淮南、梁王、魏其、武安之流，皆争致宾客，世主不问也。岂惩秦之祸，以为爵禄不能尽縻⑤天下士，故少宽之，使得或出于此也耶？若夫先王之政则不然，曰："君子学道则爱人，小人学道则易使也。"呜呼，此岂秦、汉之所及也哉！

【注释】

①槁项黄馘（gǎo xiàng huáng guó）：槁：枯干；项：颈项；馘：脸。颈项枯瘦，面色苍黄。形容不健康的容貌。布褐（hè）：粗布衣服；借指平民。

②俟（sì）：等待。

③陈豨（xī）：西汉宛朐（今山东省菏泽市东明西南）人，宾客众多，秦汉之际汉王刘邦部将。在高祖七年封代相时，进京觐见刘邦。

④吴王濞（bì）：吴王刘濞是汉高祖之兄刘仲的儿子。他在自己的封国内招募天下亡命之徒来偷偷铸钱，并在东边煮海水为盐。因为不纳税，吴国非常富有。

⑤縻（mí）：本义是指牛缰线。也有捆、拴的意思，引申为束缚；笼络使不生异心。

【译文】

秦始皇起初想要驱逐秦国境内的门客，因为李斯的谏言而废止。等到秦始皇统一了天下，就更认为门客是无用的了，从那时开始就只信任法令而不再任用人才，认为让子民惧怕法令就可以统治他们了，在任命官吏的时候无需凭借才能录取，只要能够遵守秦国的法令就可以了。所以秦始皇陆续拆毁名城，杀了很多豪杰，把那些才华出众的门客都遣散回家去耕田。那些向来依靠战国四公子和吕不韦供养的门客，怎能安心回去种田呢？真不知道他们是任凭自己面黄肌瘦而老死在布衣贫民之中？还是将会停止耕作而仰面叹息，以此等待时机的到来呢？

秦国的动乱虽然是在秦二世的时候形成的，但是假使秦始皇知道要畏惧这四种人的存在，让这些人有地方可安置，促使他们有事可做而不失职守，秦国的灭亡不至于来得这么迅速。把百万虎狼放归山林而且还让他们饥渴难耐，却不知道他们将会出来咬人，世人都说秦始皇是有智慧的，可我并不相信。项羽、刘邦相争的祸乱，生灵涂炭致使百姓几乎都死光了，人中豪杰也没剩下多少，然而西汉代相陈豨仍然能够达到随从宾客无数，拥有千乘之多，萧何、曹参执政的时候，也没有下令禁止他。等到了文帝、景帝、武帝的时候，国家法令非常严格，而吴王刘濞、淮南王、梁王、魏其侯、武安侯等人，依旧都争相招揽众多门客，他们的君主也都不过问了。难道是因为从秦朝祸乱导致灭亡中总结出教训，认为爵位和俸禄都不能完全束缚笼络天下优秀的士人，所以稍微放宽标准，使他们或者能够从宾客中出头吧？像那先世帝王的政治就不是这样，孔子曾说："君子学道就能爱护别人，小人学道就容易役使他人。"哎呀，这怎么是秦汉时代帝王所能达到的呢！

赵高、李斯

【原文】

秦始皇帝时，赵高①有罪，蒙毅②案之，当死，始皇赦而用之。长子扶苏好直谏，上怒，使北监蒙恬③兵于上郡。始皇东游会稽，并海走琅琊④，少子胡亥、李斯、蒙毅、赵高从。道病，使蒙毅还祷山川，未反而上崩。李斯、赵高矫诏立胡亥⑤，杀扶苏、蒙恬、蒙毅，卒以亡秦。

苏子曰：始皇制天下轻重之势，使内外相形以禁奸备乱者，可谓密矣。蒙恬将三十万人，威振北方，扶苏监其军，而蒙毅侍帷帐为谋臣，虽有大奸贼，敢睥睨⑥其间哉？不幸道病，祷祠山川尚有人也，而遣蒙毅，故高、斯得成其谋。始皇之遣毅，毅见始皇病，太子未立而去左右，皆不可以言智。然天之亡人国，其祸败必出于智所不及。

【注释】

①赵高：秦朝二世皇帝时丞相，秦始皇死后，赵高发动沙丘政变，他与丞相李斯合谋伪造诏书，逼秦始皇长子扶苏自杀，囚禁蒙恬，另立始皇幼子胡亥为帝。

②蒙毅：秦国名将蒙骜之孙，蒙恬之弟。早年因中车府令赵高犯罪，秦始皇让蒙毅依法惩治他。蒙毅判定赵高死罪，剥夺他的官职。秦始皇顾念赵高勤奋而赦免并恢复他的官职，从此赵高记恨在心，秦二世继位后，蒙毅因遭赵高的谗言陷害，被秦二世囚禁杀害。

③蒙恬：名恬，齐国（今山东省临沂）人，秦朝著名将领。因立功无数，深得秦始皇恩宠。曾驻守九郡十余年，威震匈奴，被誉为"中华第一勇士"。与公子扶苏关系密切。

④琅琊（láng yá）：古地名，在今山东省。

⑤矫诏：假托、篡改或假传的皇帝诏书。胡亥：秦朝的第二任皇帝，史称秦二世。

⑥睥睨（pì nì）：窥伺。指暗中观望，等待机会下手。

【译文】

秦始皇在位的时候，任中车府令的赵高犯了罪，蒙毅奉命审理赵高的案件，按律法赵高应当被斩首，是死罪，但是秦始皇顾念赵高平日里勤奋就赦免了他，恢复了他的官职并依旧重用。皇长子扶苏喜欢直言进谏，因而惹怒了秦始皇，被秦始皇派遣到北部蒙恬驻军的上郡出任监军。有一次，秦始皇向东巡游会稽，并且沿海去往琅琊，当时有小儿子胡亥、丞相李斯、蒙毅、赵高等陪同随行。不料，在出游的途中，秦始皇病倒了，于是就派遣身边的蒙毅回去祭祀山川祈福，然而蒙毅还没有返回来的时候，秦始皇就驾崩了。于是，李斯和赵高合谋伪造诏书传令立胡亥为皇帝，并设计先后杀害了扶苏、蒙恬、蒙毅，这些人死后不久，秦国也走向灭亡了。

苏轼说，秦始皇能够控制天下形势的轻重，使国内外形成相互制约的形势，以至于在禁止奸臣、防备祸乱方面，都可以称得上是相当严密了。比如，蒙恬将军率兵三十万驻扎北部边疆，加上皇长子扶苏担任监军，足可以威慑北方异族，而智慧忠诚的蒙毅又在宫中帐下胜任谋臣，即便有图谋不轨的大奸贼，哪里还敢在这里窥伺图谋呢？不幸的是秦始皇在出巡途中突然病倒，其实，派回去祭祀山川祈福的可以是其他人啊，可秦始皇却偏偏派遣自己身边的忠臣蒙毅回去，所以赵高与李斯互相勾结，篡改遗诏的阴谋就得以实现了。秦始皇派遣蒙毅回去祭祀，以及蒙毅见到秦始皇病危而太子还没确立就离开皇帝身边，这都不能说是明智的做法。然而，上天想要一个国家灭亡，其祸患和败亡肯定是人的智慧所无法避及的。

【原文】

圣人为天下，不恃①智以防乱，恃吾无致乱之道耳。始皇致乱之道，在用赵高。夫阉尹②之祸，如毒药猛兽，未有不裂肝碎胆者也。自书契以来，惟东汉吕强③、后唐张承业二人号称善良，岂可望一二于千万，以致必亡之祸哉？然世主皆甘心而不悔，如汉桓、灵，唐肃、代，犹不足深怪，始皇、汉宣皆英主，亦湛于赵高、恭、显之祸。彼自以为聪明人杰也，奴仆熏腐④之余何能为，及其亡国乱朝，乃与庸主不异。吾故表而出之，以戒后世人主如始皇、汉宣者。或曰："李斯佐始皇定天下，不可谓不智。扶苏亲始皇子，秦人戴之久矣，陈胜假其名犹足以乱天下，而蒙恬持重兵在外，使二人不即受诛而复请之，则斯、高无遗类矣。以斯之智而不虑此，何哉？"

【注释】

①恃（shì）：有依赖、依靠或矜持的意思。

②阉尹（yān yǐn）：指管领太监的官。

③吕强：字汉盛，成皋（今荥阳）人。东汉宦官，为人清忠奉公。少为小黄门，迁中常侍，灵帝时封为都乡侯，辞不就。上书请求斥奸佞，任忠良。

④熏腐：指腐刑，古代酷刑之一。

【译文】

圣人治理天下，从不依赖智谋来防备祸乱，而是依靠自认为不会导致天下祸乱的道理。秦始皇致使天下遭受祸乱的根源，在于重用赵高。那阉宦造成的祸害，就如同毒药猛兽，没有不使人肝胆碎裂的。自从有文字记载以来，只有东汉的宦官吕强，后唐的宦官张承业二人才可以称得上是善良的，可又怎么可以寄望在千万宦官当中再求得一两个如此清忠奉公的人，以致于招致国家必然灭亡的祸患呢？然而世上的君主帝王都甘心这样去做而且不加悔悟，如果诸如汉桓帝、汉灵帝，唐肃宗、唐代宗这几位君王遭受宦官之害，还不足以让人深深责怪，那么像秦始皇、汉宣帝这样都是英明的君主，也都深陷于赵高、弘恭、石显等宦官之流而招致败国祸患。那些自认为是聪明绝顶的人中俊杰，总认为那些奴仆之身经历酷刑之后还能有什么作为，等到了朝纲混乱国家败亡之时，才知道自己与那些昏庸之主没有什么区别了。我因此在这里特意标示出来，以便告诫后世君王当中如同秦始皇、汉宣帝这样的明君能有所警戒。有人说："李斯辅佐秦始皇安定天下，不能说他没有才智。公子扶苏是秦始皇亲生的儿子，已深受秦国民众的爱戴，陈胜假借扶苏之名起义举事，也足以使秦国大乱，而蒙恬掌握重兵驻守在边外，假使蒙毅、扶苏不即刻被诛杀而向皇帝再次请命澄清事由，那么赵高、李斯之辈肯定会被全部杀掉了。以李斯的智慧却连这一点都没考虑到，这又是为什么呢？"

【原文】

苏子曰：呜呼，秦之失道，有自来矣，岂独始皇之罪？自商鞅变法，以诛死为轻典，以参夷①为常法，人臣狼顾胁息②，以得死为幸，何暇复请！方其法之行也，求无不获，禁无不止，鞅自以为轶尧、舜而驾汤、武矣。及其出亡而无所舍，然后知为法之弊。夫岂独鞅悔之，秦亦悔之矣。

荆轲之变，持兵者熟视始皇环柱而走，莫之救者，以秦法重故也。李斯之立胡亥，不复忌二人者，知威令之素行，而臣子不敢复请也。二人之不敢请，亦知始皇之鸷悍③而不可回也，岂料其伪也哉？

【注释】

①参夷（cān yí）：指古代诛灭三族的酷刑。

②狼顾：狼在行走时，总是左右看，回头观望，后来被用来形容人的

谨慎多疑，心怀不轨，或有所畏惧。胁（xié）息：指敛缩气息。形容惊恐之至，不敢呼吸。

③鸷悍（zhì hàn）：凶狠；强悍。

【译文】

苏子说：唉，秦国失道于民，由来已久了，哪能仅怪罪秦始皇一个人呢？自商鞅变法以来，在秦国，把诛杀人命当作是比较轻微的刑典了，把诛灭三族当作是平常的法规，臣民个个都敛缩气息，深陷恐惧之中过日子，甚至以求得一死为万幸，哪里还有闲暇时间再去向皇帝请命啊！按当时秦国制定施行的法律，只要国家征求的就没有不获得的，国家要求禁止的就没有不被禁止的，商鞅自以为超过了尧舜而凌驾于商汤和周武王之上了。直到后来他出外逃亡而找不到投宿的地方，甚至死无葬身之地，才知道制定残酷刑法的弊端。岂止商鞅对此深感悔恨，秦始皇也是对此后悔不已啊。

荆轲事变时，他在朝堂之上刺杀秦始皇，那些手持兵器的侍卫没有一个人敢上前去援救皇帝，只是眼睁睁地看着秦始皇与荆轲绕着宫殿柱子相互厮杀而后逃走，这都是因为秦王法令太严苛的缘故，没有得到命令谁也不敢轻举妄动。李斯改立胡亥为王，而对蒙恬、扶苏二人不再有所顾忌，那是因为深知秦始皇威严的政令一经发出，向来都是做臣子的接到命令必须执行，哪里还敢再次请命核实诏令的真假呢。蒙恬、扶苏二人之所以不敢再次上书请示，也是深知秦始皇的凶狠强悍而不可能挽回诏令了，又哪里料到这诏令竟是伪造的呢？

【原文】

周公曰："平易近民，民必归之。"孔子曰："有一言而可以终身行之，其'恕'矣乎？"夫以忠恕①为心而以平易为政，则上易知而下易达，虽有卖国之奸，无所投其隙，仓卒之变，无自发焉。然其令行禁止，盖有不及商鞅者矣，而圣人终不以彼易此。商鞅立信于徙木，立威于弃灰，刑其亲戚师傅，积威信之极。以及始皇，秦人视其君如雷电鬼神，不可测也。

古者公族有罪，三宥②然后制刑。今至使人矫杀其太子而不忌，太子亦不敢请，则威信之过故也。夫以法毒天下者，未有不反中其身及其子孙者也。汉武与始皇，皆果于杀者也，故其子如扶苏之仁，则宁死而不请，如戾太子③之悍，则宁反而不诉，知诉之必不察也。戾太子岂欲反者哉？计出于无聊④也。故为二君之子者，有死与反而已。李斯之智，盖足以知扶苏之必不反也。吾又表而出之，以戒后世人主之果于杀者。

【注释】

①忠恕：指儒家的一种道德规范。忠：谓尽己之心，尽心为人；恕：谓推己及人。

②公族：国君的族人，即宗室族亲。三宥（yòu）：古代王、公家族之人犯法，有宽恕三次之制。宥：宽恕。

③戾（lì）太子：卫太子刘据，汉武帝刘彻嫡长子，汉昭帝刘弗陵异母兄。刘据在巫蛊之祸中被江充、韩说等人诬陷，因不能自明而起兵反抗诛杀江充等人，汉武帝误信谎情，以为太子刘据谋反，遂发兵镇压，刘据兵败逃亡，后拒捕自杀。

④无聊：此为无可奈何之意。

【译文】

周公说："统治者若能平易近人，则民众一定会归顺他。"孔子说："持有一句誓言而可以终其一生都奉行它，这不就是做到'推己及人'了吗？"因此，统治者若能秉持尽己之心，推己及人的思想，而把平易近人作为执政准则，那么统治者就能很容易了解到国家的整体情况，而统治者下达的政令也能很快被子民推行。国家能达到这种形势，即便有祸国殃民的奸贼，也没有他们可以钻的空隙，突然而来的事变也就不会自行发生了。虽然这样有令则行、无令则禁止的情况，还有比不上商鞅酷刑法严厉的地方，但是圣人终究不肯使用商鞅的酷法代替圣人之法。商鞅在市井立下一根木头，然后重金奖赏搬移木头的人，以树立自己的信誉，以斩断在路上弃灰人的手臂，来表明法度的严明，对于太子的亲戚、师傅等人犯了罪，也毫不留情的施以刑罚，可以说累积威信达到了极致。到了秦始皇当政的时候，秦国的子民把国君看成与雷电鬼神一样可怕，简直是无法预测啊。

　　在上古时代，皇亲公族有罪的时候，要宽恕三次才可以施以刑罚。如今有人假造圣旨后派人杀害皇帝的太子扶苏而丝毫没有顾忌，太子也不敢请命争辩，这就是威信太过了的结果，所以那些使用过于严酷刑罚的法度来毒害天下的人，没有一个不自食其果以及祸及子孙的。汉武帝和秦始皇都是这样果断又残酷嗜杀的人，所以他们的子孙中，像太子扶苏那样仁慈的，则宁愿死也不肯再次请命，像戾太子刘据那样强悍的，则宁愿背上谋反之名也不愿意向汉武帝申辩，因为他知道即便申诉了也不会得到汉武帝的体察。戾太子刘据哪里是想要谋反呢？他是出于无奈才兴兵诛杀诬陷者的。所以做这两个皇帝的儿子，只有死亡或者谋反两种结局而已。以李斯的智慧，必定早就能预知到扶苏一定不会谋反的。我现在再次把这点写出来，用以告诫后世那些果断嗜杀的暴君们。

摄主[①]

【原文】

　　鲁隐公元年，不书即位，摄也。欧阳子曰："隐公非摄也。使隐而果摄也，则《春秋》不书为公，《春秋》书为公，则隐非摄，无疑也。"

　　苏子曰：非也。《春秋》，信史也，隐摄而桓弑，著于史也详矣。周公摄而克复子者也，以周公薨[②]，故不称王。隐公摄而不克复子者也，以鲁公薨，故称公。史有谥，国有庙，《春秋》独得不称公乎？然则隐公之摄也，礼欤[③]？曰：礼也。何自闻之？曰：闻之孔子。曾子问曰："君薨而世子生，如之何？"孔子曰："卿、大夫、士从摄主北面于西阶南。"何谓摄主？曰：古者天子、诸侯、卿、大夫之世子未生而死，则其弟若兄弟之子次当立者为摄主。子生而女也，则摄主立；男也，则摄主退。此之谓摄主。古之人有为之者，季康子是也。季桓子且死，命其臣正常曰："南孺子之子男也，则以告而立之；女也，则肥也可。"桓子卒，康子即位。既葬，康子在朝。南氏生男，正常载以如朝，告曰："夫子有遗言，命其圉臣④曰：'南氏生男，则以告于君与大夫而立之。'今生矣，男也，敢告。"康子⑤请退。康子之谓摄主，古之道也，孔子行之。

【注释】

①摄主：指代理君职者或代理主事者。

②薨（hōng）：古代称诸侯或有爵位的大官死去。

③欤（yú）：文言助词，表示疑问、感叹、反诘等语气。

④圉（yǔ）臣：古时臣下自谦之词，犹言贱臣。

⑤康子：即季孙肥，春秋时期鲁国的正卿。姬姓，季氏，名肥。谥康，史称"季康子"。

【译文】

鲁隐公元年，《春秋》之中没有记载鲁隐公继位之事，那是因为他一开始是以代理君职者的身份掌管朝政的。欧阳修说："鲁隐公并不是代掌国政。假使鲁隐公真是代掌国政的话，那么《春秋》不应该记载他为'公'，但是《春秋》已经将其列为'公'，那就说明他不是代掌国政，这是毫无疑问的。"

苏子说：并不是这样的。《春秋》所记录的，确实是真实可信的历史，关于鲁隐公代掌国政而被鲁桓公杀害的历史是有详细记载的。周公摄政辅佐周成王治理天下后交还朝政给成王，以至后来周公死的时候《春秋》记载为"薨"，所以史书不认为周公称王。鲁隐公摄政辅佐鲁桓公但是没有交还国政于桓公，所以鲁隐公死的时候仍然是"鲁公"，故而史书记载为"公"。对于帝王、诸侯等有地位之人死后，史书中大多有记载他们谥号的惯例，同时会祭祀他们的宗庙，难道唯独《春秋》不记载称谓是否为"公"吗？然而，鲁隐公摄政符合礼制吗？回答：当然合乎礼制。若问从哪里听闻的呢？回答：从孔子的论述中听来的。从前，曾子问礼孔子时说："国君去世，灵柩还在殡宫停放的时候，而世子出生了，应该怎样行礼呢？"孔子回答："世子出生的当天，卿、大夫、士都得跟着摄主到殡宫，面朝向北，站在西阶的南面。"那么什么是摄主呢？回答："古时候的天子、诸侯、卿、大夫的嫡传世子还没有出生他就死了，那么他的兄弟或如果他兄弟的儿子按照序位应当继立君位的就可以被拥立为摄主。等到他的嫡传世子出生后，如果是女婴，那么摄主就正式继位成为国君；如果出生的是男婴，那么摄主就要退位还政。这就是所谓的摄主。"古时候就有做摄主的人，比如季康子就是其中的一位，且说季桓子临死之前，他的正妻南孺子已怀有身孕，于是季桓子就对侍臣正常说："如果南孺子所生的世子是男，那么就将此事告知摄主与诸位大夫，并且共同拥立这个男婴为国君；如果所生是女，那么季孙肥就可以即位为国君。"所以季桓子死了之后，季康子即位成为摄主。安葬季桓子之后，季康子在宫中掌管朝政。不久后，南孺子生了一个男婴，当时季康子正在朝堂之中，侍臣正常载着男婴来到朝堂之上，禀告说："先王有遗命，命令贱臣说：'如果南孺子所生是男婴，就告知摄主以及诸位大夫，并且共同拥立这个男婴为国君。'如今世子出生了，是一个男婴，贱臣斗胆前来告知。"于是季康子请求退位还政。季康子就是所谓的摄主，这是古代传下来的制度，孔子也推行这样的做法。

【原文】

自秦、汉以来不修是礼也，而以母后摄。孔子曰："惟女子与小人为难养也。"使与闻外事且不可，曰"牝鸡之晨，惟家之索①"，而况可使摄位②而临天下乎？女子为政而国安，惟齐之君王后，吾宋之曹、高、向也，盖亦千一矣。自东汉马、邓不能无讥，而汉吕后、魏胡武灵、唐武氏之流，盖不胜其乱，王莽、杨坚遂因以易姓。由此观之，岂若摄主之庶几乎？使母后而可信也，摄主亦可信也，若均之不可信，则摄主取之，犹吾先君之子孙也，不犹愈于异姓之取哉？或曰："君薨，百官总己以听于冢宰③三年，安用摄主？"曰：非此之谓也。嗣④天子长矣，宅忧⑤而未出令，则以礼设冢宰。若太子未生，生而弱，未能君也，则三代之礼，孔子之学，决不以天下付异姓，其付之摄主也。夫岂非礼而周公行之软？故隐公亦摄主也。郑玄⑥，儒之陋者也，其传"摄主"也，曰："上卿代君听政者也。"使子生而女，则上卿岂继世者乎？苏子曰：摄主，先王之令典，孔子之法言⑦也。而世不知，习见母后之摄也，而以为当然。故吾不可不论，以待后世之君子。

【注释】

①牝（pìn）鸡之晨，惟家之索：母鸡在早晨打鸣，这个家庭就要败落。比喻妇女篡权乱政。牝鸡：母鸡；索：尽。语出《尚书·牧誓》。

②摄位：原作"摄主"。

③总己：谓总摄己职；总览大权。冢宰（zhǒng zǎi）：即太宰。殷商置，位次三公，为六卿之首。太宰原为掌管王家财务及宫内事务的官。周武王死时，成王年少，周公曾以冢宰之职摄政。

④嗣（sì）：君位或职位的继承人。

⑤宅忧：处在父母丧事期间；居丧。

⑥郑玄：字康成，北海高密（今山东省高密市）人，东汉末年儒家学者、经学大师。

⑦法言：合乎儒家礼法的言论。

【译文】

自秦、汉以来，世人就开始不推行这样的制度了，而都是以其母后摄政。孔子说："惟女子与小人为难教养的。"让她们关注和处理自己以外的事姑且都做不到，所以古语说："早晨若是母鸡打鸣，这个家就要遭难了"，更何况是让一个女人摄主而去君临天下呢？女子当政而且使国家安宁的，只有齐襄王的妻子君王后，还有我大宋朝的曹皇后、高皇后以及向皇后，她们都是千里挑一的皇后啊。至于东汉的马皇后、邓太后，不能断定有没有人背后讥讽指责她们进谏、规劝君王，但是像汉代的吕后、魏朝的胡武灵后以及唐代武则天这些人，差不多都是造成了数之不尽的祸乱之人，王莽、杨坚就因为朝中母后摄政而趁机乱政，试图改朝换姓。由此来看，难道说母后摄政能像前朝摄主那样，使国家充满希望吗？假使母后做摄主可以信赖，那么摄主也就可以信赖了，如果都不可以信赖，那么，就算摄主篡权取代君位，依然还是先王的子孙，那不还是比被异性之人夺取天下强吗？有人说："国君死了以后，文武百官各自总揽自己职责内的事并共同听从太宰三五年就行了，哪里还需要摄主当政呢？"我说：不能这样讲啊。按照祖制礼仪设立太宰之职位，既是为了等待天子的继承人长大，也是为了在居丧期间不至于不能发布命令而耽误了国事。如果太子还没出生，或者出生了但年龄尚小，暂时还不能担任国君治理天下，那么就该遵循夏、商、周三代的礼制，况且依照孔子的学说观点，是不允许将国家大权交给外姓之人的，但是却认同交由摄主代理朝政。故而怎么能说周公摄政是不符合礼制的呢？所以鲁隐公也应该是摄主啊。看来，郑玄，这个儒家学派的人见识不广啊，他解释"摄主"的时候，说："那就是上卿之类代理君王管理政事的人。"假使天子的世子出生了但是一个女婴，那么上卿岂不就可以继位为王了吗？苏子说：摄主制度，是先王制定的国家法令典章，孔子也认为这合乎儒家礼法的言论。但是世人并不很清楚这些，习惯看见母后摄政代掌国事，而且认为母后摄政是理所当然的事情。所以，我不得不提出来加以论述，以等待后世的君子明辨。

隐公不幸

【原文】

公子翚①请杀桓公，以求太宰。隐公曰："为其少故也，吾将授之矣。使营菟裘②，吾将老焉。"翚惧，反谮③公于桓公而弑之。

【注释】

①公子翚（huī）：鲁国的大夫。鲁隐公摄政期间，公子翚挑拨鲁隐公杀鲁桓公，鲁隐公不肯杀。公子翚怕事情败露，就又去挑拨鲁桓公，最后鲁隐公被杀，鲁桓公即位。

②菟裘（tú qiú）：古地名，春秋时期鲁地。在今山东省境内。

③谮（zèn）：说别人的坏话，诬陷，中伤。

【译文】

鲁国的大夫公子翚向鲁隐公请求去杀害鲁桓公，想借此机会获得太宰之位。鲁隐公说："先帝驾崩时，是因为他（鲁桓公）年幼的缘故，才留下遗命让我为摄主，我只不过是暂时摄政而已，如今他长大了，不久后我就要把国政交还给他了。现在我已经派人到菟裘修建城邑，我准备迁居到那里养老。"公子翚听了很担心事情败露而受到责罚，于是就反过来到鲁桓公那里去诬陷鲁隐公，说鲁隐公要弑君乱政，进而把鲁隐公杀害了。

【原文】

苏子曰：盗以兵拟人，人必杀之，夫岂独其所拟，涂之人皆捕击之。涂之人与盗非仇也，以为不击则盗且并杀己也。隐公之智，曾不若是涂人也，哀哉！隐公，惠公继室之子也，其为非嫡①，与桓均耳，而长于桓。隐公追先君之志而授国焉，可不谓仁人乎？惜乎其不敏于智也。使隐公诛翚而让桓，虽夷、齐何以尚兹？骊姬②欲杀申生而难里克，则施优来之；二世欲杀扶苏而难李斯，则赵高来之。此二人所行相同，而其受祸亦不少异：里克不免于惠公之诛，李斯不免于二世之戮，皆无足哀者。吾独表而出之，为世戒。

君子之为仁义也，非有计于利害，然君子之所为，义利常兼，而小人反是。李斯听赵高之谋，非其本意，独畏蒙氏之夺其位，故俯而听高。使斯闻高之言，即召百官、陈六师而斩之，其德于扶苏，岂有既乎？何蒙氏之足忧！释此不为，而具五刑于市，非下愚而何！呜呼，乱臣贼子犹蝮蛇也，其所螫③草木犹足以杀人，况其所噬啮④者欤？郑小同为高贵乡公侍中，尝诣司马师，师有密疏未屏也，如厕⑤还，问小同："见吾疏乎？"曰："不见。"师曰："宁我负卿，无卿负我。"遂鸩⑥之。

【注释】

①嫡（dí）：嫡生，指正妻所生的。

②骊姬（lí jī）：春秋时期骊戎国君之女，晋献公妃子，晋君奚齐的生母。曾与施优私通，使计离间挑拨晋献公与儿子申生、重耳、夷吾的感

301

情，迫使申生自杀，重耳、夷吾逃亡，改立自己所生之子奚齐为太子。

③螫（zhē）：本义指毒虫或毒蛇咬刺。

④噬啮（niè）：咬。

⑤如厕：就是上厕所的意思。

⑥鸩（zhèn）：毒酒；用毒酒害人。

【译文】

苏轼说：盗贼用兵器来威胁他人，被威胁的人肯定会将盗贼杀死，不仅仅被威胁的人会去杀盗贼，就连路上经过的人看见了也都会去追捕攻击盗贼的。其实，路过的人与盗贼并没有什么仇恨，只是觉得如果不去追杀盗贼，那么盗贼就会马上反过来杀害自己。这鲁隐公的智慧，竟然比不上那些路人，真是悲哀啊！鲁隐公，虽然只是鲁惠公宠妾所生的孩子，并不是惠公的嫡传子，但他当时的地位和鲁桓公是平等的，而且还比桓公年长。鲁隐公谨记先帝鲁惠公的遗愿，将来要把国家的君位让给桓公，这还不能称他是一个仁义的人吗？只可惜他的智慧不够敏捷。假使隐公先杀死公子翚再把王位让给桓公，即使是伯夷、叔齐这样品德高尚之人，又哪里能超越他呢？春秋时，骊姬想杀害太子申生，又畏惧里克，于是就找来了施优，让他去诱骗里克；秦二世想要杀掉公子扶苏，又惧怕李斯反对，于是就派赵高来牵制李斯。里克与李斯二人的德行相同，而所受到的祸害也没多大区别：里克不免被惠公杀害了，李斯也免不了被秦二世杀戮，这都没什么可悲哀的。我在这里特意将这些标示出来，是为了给世人当个借鉴罢了。

君子应该践行仁义之举，而不能只去计较个人利益得失，然而，君子的行为通常都是仁义和利益兼顾的，而小人则恰恰与此相反，他们只顾利益，不讲仁义道德。李斯听从了赵高的计谋，并不是他的本意，只是担心蒙恬弟兄夺取他的官位，于是低头俯身听从了赵高的计谋。假使李斯听到赵高的计谋之后，立即召集文武百官、布阵六师而将赵高斩首，如此一来，他的恩德之大，对于扶苏而言，感激之情哪里会终止呢？那么对于蒙恬弟兄还有什么可值得担忧的！放弃了这样好的路不走，而非要弄得遭受五刑于街市，这不是太愚蠢又是什么呢？啊呀，乱臣贼子就像剧毒的蝮蛇一般，被他咬过的草木都足以将人毒死，更何况是被它直接咬了呢？郑小同是高贵乡公的侍中，曾经到司马师家中拜访，当时司马师有份密奏还没来得及掩藏起来就去如厕了，等他如厕回来，就问郑小同有没有看到他的奏本，郑小同回答："没有看见。"没想到，司马师竟说："宁可我对不起你，也不能让你对不起我。"于是将郑小同毒死了。

【原文】

王允之①从王敦夜饮，辞醉先寝。敦与钱凤②谋逆，允之已醒，悉闻其言。虑敦疑己，遂大吐，衣面皆污。敦果照视之，见允之卧吐中，乃已。哀哉小同，殆哉岌岌③乎允之也！孔子曰："危邦不入，乱邦不居。"有由也夫！吾读史得隐公、里克、李斯、郑小同、王允之五人，感其所遇祸福如此，故特书其事，后之君子可以览观④焉。

【注释】

①王允之：字深猷，琅邪临沂（今山东省临沂）人。东晋将领，侍御史王会之孙、抚军将军王舒之子，丞相王导、大将军王敦的堂侄。

②钱凤：字世仪，王敦的部下，与王敦合计谋反，兵败被杀。

③殆：危。岌岌（jí jí）：危急的样子。

④览观：阅览观察。

【译文】

王允之与王敦夜间在一起饮酒，喝醉以后，就辞别宴会先去睡觉了。当王敦与钱凤密谋造反时，王允之刚好已经醒酒了，他们所谈论的密谋计划全都被他听到了。王允之担心王敦怀疑自己，于是就故意大肆呕吐，弄得衣服和脸上全都是污秽之物。王敦果然举着灯盏过来照着看他，看见王允之躺卧在呕吐的污秽之中，认为他已经醉得不省人事了，这才离开。唉！可悲的郑小同，好生危险，极其危险的王允之啊！孔子说："危险的国家不进入，混乱的国家不能去居住。"看来是自有他的道理啊！我读史书之后，才知道鲁隐公、里克、李斯、郑小同、王允之这五个人的事情，感慨他们所遇到的福祸竟然如此动人心魄，所以特意将他们的事写下来，以便后世的君子可以阅览。

七德八戒

郑太子华言于齐桓公，请去三族而以郑为内臣，公将许之，管仲不可。公曰："诸侯有讨于郑，未捷，苟有衅①，从之不亦可乎？"管仲曰："君若绥②之以德，加之以训辞，而率诸侯以讨郑，郑将覆亡之不暇，岂敢不惧？若总其罪人以临之，郑有辞矣。"公辞子华，郑伯乃受盟。

苏子曰：大哉，管仲之相桓公也！辞子华之请而不违曹沫之盟，皆盛德之事也，齐可以王矣。恨其不学道，不自诚意正身以刑其国，使家有三归之病而国有六嬖③之祸，故桓公不王，而孔子小之。然其予之也亦至矣，曰："桓公九合诸侯，不以兵车，管仲之力也。如其仁，如其仁！"曰："仲尼之徒无道桓、文之事者"，孟子盖过矣。

【注释】

①苟：如果，假使。衅（xìn）：嫌隙，感情上的裂痕，争端。

②绥：安抚人心以保持平静。

③嬖（bì）：本义为宠爱。此处指宠幸。六嬖：六个宠爱之妾。

【译文】

郑国的太子华对齐桓公说，如果能助我除去郑国的泄氏、孔氏和子人氏三大家族，那么我甘愿成为齐国的内臣，齐桓公听了以后准备答应郑太子华的请求，齐国宰相管仲则认为这样做不可以。齐桓公说："其他诸侯也曾讨伐过郑国，但是都没有取得成功，假如不答应唯恐会有嫌隙，应允他的要求不也是很好吗？"管仲回答："君王如果以德义来安抚笼络郑国，再找出一些训诫他们的有力言辞，然后再率领其他诸侯去讨伐郑国，那么郑国很快就会面临灭亡的危机，哪里还敢不惧怕您呢？如果总是带领郑国的罪人去亲临郑国征讨，那么郑国人就会有微词了。"于是齐桓公拒绝了郑太子华的要求，郑伯自然也就接受了盟约。

苏轼说:"真是伟大啊,宰相管仲这才是在辅佐齐桓公啊。拒绝郑国太子华的要求,而没有违背'曹沫之盟'的约定,这些都是德行高尚的事情啊,如此看来,齐国可以称霸天下了。"然而,只恨他不修学儒家之道啊,不能诚心诚意修正其身而去治理国家,使得家有"三归"的诟病,而齐王自己更是宠爱六嬖成性而招致祸患,所以齐桓公不能称霸天下,而且孔子也看不起他。但是,孔子对管仲的评价还是极高的,他说:"齐桓公九次会合天下诸侯,却没有凭借战争之力,这都是管仲的功劳。像他这样就是仁德,这就是仁德啊!"至于孟子说:"孔子的门徒,从不谈论齐桓公、晋文公的事情,是为了掩盖他们的过失",大概是孟子的言语过于偏激了。

【原文】

吾读《春秋》以下史而得七人焉,皆盛德之事,可以为万世法,又得八人焉,皆反是,可以为万世戒,故具论之。太公之治齐也,举贤而上功。周公曰:"后世必有篡弑之臣。"天下诵之,齐其知之矣。田敬仲之始生也,周史筮①之,其奔齐矣,齐懿氏卜之②,皆知其当有齐国也。篡弑之疑,盖萃于敬仲矣,然桓公、管仲不以是废之,乃欲以为卿,非盛德能如此乎?

故吾以为楚成王知晋之必霸而不杀重耳,汉高祖知东南之必乱而不杀吴王濞③,晋武帝闻齐王攸之言而不杀刘元海,苻坚信王猛而不杀慕容垂④,唐明皇用张九龄而不杀安禄山,皆盛德之事也。而世之论者,则以为此七人者皆失于不杀以启乱,吾以谓不然。

【注释】

①筮(shì):古代用蓍草占卦。占卜。

②齐懿(yì)氏:齐国氏族。懿姓出自姜姓,以谥号为氏。据《风俗通义》所载,春秋时齐国君齐懿公,名商人,为桓公之子,谥号为"懿",其后有懿氏。

③吴王濞(bì):吴王刘濞是汉高祖之兄刘仲的儿子。高祖平定天下七年后,封刘仲为代王。后来匈奴围攻代。刘仲不能坚守,丢弃封国抄小路逃至洛阳,向天子自首。

④符（fú）坚：前秦世祖宣昭皇帝，字永固，又字文玉，略阳临渭（今甘肃秦安）人，十六国时期前秦的君主。在位前期励精图治，重用汉人王猛，推行一系列政策，使国家兴盛。慕容垂：后燕成武帝，字道明（一说字道业、叔仁），原名霸，鲜卑名阿六敦。昌黎棘城鲜卑族人。文武全才，勇猛多谋，后来起兵反秦，称燕王，史称后燕，次年称帝。

【译文】

我阅读《春秋》以后的史书发现有七位杰出人物，都是做了盛德之事，他们的行事方式可以作为后世效法的行为准则，另外还有八个人，却恰恰与他们相反，他们的行为可以让后世引以为戒，我在此一一加以评论。姜太公治理齐国的时候，举荐贤能而崇尚功绩。周公说："齐国的后世之中必定会出现篡权弒君作乱的臣子。"这言论一出就被天下人所传诵，齐国大概是知道的。田敬仲刚刚出生的时候，周朝的史官曾为他占卜，得出田敬仲将来要投奔齐国，齐懿氏也曾为他占卜问卦，都得知田敬仲将来会投奔齐国而最终拥有齐国天下之事。所以，篡权弒君的疑团，差不多都聚集在田敬仲身上了，但是齐桓公、管仲并没有因此而废除他，反而想要封他为卿士，如果没有盛德又怎么能够做到这些呢？

因此，我认为楚成王一定知道晋文王必将称霸而没有杀害重耳，汉高祖知道东南必有动乱而没有杀害吴王刘濞，晋武帝并没有因听说齐王攸的言论而杀了刘元海，苻坚相信了王猛的言论但是没有杀死慕容垂，唐明皇尽管重用了张九龄但是也没有杀害安禄山，这些都是具有盛德的事例。但是世人的言论评说，则认为这七个人都是失策于没有杀掉祸乱的根源才引发了动乱的，可我却不这样认为。

【原文】

七人者皆自有以致败亡，非不杀之过也。齐景公不繁刑重赋，虽有田氏，齐不可取；楚成王不用子玉，虽有晋文公，兵不败；汉景帝不害吴太子，不用晁错①，虽有吴王濞，无自发；晋武帝不立孝惠，虽有刘元海，不能乱；苻坚不贪江左，虽有慕容垂，不能叛；明皇不用李林甫、杨国忠，虽有安禄山，亦何能为？秦之由余，汉之金日磾②，唐之李光弼、浑瑊③之流，皆蕃种也，何负于中国哉？而独杀元海、禄山！且夫自今而言之，则元海、禄山死有余罪，自当时而言之，则不免为杀无罪。岂有天子杀无罪而不得罪于天者？上失其道，涂之人皆敌也，天下豪杰其可胜既乎？

【注释】

①晁（cháo）错：颍川（今河南省禹县）人，西汉政治家、文学家。汉文帝时，任太常掌故等职；景帝即位后，任为内史，后迁至御史大夫。政治上，进言削藩，剥夺诸侯王的政治特权以巩固中央集权，损害了诸侯利益，以吴王刘濞为首的七国诸侯以"请诛晁错，以清君侧"为名，举兵反叛。景帝听从袁盎之计，腰斩晁错于东市。

②金日磾（jīn mì dī）：字翁叔，是驻牧武威的匈奴休屠王太子，汉武帝因获休屠王祭天金人故赐其姓为金。汉武帝病重时，托霍光与金日磾位列辅政大臣，辅佐太子刘弗陵。

③浑瑊（jiān）：铁勒族浑部皋兰州人。唐朝的名将。浑瑊精通骑射、武功过人，当时的人常常把他和金日磾相提并论。他生性谦虚谨慎，功劳卓越，位及将相。

【译文】

这七个盛德之人都有导致自己败亡的原因，而不是因为没有杀死预言中的祸患根源。齐景公如果不是制定了繁杂的刑罚制度、深重的赋税规章，那么即使有田氏，齐国也能免除被取代的命运；楚成王如果不是重用了子玉，那么即使有晋文公的征讨，也不至于兵败了；汉景帝如果不是因为杀害吴太子，又不重用晁错，那么即使有吴王刘濞，他也无法自己发动战乱；晋武帝如果不立晋惠帝，那么即使有刘元海，也不至于出现祸乱；苻坚如果不是贪恋江左之地，那么即使有慕容垂，也不会出现叛乱；唐明皇如果不重用李林甫、杨国忠，那么即使有安禄山，他又能有什么作为呢？秦朝的由余，汉朝的金日磾，唐朝的李光弼、浑瑊等人，都是吐蕃异族，他们哪有什么可辜负我们中原大国之处的呢？而唯独要诛杀李元海、安禄山！不过，姑且以现在的角度来看，刘元海、安禄山是死有余辜，但是在他们所生活的年代来看，他们难免是被无辜杀害的，哪里有天子杀无罪之人而不得罪于上天的道理呢？居上位者倘若失去治国之道，那么任何一个路人都会成为他的敌人，况且那些天下豪杰全都被杀害以后呢？

【原文】

汉景帝以鞅鞅而杀周亚夫[1]，曹操以名重而杀孔融，晋文帝以卧龙而杀嵇康[2]，晋景帝亦以名重而杀夏侯玄，宋明帝以族大而杀王彧[3]，齐后主以谣言而杀斛律光[4]，唐太宗以谶[5]而杀李君羡，武后以谣言而杀裴炎，世皆以为非也。

此八人者，当时之虑岂非忧国备乱，与忧元海、禄山者同乎？久矣，世之以成败为是非也！故夫嗜杀人者，必以邓侯不杀楚子为口实。以邓之微，无故杀大国之君，使楚人举国而仇之，其亡不愈速乎？

吾以谓为天下如养生，忧国备乱如服药：养生者不过慎起居饮食，节声色而已，节慎在未病之前，而服药于已病之后。今吾忧寒疾而先服乌喙[6]，忧热疾而先服甘遂[7]，则病未作而药杀人矣。彼八人者，皆未病而服药者也。

【注释】

①鞅鞅（yāng）：因不平或不满而郁郁不乐。鞅，通"怏"。周亚夫：沛郡丰县人，西汉时期的军事家、丞相。他是名将绛侯周勃的次子，军事才华卓越，在平定吴楚七国之乱中，他统帅汉军，三个月平定了叛军，拯救了汉室江山。因脾气耿直，善于直谏，后被冤下狱，闭食自尽。

②嵇（jī）康：字叔夜。汉族，谯国铚县（今安徽省濉溪县）人。三国时期曹魏思想家、音乐家、文学家。嵇康为曹魏宗室的女婿，"竹林七贤"之一。后隐居不仕，屡拒为官，因得罪钟会，遭其构陷，而被司马昭处死，时年四十岁。

③王彧（yù）：字景文，是南朝重臣，宋文帝非常钦重他。及至后来宋明帝刘彧即位，王彧名重一时，常有流言蜚语影射他谋反，他为了保全身家性命，坚持不愿作官，屡辞内授，但明帝始终不允。可是明帝临死之

前，还是担心王彧门族强盛，有碍社稷。于是派使者送诏书和毒酒去王彧府上赐他一死。

④斛（hú）律光：字明月，朔州敕勒部（今山西省西北）人，北齐名将、军事家。他治军严明，身先士卒，不营私利，为部下所敬重。后来却遭恶人陷害而被朝廷处死，满门抄斩，所以时人极其惋惜。

⑤谶（chèn）：是秦汉间巫师、方士编造的预示吉凶的隐语；指将要应验的预言、预兆。

⑥乌喙（huì）：中药附子的别称。以其块茎形似得名，有剧毒。

⑦甘遂：多年生草本植物，可入药，高25～40cm。全株含白色乳汁，有毒。

【译文】

汉景帝因为心里对周亚夫不满而杀了他；曹操因为孔融名气太大而将其杀害；晋文帝因为听信钟会关于嵇康是"卧龙之士"的谗言而将嵇康杀害；晋景帝也是因为夏侯玄的名气太大而将其杀害；宋明帝因为担心王彧的家族势力太大有碍社稷而将其赐死；齐后主因为听信谣言而将斛律光杀害；唐太宗因为听信预测吉凶的谶语而将李君羡杀害；武后因为听信谣言而杀了裴炎。世人都认为这样的做法是不对的。

这八个身居高位的人，他们当时所忧虑的难道不是因为害怕国家发生动乱而出于防备才杀人的吗？这不就跟忧虑刘元海、安禄山叛乱而将他们诛杀是一样的吗？自古以来，世人都习惯以成败去论断是非。故而，那些嗜好杀人成性的人，必将以从前的邓侯不杀楚文王为口实。其实，以邓国的卑微，假若无缘无故将大国的君王杀害，而致使楚人倾尽全国之力来找他复仇，那么邓国的灭亡不就更加迅速了吗？

所以我认为治理天下就如同养生，忧患国家防备战乱就像服药：养生的人不过是谨慎饮食起居，节制声色犬马罢了，而这些节制和小心谨慎都要在身体还没有发病之前，而服药则在已经生病以后。如果现在我们担心得了寒病就先服用乌喙，担心患上热疾就先去服食甘遂，那么估计还没等疾病发作，就已经被药毒死了。以上所说的那八个人，都是尚未患病之前就先去服药的人。

参考文献

[1] 王普光，梁树风. 东坡志林 [M]. 北京：中信出版社，2014.

[2] 乔丽华. 东坡志林 [M]. 青岛：青岛出版社，2010.

[3] 王松龄. 东坡志林 [M]. 北京：中华书局，2002.

[4] 王连文. 东坡志林 [M]. 合肥：黄山书社，2010.